巍巍帝尧

乔忠延 著

作家出版社

序　一

张　平

为了深入贯彻落实习近平总书记视察山西重要讲话和重要指示精神，山西省运城市委宣传部策划编撰了"典藏古河东丛书"，共十一本。本丛书旨在反映河东的悠久历史和文化底蕴，传承和弘扬河东优秀传统文化，为推动经济社会发展提供强大的价值引导力、文化凝聚力和精神推动力，提升运城的知名度、美誉度。

运城，位于黄河之东，又称"河东"。河东是一片古老而神奇的土地，数千年来，大河滔滔，汹涌奔腾，物华天宝，钟灵毓秀，人杰辈出，群星灿烂，孕育了悠久而灿烂的历史文化，具有厚重的人文历史积淀，构成了中国传统文化的重要基因，植根于中国人的血脉，不愧为中华文明的摇篮。

关于"河东"的说法，最早来源于《尚书·禹贡》的记载。《禹贡》划分天下为九州，首先是冀州，其次分别为兖州、青州、徐州、扬州、荆州、豫州、梁州、雍州，皆以冀州为中心。冀州，即古代所谓的"河东"。当时的河东是华夏文明的轴心地带。河东，在战国、秦汉时指今山西西南部，后泛指今山西省，因黄河经此由北向南流，这一带位于黄河以东而得名。战国中期，秦国夺取了魏国的西河和韩国的上党以后，魏国为加强防守，遂置河东郡，国都在今运城市安邑镇。公元前290年，秦昭王在兼并战争中迫使魏国献出河东地四百里给秦。秦沿袭魏河东郡旧名不变，治所在安邑（今山西夏县西北禹王城）。秦始皇统一六国，设三十六郡，运城属河东郡，治所安邑。汉代的河东，辖今山西阳城、沁水、浮山以西，永和、隰县、霍州市以南地区。东晋义熙十四年（418年），河东郡移治蒲坂（今山西永济市蒲州镇），辖境缩小至今山西西南汾河下游至王屋山以西一角。隋废，寻复置。唐改河东郡为蒲州，复改为河中府。唐天宝、至德时又曾改蒲州为河东郡。宋为河东路，辖山西大部、河北及河南部分地区，至金朝未变。元、明、清与临汾同为平阳府，治所平阳（今临汾尧都区）。民国三年至十九年，运城、临汾及石楼、灵石、交口同属河东道。古代，由于河东位于两大名都长安和洛阳之间，其他州郡对其形成众星捧月之势，因此，河东无论在政治、经济、文化上都具有重要的地位。河东所辖的地区范围不断发生变化，但其疆界基本上以现代的山西运城市为中心。今天的河东地区，特指山西运城市。

河东，位于山西西南部，是中国两河交汇的风水佳地。黄河滔滔，流金溢银，纵横晋陕峡谷；汾水漫漫，飞珠溅玉，沃育河东厚土。在今天之运城，黄河从河津寺塔西侧入境，沿秦晋峡谷自北向南，出禹门口后，一泻千里，由北向南经河津、万荣、临猗、永济，在芮城县的风陵渡曲折向东，过平陆、夏县，到垣曲县的碾盘沟出境，共流经运城市八个县（市）。汾河是山西的母亲河，发源于宁武管涔山脉，从南至北流经河东大地。汾河自新绛县南梁村入境，经新绛、稷山、河津、万荣四县（市），由万荣县庙前汇入黄河，灌溉着河东万顷良田。华夏民族的始祖在河东繁衍生息，中国古代第一部诗歌总集《诗经》里的许多诗篇歌吟过河东大地。黄河和汾河交汇之处——山西运城市，吸吮黄河和汾河两大母亲河的乳汁，滋生了悠久灿烂的华夏文明，源远流长。在朝代的兴替与岁月的更迭中，河东大地描绘了多少华夏儿女的动人画卷，道尽多少人间的沧桑变化！

河东，地处晋、豫、陕交会的金三角地区。山西省运城市、河南省三门峡市、陕西省渭南市，区域总面积约五万二千平方公里，总人口约一千七百余万，共同形成了晋陕豫三省边缘"黄河金三角区域"，构成了以运城市为核心的文化经济圈。这个区域，位于我国中、西部交界地带，接通华北，连接西北，笼罩中原，位置优越，不仅是华夏文明的发祥地，而且在全国经济发展中具有承东启西、贯通南北的作用。该区域的历史文化、资源禀赋、旅游优势、经济协作，可以发挥重要的经济文化互相促进的平台效应，具有"以东带西、东中西共同发展"的战略价值。研究河东历史文化，对于繁荣黄河金三角地区的文化，打造区域经济圈，都具有非常重要的现实意义。

河东，是"古中国"的发祥地。河东地区，属于人类最早活动的区域之一。这片美丽富饶的大地上，远古时期气候温和，土地肥沃，山脉起伏，河汊纵横，绿草丰茂，森林覆盖，飞鸟鸣啾，走兽徜徉，是人类栖息的理想地方。著名考古学家苏秉琦教授在其《华人·龙的传人·中国人》一文中指出："晋南地区是当时的'帝王所都'。帝王所都为'中'，故曰'中国'。而'中国'一词的出现正在此时。'帝王所都'，意味着古河东地区曾经是华夏民族的先祖创建和发展华夏文明的活动中心。"自从盘古开天地、三皇五帝到今天，从远古文明到石器时代，从类人猿到原始人、智人的进化，河东这块土地都充当了亲历者和见证者。

人类的远祖起源于河东。1995 年 5 月，中美科学家在山西省垣曲县寨里村，发现了世界上最早的具有高等灵长类动物特征的猿类化石，命名为"世纪曙猿"。它生活在距今四千五百万年以前，比非洲古猿早了一千多万年。中美科学家在英国权威科学期刊《自然》杂志上联合发表论文，证实了人类的远祖起源于山西垣曲县寨里村，推翻了"人类起源于非洲"的论断。

人类文明的第一把圣火燃烧于河东。西侯度遗址位于山西省芮城县西侯度村，考古学家发掘出土的石器有石核、石片、砍砸器、刮削器和三棱大尖状器，动物化石有巨河狸、山西披毛犀、中国野牛、晋南麋鹿、步氏羚羊、李氏野猪、纳玛象等，尤其在文化层中发现了带切痕的鹿角和动物烧骨，这是中国最早的人类用火证据。证明远在二百四十三万年前，人类就在这里生活居住，并已经掌握了"火种"。

中国的蚕桑起源于河东。《史记》记载了"嫘祖始蚕"的故事。河东地区有"黄帝正妃嫘祖养蚕缫丝"的传说。西阴遗址位于山西省夏县西阴村。1926 年，考古学家李济主持发掘该处遗址，出版了《西阴村史前遗存》一书。该遗址属于新石器时代，西北倚鸣条岗，南临青龙河，面积约三十万平方米。此处发掘出土了许多石器和骨器，最具震撼力的是发现了半枚经人工切割过的蚕茧壳。这为嫘祖养蚕的传说提供了有力实证。2020年，人们又在山西夏县师村遗址出土了仰韶文化早期遗物，主要有罐、盆、钵、瓶等。尤为重要的是，还出土了四枚仰韶早期的石雕蚕蛹。西阴遗址和师村遗址互相印证，意味着至迟在距今六千年以前，河东的先民们就掌握了养蚕缫丝的技术，成为中华文化的重要标识之一。

远古时代，黄帝为首的华夏族部落生活在河东一带。黄帝的元妃嫘祖是河东地区夏县人，宰相风后是河东地区芮城县风陵渡人。黄帝和蚩尤大战于河东地区的盐池一带。传说黄帝取得胜利后尸解蚩尤，蚩尤的鲜血流入河东盐池，化为卤水，因而这里被命名为"解州"。今天运城市还保存着"解州镇"的地名。盐池附近有个村庄名叫蚩尤村，相传是当年蚩尤葬身的地方。后来人们将蚩尤村改名"从善村"，寓弃恶从善之意。黄帝战胜蚩尤之后，被各诸侯推举为华夏族部落首领。《文献通考》道："建邦国，先告后土。"黄帝经过长期战争后，希望国泰民安，天下太平，得到大地之神——后土的护佑。于是，黄帝带领部落首领来到汾阴脽上，扫地为坛，祭祀后土，传为千古佳话。明代嘉靖版《山西通志》记载："轩辕扫地坛在后土祠上，相传轩辕祭后土于汾脽之上。"

河东地区是中华民族的先祖尧、舜、禹定都的地方。文献记载："尧都平阳（今临汾）、舜都蒲坂（今永济）、禹都安邑（今夏县）。"据史料记载，尧帝的都城起初设在蒲坂，后来迁至平阳。清光绪十二年（1886年）的《永济县志》记载："尧旧都在蒲。"《水经注》："雷首，俗亦谓之尧山，山上有故城，又曰尧城。"阚骃《十三州志》："蒲坂，尧都。"如今运城永济市（蒲坂）遗存有尧王台，是当年尧舜实行"禅让制"的见证地。舜亦建都于蒲坂。史籍载：舜生于诸冯，耕于历山，陶于河滨，渔于雷泽，都于蒲坂。远古时期，天地茫茫，人民饱受水灾之苦。禹的父亲鲧治水失败。禹吸取教训，从冀州开始，踏遍九州，改"堵"为"疏"，三过家门而不入，历经十三年最终治水成功。《庄子·天下》记载："昔禹之湮洪水，决江河而通四夷九州也。名山三百，支川三千，小者无数。"禹治水有功，舜把天子之位禅让给禹。禹建都安邑，其遗址在山西夏县的禹王城。《括地志》道："安邑故城在绛州夏县东北十五里，本夏之都。"禹王城遗址出土了东周至汉代的许多文物，其中有"海内皆臣，岁丰登熟，道无饥人"十二字篆书。从尧舜禹开始，河东便是帝王的建都之地。

运城盐池是中国古代重要的食盐产地，被田汉先生赞为"千古中条一池雪"。它南倚中条，北靠峨嵋，东邻夏县，西接解州，总面积一百三十二平方公里。盐湖烟波浩渺，硝田纵横交织，它与美国犹他州澳格丁盐湖、俄罗斯西伯利亚库楚克盐湖并称为世界三大硫酸钠型内陆盐湖。据《河东盐法备览》记载，五千多年前，我们的祖先在运城盐池发现并食用盐。《汉书·地理志》："河东，地平水浅，有盐铁之饶，唐尧之所都也。"黄河和汾河两河交汇的地理优势、丰富的植被和盐业资源，为古人类提供了良好的生活条件。当年，舜帝曾在盐湖之畔，抚五弦之琴，吟唱《南风歌》：

南风之薰兮，
可以解吾民之愠兮。
南风之时兮，
可以阜吾民之财兮。

运城在春秋时称"盐邑"，汉代称"司盐城"，宋元时名为"运司城""凤凰城"等。因盐运而设城，中国仅此一处。河东人民在千百年的生产实践中总结出的"五步法"产盐工艺，是全世界最早的产盐工艺，被英国科学家李约瑟称为"中国古代科技史上的活化石"。

万荣县后土祠是中华祠庙之祖。后土祠位于山西万荣县庙前镇，《水经注》道：河东汾阴"有长阜，背汾带河，长四五里，广二里有余，高十余丈，汾水历其阴，西入河"。孔尚任总纂《蒲州府志》记载："二帝八元有司，三王方泽岁举。"尧帝和舜帝时期，确定八个官员专管后土祭祀，夏商周三朝的国君每年在汾阴举行祭祀后土仪式。遥想当年，汉武帝在汾阴建立后土祠，写下了传诵千古的《秋风辞》。从汉、南北朝、隋、唐、宋至元代，先后有八位皇帝亲自到万荣祭祀后土，六位皇帝派大臣祭祀后土。万荣后土祠，堪称轩辕黄帝之坛、社稷江山之源、中华祠庙之祖、礼乐文明之本、黄河文化之魂、北京天坛之端。

河东是中国农耕文明的发祥地之一。河东地处黄河流域、黄土高原腹地，远古时代气候温润，物产丰富，具有发展农业生产的优越的自然地理环境。舜耕历山，禹凿龙门，嫘祖养蚕，后稷稼穑，这些历史传说都发生在河东大地。《晋书·天文志上》："稷，农正也，取乎百谷之长以为号也。"后稷是管理农业的长官、百谷之长。《孟子》："后稷教民稼穑，树艺五谷；五谷熟，而民人育。"意思是，后稷教民从事农业，种植五谷，五谷丰收，人民得到养育。传说后稷在稷王山麓（在今山西稷山县境）教民稼穑，播种五谷，是远古时代最善种稷和粟的人，被称之为"稷王"。人们把横跨万荣、稷山、闻喜、运城东西二十里、南北三十里的山脉，叫作"稷王山"。迄今为止，在河东已发现石器时代遗址四百余处，出土的农耕工具有石斧、石锛、石锄、石铲等；粮食加工工具有石磨盘、石磨棒、石杵等；收割工具有半月形石刀、石镰、骨铲、蚌镰等。万荣县保存有创建于北宋时期的稷王庙，是我国现存唯一一座宋代庑殿顶建筑。

大江东去，浪淘尽，千古风流人物。五千年的中华文明史，孕育了无数杰出人物，史册的每一页都有河东的亮丽身影。

荀子，名况，战国晚期赵国郇邑（故地在山西临猗、安泽和新绛一带）人，在历史上属于河东人。他一生辉煌，兼容儒法思想；贡献杰出，塑形三晋文化。中国古代社会，先秦两汉之际是一个巨大的转折点，开启了新型的大一统时代。荀子继承和发扬了孔孟以来的儒家思想，提出儒、法融合，把道德修身、道德教化、道德约束之政治结合在一起，强调以先王之道、圣人之道和仁义之道治理天下，主张思想统一、制度统一，对秦汉以后的中国古代政治制度建设起了重要作用。从对社会现实和历史进程的影响来看，荀子是中国古代最有贡献的思想家之一。

关羽，东汉末年名将，被后世崇为"武圣"，与"文圣"孔子齐名。《三国志·蜀书》道："关羽，字云长，本字长生，河东解人也。"东汉末年朝廷暗弱，军阀混战，百姓流离失所，在兵燹战火中煎熬挣扎。时天下大乱，各种政治势力分合不定，各个阵营的人物徘徊左右。选择刘备，就是选择了艰难的人生道路；忠于汉室，就意味着奋斗和牺牲。关羽一生堂堂正正，坦坦荡荡，报国以忠，为民以仁，待人以义，交友以诚，处事以信，对敌以勇，俯仰不愧天地，精诚可对苍生。关羽身上体现了中国传统道德的忠义孝悌仁爱诚信。古代以民众对关公的普遍敬仰为基础，以朝廷褒封建庙祭祀为推动，以各种艺术的传播为手段，以历史长度和地域广度为经纬，产生了体现中华传统文化核心价值和民族道德伦理的关公文化。

卢纶，字允言，河中蒲州（今山西永济市）人。唐玄宗天宝末年进士，历官秘书省校书郎、监察御史、检校户部郎中等。唐代杰出诗人。明王士禛《分甘余话》道："卢纶，大历十才子之冠冕。"卢纶存诗三百三十九首，是处于盛唐到中唐社会动乱时代的诗人。他的《送绛州郭参军》，至今读来，仍有慷慨之气：

> 炎天故绛路，
> 千里麦花香。
> 董泽雷声发，
> 汾桥水气凉。
> ……

卢纶无疑是大历时期最具有独特境界的诗人，他的骨子里流淌着盛唐的血液，积极向上，肯定人生；不屈不挠，比较豁达；关心社会民生，不斤斤计较个人得失，一生都在努力创作诗歌。卢纶的诗歌气魄宏伟，境界广阔，善于用概括的意象，描绘盛唐的风韵。他在唐诗长河中的贡献与孟郊、贾岛等相比丝毫不弱。他的诗歌不仅在大历时期，在整个唐代也具有独特的价值。

司马光，字君实，陕州夏县（今山西夏县）涑水乡人。他历仕仁宗、英宗、神宗、哲宗四朝，是北宋伟大的政治家、史学家、文学家。司马光主政期间，提出"兴教化，修政治，养百姓，利万物"的治国理念，加强道德教育，改变社会风气；严格选用人才，严明社会法治；倡导"轻租税，薄赋敛，已逋责"的民本思想，希望实现"致中和，天地位焉，万物育焉"的天下大治的理想社会。他主持编纂的中国最大的一部编年体通史《资治通鉴》，与《史记》并列为中国古代史家之绝笔。全书共二百九十四卷三百万字，上起周威烈王二十三年（前403年），下迄五代后周世宗显德六年（959年），共记载了十六个朝代一千三百六十二年的历史，历经十九年编辑完成。清代学者王鸣盛评价《资治通鉴》说："此天地间必不可无之书，亦学者必不可不读之书。"司马光的著作另有《司马文正公集》《稽古录》《涑水纪闻》《独乐园集》等。

河东历史上的许多大家族，代有人杰，长盛不衰。河东的名门望族主要有裴氏家族、薛氏家族、王氏家族、柳氏家族、司马家族等。闻喜县裴氏家族为世瞩目，被誉为"宰相世家"。裴氏自汉魏，历南北朝，至隋唐、五代是其最兴盛时期。据《裴谱·官爵》载，裴氏家族在正史立传者六百余人，大小官员三千余人；有宰相五十九人，大将军五十九人，尚书五十五人。比较著名的有：西晋地理学家裴秀撰《禹贡地域图序》，提出了编绘地图的"制图六体"，在世界地图史上占有重要地位。西晋思想家裴颜著有《崇有论》，是著名的哲学家。东晋裴启的《语林》，是我国文学史上最早的一部志人小说。南北朝时的裴松之、裴骃（松之子）、裴子野（裴骃孙），被称为"史学三家"。唐代名相裴度，平息藩镇叛乱，功勋卓越，被称为"中兴宰相"。欧阳修《新唐书·宰相世系表》，将裴氏列为天下第一家族，感叹"其才子贤孙不殒其世德，或父子相继居相位，或累数世而屡显，或终唐之世不绝"。

习近平总书记在党的十九大报告中指出："深入挖掘中华优秀传统文化蕴含的思想观念、人文精神、道德规范，结合时代要求继承创新，让中华文化展现出永久魅力和时代风采。"中华优秀传统文化是"中华民族的基因""民族文化血脉"和"中华民族的精神命脉"，堪称中华民族的源头和根基。在具体撰写过程中，各位作者力求基于严谨的学术性、臻于文学的生动性，以史料和考古为基础，以学术界的共识为依据，不作歧义性研究和学术考辨，采用文化散文体裁，用清朗健爽、流畅明丽的语言，梳理河东历史文化的渊源和脉络，挖掘河东文化的深厚内涵，探寻其在华夏文明中的重要地位，弘扬民族文化的自尊和自信。希望通过这套丛书，使人们更加了解和认识河东历史文化，深化对中华文明的认知与感悟，进一步增强文化自信，推动中华民族的伟大复兴。

序　二

　　运城是山西南部的一个地级市，也是我的老家所在。

　　说起运城，自然会想起黄河、黄土高原和中条山、吕梁山以及汾河、涑水。黄河经壶口的喷薄，沿着吕梁山与陕北高原间逼仄的晋陕峡谷，汹涌奔腾，越过石门，冲出龙门，然后，脚步骤然放缓，犁开黄土地，绕着运城拐了个温柔的弯，将这片地方钟爱地搂抱在怀中。从青藏高原奔流数千里，黄河头一次遇到如此秀美的地方。

　　这里古称河东，北有吕梁之苍翠，南有中条之挺秀，两座大山一条大河，似天然屏障，将这片土地护佑起来，如此，两座大山便如运城的城垣，一条大河绕两山奔流，又如运城的城堑。两山一河之间，又有涑水与汾水两条古河自北向南流淌，中间隆起的峨嵋岭将两河分开，形成两个不同的流域——汾河谷地与涑水盆地。一片不大的土地上，各种地貌并存：山地、丘陵、平原、河谷、台地。适合早期先民生存的地理环境应有尽有，农耕民族繁衍发展的条件一应俱全，仿佛专门为中华民族诞生准备的福地吉壤。

　　我的祖辈、父辈都出生在这片土地上，我也多次在这片土地上行走，我热爱这片土地，即使身在异乡，这片土地上的山山水水，也经常出现在我的想象中。少年时代，我根本不会想到，这片看似寻常的土地，是中华民族最早生活的地方，山水之间，绽放过无数辉煌，生活过无数杰出人物。年龄稍长，我才发现：史书中，一件又一件的大事发生在河东；传说中，一个又一个神一般的华夏先祖出现在河东；史实中，一位又一位的名将能臣从河东走来；诗篇中，一个又一个的优秀诗人从河东奏出华章。他们峨冠博带，清癯高雅，用谋略智慧和超人才华，在中国的历史文化图景中，为河东占得一席之地。如此云蒸霞蔚般的文化气象，让我对河东、对家乡生出深厚兴趣。

这套"典藏古河东丛书"邀我作序。遍览各位学者、作家的大作，我对运城的历史文化有了更深入的了解。

华夏民族的早期历史，实际是由黄河与黄土交融积淀而成的，是一部民间传说、史实记载和考古发掘相互印证的历史。河东是早期民间传说最多的地方，司马迁《史记·五帝本纪》中提到的五帝事迹，多数都能在运城这片土地上找到佐证。尧都平阳（初都蒲坂），舜都蒲坂，禹都安邑，均为史家所公认。黄帝蚩尤之战、嫘祖养蚕、尧天舜日、舜耕历山、大禹治水、后稷教民稼穑，在别的地方也许只是传说，带着浓重的神话色彩，而在河东人看来都是有据可依、有迹可循的。运城大量的史前文化遗址，从另一方面证明了运城人的判断。也许你不能想象，这片仅一万四千平方公里的土地上，全国文物保护单位竟多达一百零三处，比许多省还多，位列全国地级市第一，其中新、旧石器时代遗址埋藏之丰富、排列之密集，被考古学家们视为史前文化考古发掘的宝地。为探寻运城的地下文化宝藏，中国田野考古发掘第一人李济先生来过这里，新中国考古发掘的标志性人物裴文中、苏秉琦、贾兰坡来过这里，参加夏商周断代工程的二百多位专家学者大部分都来过这里。西侯度、匼河、西阴、荆村、西王村、东下冯等文化遗址，都证明这里是中华民族的重要发祥地，这里的历史根须扎得格外深，枝叶散得格外开，结出的果实格外硕壮。

中条山下碧波荡漾的盐湖，同样是运城人的骄傲。白花花的池盐，不仅衍生出带着咸味儿的盐文化，还诞生了盐运之城——运城。

山西地域文化中有两个值得关注的生僻字：一个是醯（音西），一个是盬（音古）。山西人常被称作老醯儿，也自称老醯儿，但没人这样称呼运城人，运城人也从不这样称呼自己。醯即醋，运城人身上少有醋味儿，若把醯字拿来让运城人认，大部分人都弄不清读音。盬是个与醯同样生僻的字，但运城人妇孺皆识，不光能准确地读出音，还能解释字义，甚至能讲出此字的典故，"猗顿用盬盐起"，这句出自司马迁《史记·货殖列传》的话，相当多的运城人都能脱口而出。因为古色古香的盬街，是运城人休闲购物的好去处。盐池神庙里供奉的三位大神，是只有运城人才信奉的神灵。一酸一咸，两种截然不同的味道，不光滋润着不同的味蕾，也养育了两种不同的文化。作为山西的一部分，运城的文化更接近关中和中原，民俗风情、人文地理就不说了，连方言也是中原官话，语言学界称之为中原官话汾河片。

如此丰沛的源头，奔腾出波涛汹涌的历史文化长河，从春秋战国，到唐宋元明清，一路流淌不绝，汹涌澎湃。春秋战国，有白手起家的商业奇才猗顿，有集诸子大成的思想家荀况。汉代，有忠勇神武的武圣关羽。魏晋南北朝，有中国地图学之祖裴秀、才高气傲的大学者郭璞，有书圣王羲之的老师卫夫人。隋代，有杰出的外交家裴矩、诗人薛道衡。至唐代，河东的杰出人才，如繁星般数不胜数，璀璨夺目，小小的一个闻喜裴柏村，出过十七位宰相，连清代大学者顾炎武也千里跋涉，来到闻喜登陇而望；猗氏张氏祖孙三代同为宰辅，后人张彦远为中国画论之祖，世人称猗氏张家"三相盛门，四朝雅望"；唐代的河东还是一个诗的国度，自《诗经·魏风》中的"坎坎伐檀兮"在中条山下唱响，千百年间，河东弦歌不辍，至唐朝蔚为大观。龙门王氏的两位诗人，叔祖王绩诗风"如鸾凤群飞，忽逢野鹿"；侄孙王勃为"初唐四杰"之首，一句"落霞与孤鹜齐飞，秋水共长天一色"，奇思壮阔，语惊四座。王之涣篇篇皆名作，句句皆绝响，"欲穷千里目，更上一层楼"一联，足以让他跻身唐代一流诗人行列。蒲州诗人王维，诗中有画，画中有诗，田园诗的境界让人无限神往。更让人称道的是位列"唐宋八大家"的柳河东柳宗元，有他在，唐代河东文人骚客们可称得上诗文俱佳。此外，大历十才子之一的卢纶，以《二十四诗品》名世的司空图，同样为唐代河东灿烂的诗歌星空增添了光彩。至宋代，涑水先生司马光一部《资治通鉴》，与《史记》双峰并峙。元代，元曲四大家之一的关汉卿，一曲《窦娥冤》凄婉了整个元朝。明代，理学家、河东派代表人物薛瑄用理与气，辨析出天地万物之理。清代，

"戊戌六君子"之一、闻喜人杨深秀则在变法图强中，彰显出中国读书人的气节。

如此一一数来，仍不足以道尽运城历史文化底蕴的深厚，因篇幅原因，就此打住。

本丛书围绕习近平总书记2017年和2020年两次视察山西时提到的运城历史文化内容，遴选十一个主题，旨在传承弘扬河东的优秀文化传统，增强文化自信，为社会发展助力。

参与丛书写作的十一位作者，都是山西省的知名学者、作家，我读罢他们的作品，能感受到他们深厚的学术和文学功力，获益匪浅。

从这套丛书中，我读出了神之奇，人之本，天之伦，地之道，武将之勇猛，文人之风雅，仿佛看到河东先祖先贤神采奕奕，从大河岸畔、田野深处朝我走来。

好多年没回过老家了。不知读者读过这套丛书后感觉如何，反正我读后，又想念运城这片古老的土地了，说不定，因为这套丛书我会再回运城一次。

是为序。

目录

前言：尧天舜日映千秋

尧天舜日映千秋，而且这辉映千秋的天空和太阳从晋南大地升起。这话不准确，应该说，中国的精神天空和太阳从晋南大地升起。还不够准确，晋南是山西省简称晋以后才派生出的地理称谓，最初形成精神天空和太阳时，还没有晋之说，当然更没有晋南之说。准确地说，应该是中国的精神天空和太阳从河东大地升起。或者说，从平阳大地升起。

河东与平阳自古就是无法分割的一个整体，就是璀璨中华文明史的风水宝地。

平阳发轫于很久以前的上古时期。那时，唐侯伊放勋带领部族定居在姑射山麓的平湖北侧，古人以山之南、水之北为阳，这地方即被称为平阳。伊放勋在平阳这方水土，发展农耕，催生了国家，唐部族演进为唐国，平阳自然成为最早的都城。伊放勋功德卓著，仙逝后民众建庙祭祀他，庙号为尧。后来，上古时期贡献最大的君王被誉为三皇五帝，尧就在五帝之中，世人尊称帝尧。平阳，就成为中国最早的都城——尧都。

那尧都与河东大地关系何在？

站在高端俯瞰，自内蒙古托克托县河口镇，至山西省河津市禹门口，一条蜿蜒奔腾的巨龙穿越了七百二十五公里的崇山峻岭。这条巨龙就是黄河。黄河东岸的土地自古称作河东，或许河东的范围过大，秦汉时期设立河东郡，即如今运城市与临汾市的辖域，北部还要辐射到石楼和灵石两县。

河东大地承载着平阳，自然也承载着尧都。

岁月演进到三国时期，曹魏始置平阳郡。平阳郡只是名称上的更替，辖域完全承续了河东郡的地盘。西晋沿袭曹魏旧制，平阳郡继续管辖这方水土。如今，运城市习惯以河东代称，临汾市则以平阳怀旧。若是以历史文明积淀溯源，以晋南区位划分，古往今来，河东与平阳、运城与临汾实为一个无法分割的母体。这个母体孕育出了最初的中国、最早的文明。

这方水土为何会有如此巨大的能量？

回答这个问题其实无须烦劳当今的任何人，早在唐朝就有人向世人做出了最响亮回答。哪位？王勃。王勃这名字，在神州大地几乎妇孺皆知，童叟赞誉。他与杨炯、卢照邻、骆宾王共称"初唐四杰"。别人的杰出需要打开诗卷品评，他毋庸，他的名字缘《滕王阁序》而闪耀在神州星空。"落霞与孤鹜齐飞，秋水共长天一色"，是诗，是画，是用文字描摹的画卷与境界。他就在这画卷与境界中让国人仰望了上千年，并且还会被连续不断地仰望下去。那么，王勃如何回答我们急需知道的问题？四个字：人杰地灵。

毫无疑问，是人杰地灵。人杰者，帝尧也，以及继承他的虞舜；地灵者，自然即河东，这彪炳史册的地域。人杰地灵，出自王勃的《滕王阁序》，是唐高宗上元二年（675年）秋，他前往交趾看望父亲，路过南昌时奋笔写下的千古名句。在他人眼中，王勃这是赞美滕王阁，赞美南昌。在我看来，王勃是在展示家乡河东水土滋养出的文化积淀。王勃乃河东绛州龙门县人，即今运城市河津市人。他这一句人杰地灵，石破天惊，道出了河东深厚的文化基因。

倘要是觉得王勃这回答过于简练，未能道出其中丰沛的历史文化内涵，那不妨听听柳宗元如何解读河东。柳宗元人称柳河东。柳河东名副其实，史书记载他是河东解县虞乡人，如今属于永济市。永济市是运城市管辖的县级市，自然属于运城人。柳河东是一代文学宗师，论诗作，在唐朝诗坛有他的重要席位；论散文，他璀璨于唐宋八大家之列。文学宗师解读河东，自然不会像我辈这般浅陋苍白，翻开他的大作《晋问》就能看到，文采飞扬，曲径通幽。追随他的引领，柳暗花明，旋转攀升，渐渐抵达一览众山小的高处。

你看，柳宗元将好友吴武陵请了出来，二人盘膝而坐，品茗谈论，留下了一段不朽的佳话。吴子开口问柳宗元，公是晋人，一定知道晋地的古今物事。柳宗元回答知道，吴子颔首点头，乐意听他细细叙说。于是柳宗元娓娓道来，如数家珍。他一夸晋地表里山河，丰厚险固。这没有打动吴子，得到的回应是，没啥，不足荣光显大。战国时期名将吴起早就说过，"在德不在险"。

柳宗元换个话题夸赞，晋之金铁，甲坚而刃利，这是交战取胜的资本。吴子不以为然，以一句"夫兵之用，由德则吉，由暴则凶，是又不可为美观也"，轻轻摇头否定了。

柳宗元再换话题夸赞，晋之名马，其强可恃。的确如此，屈产宝马曾经假道伐虢，弄得虞公唇亡齿寒。吴子仍不动心，让他"请置此而新其说"。

好在晋地物华天宝，优势多多，柳宗元眼睛一眨，又一个话题脱口而出，晋之北山，其材可取，这是建造"丛台、阿房、长乐、未央"宫殿的宝贵用材。吴子非但没有为这稀缺宝贵的建筑材料所打动，居然说"虒祁既成，诸侯叛之"。虒祁宫是晋平公修建的宫殿，巍然雄立，庄严肃穆，可是这未能维护晋国称霸的地位，各国诸侯众叛亲离。听话听声，听锣鼓听音，吴子露出不屑之意，这可如何是好？

柳宗元胸有成竹，并不慌张，话锋一转高调夸赞，晋之河鱼，可为伟观。吴子听了，仍是不屑之态，说："一时之观，不足以夸后世；百舌之味，不足以利百姓。"他要听的不是什么伟观宝物，而是能够有利民众的上者。

何为上者？柳宗元亮出的是晋之盐宝。浩浩盐池，取之不尽，用之不竭，"驴、骡、牛、马之运，西出秦、陇，南过樊、邓，北极燕、代，东逾周、宋。家获作咸之利，人被六气之用，和钧兵食，以征以贡"。池盐可以利民，可以利国，真乃天赐宝物。吴子略假沉思，叹息着说："此可以利民矣，而未为民利也。"

柳宗元不无纳闷，抱拳请教，何为民利？吴子给出的答案是："所谓民利，民自利者是也。"柳宗元似乎有所感悟，托出晋文公称霸天下的历史，而且以"推德义，立信让；示必行，明所向；达禁止，一好尚"，给予高度评价。然而，吴子认为有点接近，却非"不知而化，不令而一"，是迫使所为，因叹"近之矣，犹未也"。

初读至此，曾为柳宗元犯忧，唯恐无言以对，辜负晋地盛名。一读再读，方知柳宗元何等精明，胸藏瑰宝，掩而不露，像后世说相声那般，故意引而不发，设就一个包袱，不抖则罢，一抖便有惊人的效果。抖包袱的时刻终于到了，他高声言道："三河，古帝王之更都焉，而平阳，尧之所理也。有茅茨、采椽、土型之度，故其人至于今俭啬；有温恭、克让之德，故其人至于今善让；有师锡、金曰、畴咨之道，故其人至于今好谋而深；有百兽率舞、凤凰来仪、於变时雍之美，故其人至于今和而不怒；有昌言、儆戒之训，故其人至于今忧思而畏祸；有无为、不言、垂衣裳之化，故其人至于今恬以愉。此尧之遗风也。愿以闻于子何如？"

尧之遗风也，何如？还能何如，被柳宗元点燃激情的吴子，哪里还坐得住，"离席而立，拱而言曰：'美矣善矣！'"。

美矣善矣，人杰地灵，这就是河东水土的魅力，这就是运城水土的魅力。

魅力无穷，千秋彪炳。那为何要说，这方水土上升起了中华民族的精神天空和太阳？

我不能再让河东当地人士评价了，即使他们评价得毫不夸张虚饰，恐怕也难免有王婆卖瓜之嫌。那就看看孔子如何评价帝尧吧！打开《论语·泰伯》篇，他老人家的评价振聋发聩："大哉，尧之为君也！巍巍乎！唯天为大，唯尧则之。荡荡乎！民无能名焉。巍巍乎！其有成功也。焕乎！其有文章。"这是说，像帝尧这样的君王真是太伟大了，太崇高了！天最高大，只有帝尧能够效仿天的法则。他的德行浩大无际，平民百姓真不知道用什么样的语言赞颂他才好。他的功业真是太大了，他的礼乐制度是多么光辉四射啊！

若是要再请出一位先贤评价，那就走近众人尊称为"史圣"的司马迁吧！掀开他写在竹简上的《史记·五帝本纪》，帝尧的光泽喷薄而出："帝尧者，放勋。其仁如天，其知如神。就之如日，望之如云。"这是说，帝尧名为放勋。他的仁德像高天一样阔大，他的智慧如神仙那般奇妙。接近他如同太阳那样和煦温暖，远望他好比云彩那样绚丽美好。

作为尧都人，对于帝尧的伟大辉煌我很看重。看重"就之如日，望之如云"，更看重"唯天为大，唯尧则之"。若是没有"唯天为大，唯尧则之"的躬身探求，那就不会有"就之如日，望之如云"的古今盛誉。"唯天为大，唯尧则之"，是由于唐侯伊放勋组织了一个探究天象的班子，分别命令羲仲、羲叔、和仲、和叔前往四个不同的地方，观测日出日落，以及太阳在最北面和最南面回归的情状，进而由他主持定论，确定一年"三百有六旬有六日"。《尚书·尧典》对此的记载是："钦若昊天，历象日月星辰，敬授人时。"

阅读典籍里的这段记载，我得到一个意外启示，理解事物和他人需要设身处地，还原远去的历史更需要设身处地。倘若以当今的眼光看历法，看过新年时买回的日历即可，尽管那上面刻画着一年的时光线路图，可是谁也不会受到丝毫触动。只要脉搏还在跳动，人人都要按照那个从春到夏、从夏到秋、再到冬天的线路运行。是呀，无论当今的日历，还是古老的皇历，千百年来就这样四季交替、岁月轮回，平平常常，毫无奇崛之处，毫无新异之意。然而，若是置身于上古时期，那就会别是一番滋味在心头。那是文明跨越的一个交接点，那是时代变迁的一个交叉点。神农氏尝百草识别了人们可以食用的植物果实、可以播种的籽实，那会儿却不知道何时下种为好。时常天气一转暖，先民即耙土下种，可是发芽的种子刚露头，温度骤降，寒气凝霜，当即被冻死。那就种晚些吧，禾苗倒是旺盛生长，长势喜人，然而籽实尚未饱满，又是温度骤降，又是寒气凝霜，收成大为减少。有种无收与广种薄收，困扰着先民，不打猎就难填饱肚子。与农耕相比，打猎不只艰辛，而且随时会有猛兽威胁生命。吃饱肚子，安居乐业，成为先民最大的愿望。唐侯伊放勋就用钦定的历法，就用观测的四季，就用划定的节气，指导下种耙田，发展农耕，帮先民实现了吃饱肚子、安居乐业的愿望。

这愿望的实现，带来了唐侯伊放勋也始料不及的颖变。收获的粟谷要吃一个收获季，保管和保护成为燃眉之急。不保管，会霉烂；不保护，会失盗。保管粟谷催生了陶罐、陶瓮和陶仓，这不足挂齿。值得挂齿的是为保护粟谷，一道防护围墙夯筑在住地周边，这居然就是国家的雏形。在甲骨文里，"或"字就是这雏形的写真，"口"是围墙，"戈"是拿着武器守护。"或"

就是最早的国字。唐部族一跃而为唐国。国家雏形的出现，也才让住地成为国都，被后人誉为尧都。

更为引人注目的跨越是"中国"的形成。催生"中国"的动因很单纯，就是《尚书·尧典》里的那四个字："敬授人时。"也有典籍中将"敬授人时"写作"敬授民时"。如何写不重要，重要的是这一举措迅速传播了历法，各部族按照节气下种粟谷，耔田除草，进而都获得丰收，都安居乐业，都在住地周边添加了围墙，都变为国家。数千年后，历史学家苏秉琦先生回望那时的局势，称作万国林立。当然，那林立的万国，都是很小的地方性国家，简称方国。唐国无疑就是这万国林立的国中之国，先民将"国中之国"简称为"中国"。当然，历史学家更认同东汉经学家、训诂学家刘熙《释名》中的说法："帝王之都曰中，故曰中国。"刘熙如此定位没问题，帝王肯定在都城，在"中国"。不过，刘熙距尧舜时期已有两千年之久，在缺乏考古支撑的年代回望历史，未必不是根据眼前推断往昔，难免会有出入。尧舜时期的国家属于雏形期，机体很不完善，"中国"只是地理方位的称谓而已。尽管如此，也标志着一个全新的时代由此开端。这个全新的开端，也让伊放勋成为彪炳史册的伟大人物，后人建庙祭祀他，庙号为尧。之后尧被尊为三皇五帝中的五帝之一，才有了帝尧之称。

斗转星移，岁月变迁，时光黯淡了无数显赫人物。唯有伟大辉煌的帝尧，经过时光的淘洗仍然伟大着先前的伟大，辉煌着先前的辉煌。不过，帝尧的伟大辉煌离不开一个关键性的人物——虞舜。虞舜继承了帝尧的君位，光大了帝尧的勋绩，才使帝尧的形象更加震古烁今。

1998 年 4 月 4 日，熊熊烈焰将临汾尧庙广运殿化为灰烬，修复成为迫在眉睫的大事。然而，经济低迷，财政拮据，如何重光？临危受命，本人走上了修复尧庙的前线，发动民间集资，不仅重光广运殿，而且让尧庙焕发青春。修复告竣就是旅游的端点，启动旅游必须有响亮的宣传，为此本人加大了研究力度，批阅典籍史书，深入考古现场，帝尧的伟大辉煌，终于凝练为八个大字：民师帝范，文明始祖。随即虞舜的崔巍形象也简笔勾勒而成：贤臣明君，德圣孝祖。

尧庙仪门

　　贤臣明君，德圣孝祖。我必须强调对虞舜形象的定位，数千年来在中华文明史上，虞舜的地位不算低，与帝尧几乎比肩，几乎齐名。有点遗憾的是，更多投向他的目光，不是尊崇他光大了帝尧开创的功业，而是尊崇他任劳任怨，孝敬父母。尤其是元代将他列入二十四孝第一位《孝感天地》，他就成为道德修身、委屈行孝的典范。这典范没有不对，只是炽热的光焰淡化了他在文明演进中最值得铭记的政绩。《尚书·舜典》评价他："濬哲文明，温恭允塞，玄德升闻，乃命以位。慎徽五典，五典克从；纳于百揆，百揆时叙；宾于四门，四门穆穆。"由此可以窥视到，虞舜深邃聪明的智慧，温恭谦和的美德，充塞于天地之间，所以才能被授予相应的职位。他努力推行父义、母慈、兄友、弟恭、子孝的五典，先民遵行，风尚融洽。帝尧让他代为摄政，总理朝觐事务。虞舜理事精细，确定办事人员，规范接待礼仪，还亲至四门，款待宾客，各方来宾无不肃然起敬。

　　如此，当帝尧归葬于神林后，虞舜虽然想还政于帝尧的儿子丹朱，但是，四方诸侯却恭谨如前，全来朝拜他，希望他成为天下的主宰。

　　成为天下的主宰，虞舜不改初心，继续推行帝尧的爱民方略，普惠众生。善于演奏弹琴的他，用曲调抒发心声，一曲歌颂帝尧恩德的《韶乐》悠然飞扬而出。一人弹奏，万民唱和，《韶乐》不胫而走。数千年后孔子听见还赞不绝口，《史记·孔子世家》的记载是："学之，三月不知肉味。"

《韶乐》到底有多么美好，为何能让孔子迷醉到如此程度？只因上古距今太久远了，在缺少曲谱的那时很难完整流传，古往今来不知多少琴师乐圣都在试图复原，不过总难尽如人意。是呀，尽善尽美的《韶乐》，是虞舜心灵之花开放的声音，那花朵的韵致哪能轻易捕捉到！那虞舜的心灵之花到底有多么芳香？他留下的《南风歌》应有异曲同工之妙，同样散发着他心灵的芳香：

南风之薰兮，
可以解吾民之愠兮。
南风之时兮，
可以阜吾民之财兮。

《南风歌》能够流传至今，肯定特别讨人喜欢。别说古人，即是今人谁能不喜欢？南风清凉阵阵吹呀，可以解除万民的愁苦啊！南风适时缓缓吹呀，可以丰富万民的财物啊！解除民众愁苦，丰裕万家财富。如此解除忧愁、赐予财富的歌曲，民众哪有不喜欢的。因而，司马迁在《史记·乐书》中评价："舜歌《南风》而天下治，《南风》者，生长之音也。舜乐好之，乐与天地同，意得万国之欢心，故天下治也。"

司马迁如此评价虞舜，实际是为世人搭建了瞭望虞舜形象的一座高层平台。站在这个高巅远眺，才得出对他的定论："贤臣明君，德圣孝祖。"姑且不论虞舜是"德圣孝祖"，仅"贤臣明君"而言，就功绩非凡。他当大臣，善于领会帝尧的意图，治国理政；他主宰天下，继续光大帝尧的方略，勤政爱民。正是由于如此，才使中华文明史册上闪耀着四个光前裕后的大字：尧天舜日。

为此我才认为，中国的精神天空和太阳从河东大地升起。

换言之则是，尧天舜日自河东升空，进而辉映千秋！

第一章　深植河东的尧舜根脉

从头越，从头越，重新建构中国源头史必须从河东写起。随着考古发现，曾经被史家屡屡当作传说时代的上古时期，一点也不容置疑地成为信史。"最初中国""最早中国""中国摇篮"，无论变化成什么名称，古国都在河东这方水土孕育、初生，接着日益茁壮，逐渐长成彪炳于全球的泱泱大国。

问苍茫大地，是谁在这方水土播种古国？

搞清楚这个问题，就像是看一部现实主义与奇幻手法交融的电视剧，又像是看一场民间歌手与美声歌星共同登场的大联欢。现在就让我们穿越时光，去拜会上古时期缔造古国的那些先祖、先贤。

第一节　龙的传人

尧，也称帝尧。称之为尧，或者帝尧，因他功绩崔嵬，形象高大。他去世以后，后世子孙还在思念他，祭祀他。祭祀需要个场所，这个场所古人叫作庙。庙里供奉德高望重、贡献卓越的先祖。他被供奉进了一座新建的庙宇，受到先民的礼敬叩拜。这个庙该有个名称，众人就称之尧庙。于是，千秋万载下来，中华大地就有了一位万世敬赖的伟人——尧。

时光匆匆飞逝，历史缓缓演进，后世子孙回望上古时期盛传的一个个流光溢彩的名字。这些名字的记忆和传颂，不知不觉间已经形成华夏先民的一种思维定式：敬天法祖。"人法地，地法天，天法道，道法自然"，老子《道德经》的这句名言，早已成为国人敬天的最好诠释。法祖，就是效法三皇五帝。三皇五帝的说法有多种，不过，比较常见的三皇是指伏羲氏、燧人氏、神农氏；五帝是指黄帝、颛顼、帝尧、虞舜、大禹。由此可以看出，庙里供奉的尧，被尊称为帝尧了。

中国的汉字浩如烟海，为何偏要选这样一个尧字来作庙号呢？搞清楚也挺有意思。最初的尧字，为"垚"，没有下面那个"兀"字。兀，是高高凸起的意思。《说文解字》对"垚"字的解释是：土高貌，形容雄伟高大。把雄伟高大的"垚"，供奉在"兀"之上，那就更加雄伟高大了。雄伟高大的尧只是个庙号，那他叫什么？司马迁在《史记·五帝本纪》中告诉世人："帝喾娶陈锋氏女，生放勋。娶娵訾氏女，生挚。帝喾崩，而挚代立。帝挚立，不善，而弟放勋立，是为帝尧。"从史记可以看到，帝尧的名字叫作放勋。相传，他的母亲名叫庆都，是陈丰氏的女儿。陈丰氏也被称为陈锋氏，据说先前"锋""蜂"二字通用，陈锋氏应是陈蜂氏。炎帝的孙子伯陵居位于陈地，以蜂为图腾，所以被称为陈蜂氏。后来，其部族大多南下至神农架、茶陵等地，有一支留在北方建立伊祁国。庆都就是伊祁侯的女儿，《说郛·河图稽命征》中记载，她把儿子放勋生在了父亲部族，也就是伊祁这个地方。古代有名望的部族，都以地望作为姓氏，当然放勋就姓伊祁。可能有人嫌复姓复杂，也用伊姓称他。因而，伊祁放勋、伊放勋，都是帝尧。

尧画像　宋代马麟帝作

搞清帝尧的名字，就该了解他的出生了，这便走进了神话时代。帝尧母亲庆都出生就有点神异，母亲没将她生在家里，却生在大河岸边的阔野。呱呱落地后，时常有祥瑞的黄云伴随着她，笼罩着她。庆都长大后，喜欢到处游转。有天游转时，忽然刮来一阵很大很大的龙卷风，隐隐约约有一条通体透红的"赤龙"在随风飞舞。看见的人惊慌逃窜，唯有庆都若无其事，含笑观看。只见那条赤龙缓缓贴近庆都，与她交合在一起，伏地而卧。过一会儿，赤龙飞舞而去，庆都站起身来。低头一看，发现旁边的草地上有一张图画，上面画着一个红色的人像，八彩眉，长头发。仔细看，画上还有文字，写着"赤受天运"。庆都捡起这张画，带回家里。不多时，她发觉自己怀孕了，十四个月后生下了一个男孩。庆都拿出图画比对，儿子相貌和图上画的那人一模一样。这个儿子就是生在伊祁侯部族的放勋，也就是后来的帝尧。我查考了不少资料，比帝尧早的那些三皇五帝没有一位的出生与龙有关系。如此看来，我们中华儿女喜欢将自己称为龙的传人，根源就派生在帝尧身上，他就是第一位龙的传人。至少在没有新的证据替代这个故事前，我可以如此大胆妄言。

　　神话传说自然不足为信，何况从历史研究的视点探望，帝尧一生最大的作为就是钦定历法，确定年月日。他出生前没有历法，没有年月日，何谈他会在温暖的母腹中享受十四个月的钟爱？然而，即使这个带有神话性质的传说故事，不能作为历史看待，也不能忽略不计。汉朝时有个读书人写过一本《春秋合诚图》，大概是年代久远的缘故，没人记得作者的名字；大概是朝代更迭、战火频仍的缘故，这本书已经找不到了。好在宋朝宋太宗年代，编过一部《太平御览》，当中曾引用《春秋合诚图》的内容来说明帝尧的神奇出生，文章与上面的神话传说不仅相近，而且还要丰满得多："尧母庆都，有名于世，盖天帝之女。生于斗维之野，常在三河之南。天火雷电，有血流润大石之中，生庆都。长大形像天帝，常有黄云覆盖之，梦食不饥。及年二十，寄伊长孺家，出观三河之首，常若有神随之者。有赤龙负图出，庆都读之，'赤受天运'，下有图，人衣赤光，面八彩，须鬓长七尺二寸，兑上丰下，足履翼翼。署曰：'赤帝起诚天下宝。'奄然阴风雨，赤龙和庆都合婚，有娠，龙消不见。既乳，视尧如图表。及尧有知，庆都以图予尧。"你看，文章写得活灵活现，似乎帝尧确确实实就是母亲庆都与赤龙交媾所生，确确实实就是龙的传人。如今，我们自然不会相信这是真事，却可以从这个故事窥视到，帝尧确确实实功绩崔嵬，不然历史上不会这样神化他。

有人神化帝尧，有人就会把他当作神敬。遴选中国历史上有作为的皇帝，汉武帝肯定名列其中。他任用卫青、霍去病抗击匈奴，拓展疆土，英名盖世。至今人们夸赞豪杰的口头语都是：好汉。好汉，标志着民族威武的气概。无疑，是汉武帝的威武缔造了民族的威武。就是这位威武的皇帝刘彻，对帝尧也是顶礼膜拜。刘彻六十多岁巡访时，在河间郡得到奇女，带回宫中，封为婕妤，爱称"钩弋夫人"。钩弋夫人怀孕后，到了第十四个月才生下刘弗陵，也就是后来的汉昭帝。刘彻大喜过望，还要表达自己的大喜过望，如何表达？办法是将钩弋夫人的宫门命名为"尧母门"。很显然，"尧母门"寄寓着刘彻对帝尧的尊崇，寄寓着刘彻对儿子的厚望。

龙的传人、雄伟高大的帝尧，崔嵬在一代一代华夏儿女的心中，王侯将相、平民百姓无不想紧步他的后尘。望子成龙就从遥远的上古延续到了如今的新时代。

第二节　闪光的足迹

闪光的足迹，是要书写帝尧行走的足迹。实际穷尽笔墨也无法复原他巡访天下、统领万国的步履，只是想择要拔萃，写清楚他的出生地、主政地。或许对于别人，写清这些非常简单，可是要写清帝尧就成为一件复杂得不能再复杂的事情。就以出生地来说，临汾市尧都区伊村早已铭刻在我的心扉。伊村是我奶奶的娘家，童年时我无数次跟随奶奶前去拜望须发皆白的老奶奶，帝尧故里的丰碑早早便高耸于我的精神领地。

伊村位于临汾城西南，离巍峨的尧庙也就一箭之地，西滨汾河，东望崇山，是个高巍阔朗的村庄。早先村子的东面通往城里的岔道口，有一座石牌坊，上面镌刻的就是"帝尧故里"几个大字。往村里走，东门上书："泽被尧光"；西门上书："尧天再造"；南门上书："尧天化雨"；北门上书："尧都遗风"。村中原先建有祠庙，现在祠庙虽然不在了，但是村南的高崖上仍然耸立着一块明代万历年间的碑石，上面刻着"帝尧茅茨土阶"六个大字。

伊村尧王台

　　最有意思的不是碑石，而是伊村的草木都能瓜葛在帝尧身上。碑石旁边的崖畔上，绿草丛生，间或有一两棵酸枣穿插草丛，这儿被称为尧王圪台。如今修缮一新，被冠之于尧王台的芳名。伊村人特别珍爱尧王圪台的酸枣刺，每有客人来访，他们都会口若悬河地炫耀。一两棵酸枣有啥值得炫耀的？确实值得炫耀，这里的短刺上没有钩。酸枣刺都是两两相挨，一长一短，长的直翘，短的是个弯钩。如果你俯首仔细察看，就会惊奇地发现，这尧王圪台的酸枣棵上那短刺也伸直了，没钩了。这到底为何？

　　此时，伊村人会给你眉飞色舞地讲述。尧王在这里出生后，正好遇到其祖母病逝，于是，按当时的风俗就在这里讳避。他和平民家的孩子一起玩耍，稍大点儿就下田劳作。一天，他从这里路过，走得正急，身上的葛麻长袍挂在了酸枣刺上。他弯下腰去解，可那挂在弯钩刺上的衣服实在难解，便自语道："这刺何必长钩！"

没想到这么一说，酸枣刺真的变了，那短刺竟然伸直了，没钩了，千百年来就是这种奇特的样子。说到这没钩的酸枣刺，伊村人脸露喜色，闪烁着说不完的荣耀。

这酸枣刺的故事只是传说，传说不足为据。可是，我们也不要忽略了传说的作用，考古学家寻找历史遗址，往往有个着眼点，哪里的传说密度大，就在哪里入手。河东大地不仅有帝尧出生的传说，还有他成亲、继位、拒礼、访贤、让位，以及安葬的传说。这些传说贯穿了帝尧的一生，因而当年考古工作者就盯住了这块土地探测，便发现了襄汾县陶寺遗址。该遗址属龙山文化晚期，与尧舜禹时期吻合。足见，传说启迪着考古，考古实证着传说。

关于陶寺遗址和尧舜禹的关系，容后细说，当务之急还是说清伊村这尧王垴台。《魏土地记》有这样的句子："平阳城东十里，汾水东原有小台，台上有'尧神屋'石碑。"平阳城，就是帝尧建都的古城，在现今临汾市尧都区金殿镇。金殿镇与伊村隔河相望，此河即汾水。汾水东原上有小台，即尧王垴台。现在虽然不见了那尊"尧神屋"碑，却仍然有茅茨土阶碑。且莫小瞧了这尊碑石，那是帝尧俭朴品格的象征。《墨子·三辩》中说："昔日尧舜有茅茨者，且以为礼，且以为乐……"茅茨，是说尧的房屋很简陋，仅以茅草覆盖。同样，土阶也在说明帝尧的俭朴。这尊茅茨土阶碑，表达了人们对帝尧美德的敬意，也为确认探寻帝尧的出生地敬献了一把钥匙。

如此看来，帝尧的出生地在伊村确凿无疑。不过，若是打开视野向全国瞭望，目光一出娘子关就迷乱了。娘子关是山西进入河北省辖域的东部关隘，出关向东北前行，即进入保定市的唐县、望都县和顺平县。这三个县不可小觑，历史上曾经有"生域"之称。生域，生谁？据说，生的就是帝尧。这里有庆都山，还有伊祁山。庆都是帝尧的母亲，伊祁是帝尧的姓氏，难道能是杜撰？伊祁山又名尧山，庆都山又称尧母山。尧山在北面，尧母山在南侧。北登尧山，就可以望见尧母庆都山，因而便有了一个望都县。望都县历史悠久，战国时期赵国在这里设置了庆都邑。庆都邑以庆都故里自居，如今还有庆都陵墓。古往今来，望都县无时无刻不以帝尧的母亲为荣。

看看，我不是故弄玄虚吧，要写清楚帝尧的出生地和主政地并不简单。原因在于，帝尧在中国历史上地位太重要了，声誉太美好了，哪一个地方的人都希望以帝尧的辉泽为自家增光添彩。只要有一点关于帝尧的蛛丝马迹，都会不觉间放大，以至于弄得扑朔迷离。我用指尖轻轻敲击出来的蛛丝马迹，在华夏儿女眼里当然不会这样平庸看待，那是圣人留下的闪光足迹。帝尧勤政爱民，巡视四方，足迹所至，都会成为世人的骄傲。因而，帝尧出生地和主政地多处重复自然能够理解。虞舜遗迹多多，也是同理。理解是同享尧舜美誉，如果要辨析清楚他们的真迹确实需要耗费一番心思。

第三节　尧都知多少

四千多年前，帝尧带着部族先民摸索探求农耕之路的时候，绝不会想到他为后世子孙留下的珍贵遗产扑朔又迷离。就说尧都平阳吧，本来早成定论，史书中比比皆是，翻开典籍可以信手拈来。司马迁在《史记》中写道："昔唐人都河东，殷人都河内，周人都河南。夫三河在天下之中，若鼎足，王者所更居也。"唐，即帝尧所建的国家，他号为陶唐氏，曾在陶地当侯，后来又在唐地当侯。唐地发展成国家的雏形，顺理成章称作唐国。这里的"都"，是个动词，建设都城的意思。河东，西汉、东汉时平阳都为河东郡。司马迁写下的"唐人都河东"，就等于说：尧都平阳。东汉学者应劭阅读司马迁的《史记》，或许觉得这种写法尚不明确，他便直截了当点名平阳。具体如何写？班固在《汉书·地理志》中转引了他的话："尧都也，在平水之阳也。""平水之阳"，简称即为平阳，这是探究尧都的一个关键地方。

随着历史的演进，文化典籍逐渐增多，关于尧都平阳的记载也相应增多，屡见不鲜。如前所述，柳宗元在《晋问》中说过："三河，古帝王之更都焉，而平阳，尧所理也。"还有没有记载？有：《元和郡县志》晋州一条记有："《禹贡》冀州之域，即尧舜所都之平阳。"郑樵也在《通志·都邑略》中记载："晋都唐，谓之夏墟，大名也。本尧所都，谓之平阳。成王封母弟叔虞于此，初谓之唐，其子燮父立，始改为晋，以有晋水焉。"

司马光在《资治通鉴》中未能涉及帝尧时期的事宜，可能不无遗憾，于是在《稽古录》中写道："帝尧，祁姓，曰放勋，帝喾之子。初封于陶，后改封唐，故曰陶唐氏……年十六，以唐侯升为天子，都平阳。"司马光写得比别人要具体得多，为何？他是河东人，今运城市夏县人，在对故里水土的了解最为细致入微，下笔毫不犹豫，写得一清二楚。中国的史学家很多，最有名望的当属两个司马：司马迁和司马光。司马迁以传记体史书彪炳千秋，司马光则把编年体史书推向极致。他俩振臂一呼，应者如云，后世学者纷纷响应。

生活于康熙年间的吴乘权就是"尧都平阳"的响应者。他学识过人，但屡次科举考试均以落第告终。患有足疾的他不能下田耕耘，于是便埋头读书。与侄儿吴调侯共同编成《古文观止》一书还不尽兴，继而批阅典籍，撰写出了《纲鉴易知录》，在《五帝纪》中，他写道："纲：甲辰，唐帝尧元载，帝自唐侯践天子位于平阳，以火德王。"

至于近代史书，更进了一步，不仅确认尧都为平阳，而且注明是山西临汾，这里选录几例：

人民出版社出版的《中国通史》，记有："尧号陶唐氏，都平阳（山西临汾县），居地在西方。"

山西教育出版社出版的《中国历朝纪事本末》，记载："尧建都平阳（今山西临汾）。"

明天出版社出版的《中国帝王辞典》，注明："尧庙：在今山西临汾市尧庙村。相传尧建都平阳（今山西临汾县）。"

郭沫若、翦伯赞等史学家也认为帝尧定都平阳。即使先前对此持有异议的徐旭生先生，经过多年的考证研究后也认定："平阳亦即晋阳，在今临汾。"

如此看来，尧都平阳早已成为不争的事实，且慢，或许正是由于帝尧留下的是闪光足迹，近年又出现了新的声浪。声浪最响的是唐县与太原，这就有必要辨析一下，不然就会"乱花渐欲迷人眼"。

唐县属于河北，认为此地为尧都的代表人物是王大有先生。他在《三皇五帝时代》一书中指出："帝尧约在公元前2357年执政，国号陶唐，都平阳，在河北灵山之西，阜平之东，平水之北。平阳取名，为平定天下义。"写到这里，王大有先生可能想到了典籍对尧都早有定论，于是笔锋一转，纸面出现了下面的文字："暴雨连绵不断，华北平原一片汪洋，海水漫过了白洋淀、滹沱河、潴龙河、滏阳河，河水暴涨，威胁着尧都。帝尧迁都行营……经平山—井陉—娘子关—阳泉—太原—晋阳—祁县—霍太山—都平阳（临汾东）。"看看，王大有先生还是将平阳定为尧都。而且，此平阳是临汾平阳，不是唐县那个平阳。需要提及的是，他将平阳指为临汾东面，显然是一种失误。失误的原因是没有亲临实地考察，如果来到这里前往金殿镇这水乡泽国一看，一准不会出现这低级错误。倘要是有人说，现在不是初步认定陶寺遗址为尧都古城吗？那就请王大有先生去那里观瞻。观瞻过后也会发现，尧都也不在临汾东边，而是临汾南边。我历来包容各种研究帝尧的观点，自然也不想让王大有先生出错，可是没办法，典籍记载与考古发现均不顺从他的旨意。

尧都太原说叫响于十多年前，那时太原庆祝建城两千五百年，用辉煌历史扮靓当今、鼓舞士气自是大好事。于是有人还嫌两千五百年时间不够长，辉煌不够亮，往前一推，就将建城时间推到了帝尧时期。当然，这一说法的出现并不是当今学者教授的杜撰，他们自有依据。依据是东汉经学家郑玄在《毛诗谱》中的记载："唐者，帝尧旧都之地，今日太原晋阳是尧始居处。"不过，郑玄没有把晋阳作为帝尧的落脚点，后面紧着写："此后乃迁河东平阳。"这个说法倒是可以衔接在王大有先生的迁徙说上。王先生说，暴雨连绵不断，华北平原一片汪洋，海水漫过了白洋淀一带，威胁着尧都。帝尧只得迁都，经"平山—井陉—娘子关—阳泉—太原—晋阳—祁县—霍太山—都平阳"，这就把太原包括了进去。何止如此，还可以化解一个小小疑团，这个疑团是帝尧曾定都清徐。如果说清徐是尧都，那可能与太原大同小异，都是帝尧带领部族迁徙时所经过的歇息地方，只是所待的时间长短不同而已。

本来我很乐意与太原、清徐分享帝尧的光彩，只是史书存留的不同观点却不断干扰我的思绪。上千年前的宋朝出了个担任平原主簿的乐史，他是个官员，却和当今的官员不同。乐史边当官，边做学问。这一做，就做成了文学家和地理学家。于是留下了一部名著《太平寰宇记》。在这本书里，乐史明确指出："平水即晋水。"他这样明确论断，是不是做过考察我不清楚，能够清楚的是他有资料依据，至少参照了《括地志》。《括地志》是一部地理学专著，由唐太宗李世民的第四子魏王李泰主编。主编此书的李泰本来就讨父皇喜欢，此书面世李世民对这个儿子更是宠爱有加，赐予李泰锦缎上万匹。李泰声望日隆，大有让父皇废除太子而代之的可能，于是便蠢蠢欲动。别看这个李泰没有争得皇位，弄得脸面不光彩，形象遭破坏，可《括地志》让他永生于人间。书中记载："今晋川所理平阳故城是也，平阳河水，一名晋水。"《括地志》为李泰主编，而不是撰写，他和他的手下未必考察过，资料从何而来？来自郦道元的《水经注》。

北魏年代的郦道元是位真做学问的志士，应该说他是"读万卷书，行万里路"的先驱和典范。他跋山涉水，到处考察，靠两条腿丈量大地，顶多也是在平缓地带骑头毛驴赶路。如此实地观察，做好笔记，自然不可能有将平阳指画到临汾东的失误。或许那一天考察完平阳，他不顾身体困倦，点燃油灯，伏案书写，于是《水经注》留下这么一行字："平阳城西十五里有平水，即晋水也。"这一行字价值千金，成为李泰主编《括地志》的依据，成为乐史撰写《太平寰宇记》的依据，也成为辨析尧都平阳的依据。

尧都平阳的证据如此可靠，如此清楚，那么，为何当今还有诸多歧义？不要怨怪平阳之外的尧都之说，尤其是尧都太原的歧义。歧义的关节点在于平水与晋水本为一体，是一汪泉水，是一溪清流。太原有晋祠，晋祠有晋水。将太原晋水当作平阳晋水，那不就差之毫厘、失之千里了吗？不过，历史知识稍多一些，就会避免这等谬误。对此顾炎武先生曾经做过考察，曾经有过结论。顾炎武先生是明末清初的志士仁人，本来立定大志反清复明，可是颠沛流离到后来，眼看大势难以扭转，便游走北国，考察探究，成为大学问家、大思想家。晚年辗转来到山西，定居平阳府的曲沃县，边考证边著书，完成了大著《日知录》。他在这里剥去了历史中的许多伪装假象，平水、晋水之误就是其中之一。不过，他厘清晋水与平水却是从平阳与晋阳着墨的。他在《日知录》中写道："晋之始见春秋，其都在翼，今平阳翼城县也……北距晋阳七百里，即后世迁国，亦远不相及……况霍山以北，皆戎狄之地，自悼公以后，始开县邑，而前此不见于传。"是呀，周成王桐叶封弟，也称桐叶封唐，地点在现今翼城县。后来虽然唐国改称晋国，地盘未变，晋国都城离太原"七百里"之遥，如何能混为一谈？我相信顾炎武先生的判断，不是因为他的判断符合我的意愿，而是他不是平阳人，不是晋阳人，不带任何偏见。以他的论断再回味《毛诗谱》中那句"叔虞子燮父以尧墟南有晋水，改曰晋侯"，就会明白此尧墟为平阳，非晋阳；此晋水，乃平水之别称。

显而易见，平阳才是没有任何值得怀疑的尧都。现在就让我们穿越时光，走进上古时期，去观鉴平阳这个名称的来历。追寻王大有先生的思路瞭望，我们看到一个迁徙的部族辗转西行，调头南下，一路翻山越岭，没有一处令他们感到满意的地方。这一日，疲惫的人群来到了姑射山麓，抬头一望高兴得几乎大声叫唤。只见此地，有一汪平展展的湖水。那湖水清澈得简直能亮透天地。说湖水亮透天地，是因为湖里有天，也有地。天在湖里，用它那无垠的湛蓝染得湖水蓝莹莹的，还嫌这蓝有些寡淡，寡淡得一览无余，就把那些白絮絮的云团也纳进了水中，湛蓝的汁液里便游动着绵茸茸的云絮。云絮悠闲着飘荡，抚慰了水草，迷蒙了游鱼，又萦绕着山岭。那是因为山岭也将自己的伟岸映照在这一汪灵韵荡漾的湖面了。

吸引人群的不只是这一汪湖水，还有湖水北面平坦的土地。土地可以安家，可以播种；湖水能饮用，能浇灌，这不正是部族苦苦追寻的乐土吗？于是，随着头人的一挥手，众生卸下行装安家，平湖边升起袅袅炊烟。那个挥手的不是别人，就是帝尧。只是此时称他帝尧尚为时过早，他仅是头人，或说大王。即使按照史书记载，他也只是由陶侯改封的唐侯。唐侯一挥手，唐部族在平湖北岸安了家。安家的地方叫什么？叫平阳。叫平阳，是众生将那一汪平展展的湖水叫作平水。古人以山之南、水之北为阳，住在平水的北边为阳面。平水之阳不就是平阳吗？现在再回味王大有先生对平阳的理解，"平阳取名，为平定天下义"，恰好证明了一个至理名言：智者千虑必有一失。而我呢，即使所言不谬，也是愚者千虑必有一得。

敲击到此，似乎尧带着部族迁徙平阳已经成为不必争论的史实，且慢。在史学界有个地随人走的说法，或许你立刻生出疑问，地怎么会随着人迁徙？其实，这里的地，不是土地，不是大地，仅仅只是地名。如同六百年前大槐树下移民，千里迢迢赶到外地，将不少村名带到那里。河北唐县等地关于尧都的说法，未必不是帝尧后人迁徙出去，为祭祀先祖携带的地名。时光流逝，世事变易，弄得虚实不分，真假难辨。好在随着考古进展，三十年来中国社科院陶寺考古队掀开黄土探古物，一挖出现了相当于尧舜时期的文物，再挖出现了尧舜时期的城址，而且专家认为这极有可能就是尧都。这对于辨别虚实，识别真假，是最好的佐证。

不过，考古专家还在用可能的言辞做进一步探究，当地民众已经喜洋洋地将"尧都陶寺"的牌匾挂在村口门楼上。这样一挂可不是小事，尧都区惶惶不安，有人甚至怀疑我们这尧都是不是还名副其实？若让我回答，还是这四个字：名副其实。那陶寺这尧都如何解释？

别急于回答这个问题，先让我们回望上古时期那一场铺天盖地的洪水。那场洪水的源起极有可能是黄河淤塞，哦，此时称黄河还不应该，应该称大河，大河变作黄河尚需要两千年的时间，到了汉朝清流才变黄，大河才沦为黄河。不过，为减少当代人阅读的障碍，还是以黄河相称直截了当。当然，也不要轻易忽略洪水泛滥可能是气候转暖，地球上的冰盖融化，导致海平面上升的说法。无论何种原因，黄河洪水席卷而来，向低洼处漫灌，眼看就要淹没唐族住地平阳，帝尧只能带着部族转移。向何处转移？西面就是姑射山，登上即可避难。逃上山顶，安下身来，帝尧赶紧部署治水。鲧领命走上治水前线，可是越堵洪水越大，眼看就要淹没到山顶，只好再度迁移。迁往哪里？据说站在山顶远望，滔滔洪水的东边似乎漂浮着一座高山。于是，身边的树木变作一个个木筏，族人乘坐木筏，划向浮在水面的那座高山。如今的浮山县，就是当年唐族的落脚地，帝尧就在这里继续指挥治理洪水。洪水消退，该下山了，帝尧和部族没有返回低洼的平阳，而是迁移到了陶寺。迁到陶寺，是因为这里要比平阳地势高很多。更重要的还有一个原因，陶寺是制造陶器的手工区，规模大，屋舍多，去了便可居住。

有人曾问我，这是想象吧？回答是想象，却不是不靠谱的遐想，而是贴近考古发现和历史面貌还原当时真相。考古发现如上所述，陶寺制陶业非常发达，出土的文物大多数是陶器。历史事实告诉世人，汉明帝刘庄引进佛教前，寺不是佛庙的称号，而是官署的称谓。中郎将蔡愔和博士弟子秦景等人前往西域求法，用白马驮回佛经。佛经落地放在管理外事接待的鸿胪寺，皇帝、大臣便迫不及待地前去礼佛。待到礼佛场所建成，便以寺为名，由于白马驮经有功，即叫作白马寺。由此回味，陶寺这个名称就是帝尧那时管理制陶生产的部门。有部门即使简陋也有办公场所，帝尧带着身边的要员迁住此地要便宜得多。从此，陶寺就成为帝尧住地，当然也就是尧都。如今西面的姑射山上有一段叫作尧山，东面的浮山也有尧山。站在陶寺回望两座尧山，绝不是无源之流，相当于抗战期间的重庆，冠之以陪都恰如其分。

时光天天新，往事日日旧，日日远。远望旧事，如同苏轼遥望庐山，横看成岭侧成峰，远近高低各不同。尧都亦然，亦然。

第四节　帝尧胜迹运城多

帝尧故里多多，还没有走进运城，已经满天星光，璀璨苍穹。同为河东的运城，与临汾水土一脉，唇齿相依，帝尧胜迹众多自然顺理成章。胜迹众多自然无法处处企及，就选几处近距离观鉴吧！

临汾尧庙广运殿

　　先看绛县。还没有看到绛县的身影，已经听见绛县铿锵的锣鼓声。锣鼓声中一队村民络绎前行，缓缓走进位于临汾城南的尧庙，叩拜帝尧。仔细看，队伍前招展着一面红旗，上书"尧寓村"三个大字。这是 2002 年。头年，大火焚烧后的广运殿在我的主持下修复竣工，举办了声势浩大的祭尧大典。

绛县尧寓村

自此，尧庙香火鼎盛，拜祭的人摩肩接踵。只是像这样成群结队、敲锣打鼓前来祭拜的还是屈指可数。我走进人群，向领队的李学文先生请教。不问不知道，一问开一窍。恕我孤陋寡闻，尧寓村与临汾不足百公里，代代相传这里就是帝尧故里。次日，我便驱车前往尧寓村拜访。

吸引我的首先是一尊碑石，上书："唐尧寓处"。碑的左上方阴刻"大晋永和二年（346年）"孟春立，距今一千六百多年。若不是右下方还有阴刻"大清康熙五十四年（1715年）重刊"几个大字，这尊碑也是响当当的国家级文物了。后来挂在网上的是匾额石刻"陶唐遗风"，古人的文化素养令我辈望尘莫及。唐尧寓处，揭示了尧寓村的悠久历史；陶唐遗风，活化了尧寓村的淳朴民风。这就是尧寓村的丰富内涵，其实这个村名亘古相传，就是无形而又无法毁坏的丰碑。石头坚硬，风化雨蚀需要漫长的岁月，可是经不住人为的破坏。大晋永和二年的碑石就是明证，若不是人为损毁，何至于清朝重刻一尊？

绛县尧寓村"陶唐遗风"门额

高耸在我心中的不仅是尧寓村的碑石，还有村南那巍然的山头。初时，李学文先生让我看那山头有啥奇特处，我只看出是土山，没有别的感触。他再让我看，我看到不是一个山头，而是三座小土山。说出三座土山，李先生让我想想，想想便要想象，这一想象即对接到了古老的"垚"字。三个小巧的土山头，活像黄土堆垒的"垚"字。巧合，真是巧合。我不敢认定"垚"这个庙号受此启发萌生，却不敢不说巧合里潜藏着某种无法说清

绛县唐尧寓处碑

的玄机。

无独有偶，绛县与帝尧相关村庄散落各地，形成一个群落。打听此事，当地人会如数家珍地告诉你，除尧寓村外，还有尧王初次定都的"尧都村"，尧王驻兵的"尧寺头村"，尧王巡访时住过的"宿尧村"。说话的语气都有几分自豪，几分骄傲，感染得我都想成为当地人。尧寓村是不是帝尧故里，谁也拿不出证据。至于宿尧村、尧寺头村，那肯定和尧寓村有相似之处，至少他老人家曾在这里留宿。

若是要我评判尧都村，我觉得需要谈及对于帝尧的另一种推断。推断说，帝尧在位七十年可能吗？有点不可能。有了这不可能，就会有了另一种可能——可能尧不是一个人，而是像隋唐元明清那般，是一个朝代名号。既然是一个朝代，经历若干代君王也有可能。所以，有多处尧都符合情理。所以，不独绛县有尧都村，翼城县有尧都村，甚至远在海滨的日照市也有尧城，号称尧都。

还是把目光收回到运城吧，我已登上了永济市的尧王台。《蒲州府志》记载："尧旧都在蒲。"据说，帝尧是由此迁都平阳的，是否确切不必细究。有这种说法，必然有相应的来头。盘旋而上尧王台，上到高端，看到了三座相连的道教庙。道教庙似乎与帝尧没有关系，然而走到最后面，一座三元殿坐落眼前。顿悟，这是一座供奉尧、舜、禹的大殿。三元，是指上元节、中元节和下元节。此三个节日分别祭祀天官、地官和水官。在道教里，天官是帝尧，地官是虞舜，水官是大禹。那为何要将尧、舜、禹供奉于尧王台？祭祀完三位圣灵，出大殿，往西侧一走，是一个小广场。广场上高耸着一尊帝尧塑像，从帝尧的视线眺望，西面是滔滔奔流的黄河。这日尚在春末，齐啬

永济市尧王台

的春雨不至于让黄河成为奔出河道的野马，而是乖顺地平和蜿蜒向前。遥想当年，洪水暴涨，四处漫溢，下面肯定像是一片汪洋。帝尧转移到浮山治水，少不了亲临前沿观测水情。此处就是绝佳的观测点，站在这里看浪大浪小、水涨水落，一览无余。或许，找到这个观测点，帝尧常驻于此，不时和虞舜、大禹会商新的大计。一日一日，直至河道疏通，洪水消散，才走下高台，回归平阳；或者与时下的考古成果对接，说是回归陶寺。尧王台与浮山如出一辙，是治理洪水的陪都。这不就是"尧旧都在蒲"，后来迁徙北上吗？

还有，运城市芮城县也有与帝尧相关的遗迹。芮城县风陵渡镇王寮村西雷首山中段，人称尧山。称之尧山，是因为山上建有尧城。《水经注》记载：雷首"俗亦谓之尧山，山上有故城，世又曰尧城"。《蒲州府志》也有相同记载："所谓壶口之雷首中条山，俗亦称之为尧山。山上有故城，世又曰尧城。"那时的尧王城很简陋，据说尧王宫室为草寮，所以至今仍留下王寮村。不远还有王点村，据说那是尧王点兵的地方。尧山上还有尧王庙，可惜1938年被侵华的日本鬼子放火焚毁了。

不必再做更多探寻，已经可以断定，帝尧胜迹遍布运城，遍布神州。这真是一件令人兴奋的好事，它在炫示帝尧曾统领万民，播种古国，是河东的光荣，更是华夏儿女的光荣。

第二章　虞舜华光映河东

虞舜华光映河东，也可以说虞舜华光映运城。早先运城和临汾同属一个辖区。或称平阳，或称河东，都是同一方水土。如今区划分开，临汾多称平阳，运城多称河东。因而，这里所说的河东是专指运城。

史书记载："舜都蒲坂。"蒲坂就在运城市。

运城市不仅有蒲坂古城，还有虞舜故里和舜帝陵，还有虞舜"陶河濒"的陶城、"渔雷泽"的雷泽，以及"舜耕历山"的历山……

如繁星璀璨，如日月生辉，诸多遗迹让虞舜永远彪炳于史册，吸引着华夏儿女前来追寻、拜谒。

第一节　蒲坂留下的英名

敲出蒲坂这个地名，再一次想起王勃的名句：人杰地灵。

人杰地灵，确实如此。想当初蒲坂不过是千千万万个地名中的一个，极其平常，没有什么引人多看几眼的特色。是呀，在我看来，蒲者，蒲草也，不只是黄河岸边有，我的家乡在汾河岸边滩涂上，同样蒲草丛生。到了秋日，茂密的蒲草由翠绿变为墨绿，利剑般轻薄的叶面，变得丰厚瓷实，割回来晒干，编蒲席，编扇子，是最好的原料。尽管如此，没见过谁家种植蒲草，它只是年年锲而不舍地长在河滩。坂，斜坡，山坡。永济市一带西面的黄河滩没有山，自然不会有山坡，斜坡而已。试想，一个长着蒲草的斜坡，有啥值得关注的？蒲坂受人关注，当然是因为虞舜。虞舜把都城建在此地，蒲草也闪光，坂坡也生彩，光彩照人寰，闪耀数千年。

永济市蒲坂古城门

蒲坂是个很幸运的地方。自从《帝王世纪》记载"舜都蒲坂"迄今，我还没有看到有哪一个地方站出来与之叫板，打擂台。而且，蒲坂还有呵护者，似乎害怕真有不识时务者出来抢风头，唐朝李泰主编《括地志》时再次重申："蒲坂故城，舜所都。"如果蒲坂是位温情脉脉的丽人，受此恩宠一定会笑出两个醉人的酒窝。

我常常觉得自己就是杞人忧天的那位杞人，无端地就为很多不该犯愁的事情忧虑。比如，有一天忽然想到，尧都在平阳，虞舜是帝尧的接班人，而且还是全盘继承帝尧业绩与思想的称职接班人，何必要抛弃尧都另起炉灶，再建一个蒲坂新城？产生这样无厘头的想法，还自认为有根有据，君不见隋朝都城在长安，唐朝也在长安；明朝都城在北京，清朝也在北京。如此替古人担忧，多操无谓的闲心，这岂不比杞人还要迂腐得过分，比杞人还要杞人？

前不久聆听杜学文先生讲《山西与华夏早期文明》，如春风拂面，倏尔吹散了庸人自扰的那朵愁云。他是从地理环境切入讲授山西上古文明的，柳宗元用过的"表里山河"成为他首个段落的关键词。柳宗元讲表里山河，丰厚险固，没有打动吴子。杜先生讲表里山河，丰厚险固，却深深打动了我。是呀，山西外围高山做屏障、大河水阻隔，异质文明传入相对困难。当然，也不是绝对进不来，是不可能像洪水一样咆哮涌来。地理位置、环境条件决定了这是一方相对封闭，而又不是完全封闭的水土。不完全封闭，可以吸取外来文明因素，相对封闭可以缓缓吸收文明汁液，滋养自我，茁壮自我。尧都平阳就是这样养育而成的。当初帝尧与部众在此处安家栖身，不是都城，只是聚落。后来农耕发达了，国家成型了，才晋升为都城。

我的家乡就在最早的尧都，我熟悉这里的草木，更熟悉这里的水土。这方水土和草木不止一次引发我思考，每一次思考都在缩短我与尧都的距离。用家乡水土回味帝尧，就发现他像普通平民一样，眼光受到生活局限。他扎

陶寺遗址发掘现场

根平阳时，考虑的不是统领天下，只是部族生存。土地平坦能居住，能耕种；水源充足能饮用，能浇灌。生产、生活都有便利条件，却没有考虑到北面有沟壑阻隔，西面有大山高耸，东面有汾河漫流，而南面就是那个能够饮水和浇灌的平湖。作为唐部族住地绰绰有余，扩为都城便明显不足。这或许也为现在的陶寺遗址发现尧都城墙基址提供了另一个依据——为了发展必须迁移。

迁移，或许蒲坂都城的形成，就是尧都迁移给虞舜带来了某种启迪。不要说从古平阳位置出发，即使从陶寺出发，向南行进，一路走来就会察觉，越是往前大地越是开阔，越是平坦。虞舜继承帝尧的位置后，正是农耕突飞猛进的时段，这一望无垠的沃野，就是播种粟谷、收获吃食最好的土地。蒲坂比平阳更贴近这方水土，与时俱进，顺势而为，虞舜将帝尧的视野扩大为一个全新的境地。

蒲坂，至少应该是这段历史的传真。

第二节　永济高耸虞舜故里碑

大音希声，这一尊碑石胜过千言万语。

永济市高耸着一尊虞舜故里的碑石，上书"大孝有虞舜帝故里"几个大字，具体说是在张营镇舜帝村。其实舜帝村这名称叫了没有多长时间，原先叫作诸冯村。诸冯村这个名字很好，翻开《孟子·离娄下》一读就能够看出，典籍早就给虞舜出生地确定了位置："舜生于诸冯，迁于负夏，卒于鸣条。"若不是后面还有一句"东夷之人也"，那舜的故乡便丝毫没有争议。就是孟子这一句话，把本来不该含糊的事，弄得扑朔迷离。前面在叙述尧都时曾经说过，因为帝尧名声很好，人们纷纷寻找与他相关的蛛丝马迹为脸上镀金。尤其是当今，要发展旅游，有个名人就是个金字招牌。对于和帝尧一起造就古中国的虞舜，当然会有不少人挖空心思和他瓜葛亲情。我在网上搜索了一下，与先前考证的数据大致相同，如今自称虞舜故里而且成气候的便有六处。暂且不说永济市这处，让我们盘点盘点别的地方。

且慢，在盘点前需要确定一个标准，否则公说公有理，婆说婆有理，各地都在拉大旗作虎皮，如何辨得清真伪，假作真时真亦假呀！这标准我说了不算，要让古人来说，这样被否定的一方即使不服气，也不能冲着今人发火，只能怨怪古人不够意思。从《孟子·离娄下》里就能抽出两条：一是"舜生于诸冯"，二是"东夷之人也"。司马迁《史记·五帝本纪》能选出一条，可列为三，"舜居妫汭"。《墨子·尚贤》可以作为一条，权且为四，"古者舜耕历山，陶河濒，渔雷泽"。这里暂且不说历山，那是个更为复杂多变的地方，后文做专节辨析。现在就以这四条标准对号入座吧！

先说这几年发声最高的浙江省余姚市。该市没有诸冯村，只有冯村。以我推测，诸为众多的意思，冯村可能原先居住的都是冯姓人氏。然而，余姚市的相关文章没有这样讲述，而是说该村由诸、冯二姓聚居，名为"诸冯"。这就无法让人信服，明明现在叫作冯村，何以诸冯相称。画虎不成反类犬，有点可惜。不过，我也不想轻易排除余姚和虞舜的关系。虞舜姓姚，名重华，号有虞氏。余姚的姚或许与姚重华有所瓜葛，什么瓜葛？前往和余姚紧邻的上虞区一看就会雾水消散。

上虞区也是称作虞舜故里的地方之一。上虞区东面就是余姚市，上虞这个虞字，似乎应与虞舜根脉牵连。前去一看，上虞区有握登山。握登是虞舜的母亲，而且当地人都说虞舜母亲就出生在此山。难道虞舜和帝尧一样，都出生在外祖母家。没有查考到这种记载，也没有听到这种传说。倒是听到另一种说法，这一带曾是虞舜儿子商均的封地，自然不乏纪念虞舜的古迹。然而，河南省的虞城县也说是商均的封地，而且还有商均墓。这便有了需要商榷的空间。不过，就握登山而言，那是虞舜的母亲山，哪能小觑！古代的政区和当今差别很大，余姚与上虞同属一方水土，当然可以同享虞舜的华光。

这里是河南省濮阳县堌堆村，每逢农历正月十八，四乡八村的民众纷纷拥来，集聚于村里的大庙，烧香拜祖，同坐一个席，同吃一锅饭，亲热得比一家人还亲。为何如此红火？如此亲热？据说这天是虞舜的生日。为何集聚在堌堆村？据说，这里是虞舜的故乡。台湾学者陈守仁教授还专门在此地竖立了"舜帝故里"纪念碑。这确实值得重视，民俗都有来头，往往就是活态文物，如此隆重纪念虞舜，值得探究回味。打开网页一看，不必研究了，当地已经做了自我对号，原来堌堆村有两个大小不等的土丘，又名瑕邱。瑕邱即瑕丘，瑕邱改为瑕丘，是避讳孔丘之名。孔丘被封为至圣文宣王先师，名字便不能随意再叫，于是凡和丘有瓜葛的地名、人名统统修改，丘一律改为邱。其实，瑕邱这名称不费心探究也可，值得关注的是堌堆村还有名字叫负夏。联想到孟老夫子笔下"舜生于诸冯，迁于负夏"的记载，顿时昭然亮眼。正愁负夏这地名实在陌生，不知该从何处下手考究，堌堆村则自告奋勇报出了曾用名。哈哈，原来濮阳这"舜帝故里"乃虞舜迁徙所至的地方。

下面要说到山东省诸城市了。如果将之放到以上那些虞舜故里去比较，最可能胜出的就是诸城。至少在我看来诸城符合两个条件，一是有诸冯村，历史上有，现在还有，一脉相承，没有断代；二是得天独厚，别处均不是地处东夷。是呀，孟子不是说舜为"东夷之人也"吗？而且，此"诸冯"还有历史渊源，是由郱、风二族合名而成，取谐音叫作诸冯。春秋时期鲁国设立诸邑，即由诸冯而命名，西汉时期将原诸邑设为诸县。若是举办一场关于虞舜故里的论坛，诸城还可以请出两位当代名人做证。一位是范文澜，另一位是郭沫若，他们都在自己的史学著作中认同虞舜故里就在诸城。

我看诸城最有实力与永济来做决赛。这里该让永济闪亮登场了，而且首先要甩出诸冯村这张牌，才可以取得与诸城较劲的发言权。似乎，永济转脸就会屈居下风，地处东夷会使诸城占据优势。永济如何扭转局势，这就要看墨子笔下如何记载。前面不是作为一个条件曾提出嘛，"古者舜耕历山，陶河濒，渔雷泽"。耕历山暂不讨论，"陶河濒"肯定是诸城的短板。"陶河濒"是在河边制陶器。制陶器两地都有条件，都会生产，有传统工艺积淀，必然难分高下。关键在于制陶器还要在"河濒"，诸城不会没有"河濒"，潍河从中流过，两岸都有河濒，要命的是此"河濒"非彼河滨。此"河濒"是什么河滨？黄河滨。古代"河"就是黄河，即便是《诗经·关雎》里"关关雎鸠，在河之洲"的那河，不细究则罢，若是细究也是黄河，不然哪有"之洲"？

洲是河流中沉积成的大块陆地。不大何以称洲，面积小了只能叫作渚。洲要地块大，河床必然宽，不是泱泱黄河，还能是那些小不起眼的溪流？只是当年虞舜"陶河濒"时，不称黄河；吟诵《诗经·关雎》时，不称黄河，统称大河。大河改称黄河要到汉朝，水土流失，泥沙俱下，大河黄颜涂面，才沦为黄河。虞舜"陶河濒"就是在黄河岸边，诸冯村与蒲坂城都在黄河畔。真佩服北魏时期的郦道元，他跋山涉水，遍地巡访，在《水经注》中留下对虞舜"陶河濒"的定位"陶城在蒲坂城北"，非常准确。时隔一千五百多年，我来考察时就是从蒲坂城驱车北行的，如今的陶城分为两个村，北陶城和南陶城。无论哪个陶城，西面都紧邻黄河滩涂，村里人说起村名，无不以虞舜制陶为荣。

这么一探究，一比较，永济与诸城便旗鼓相当，难分伯仲。若是再往下对比，虞舜还要"渔雷泽"，"雷泽"在何处？ 1931年商务印书馆出版的《中国古今地名大辞典》解释："在山东濮县东南。接菏泽县界……一说在山西永济县南雷首山下。本名雷水。相传舜渔于此。"诸城，缺少"渔雷泽"这个基础条件。

芮城雷首山　肖永杰摄

若是再比，只能比古迹遗存。清乾隆年间《诸城县志》记载：诸冯村有舜庙，坐北朝南，正殿三间，殿内舜帝塑像居中，威武而和善。后稷、皋陶、伯益、契几位大臣分列两侧。可惜，现在去看荡然无存。永济呢？舜帝村，即诸冯村，西南平坦的阔野上高隆起一个土冢，出村即可看见，十分显眼，那是瞽叟坟，是虞舜他老爸的坟茔。问及村民，都说这坟老早了，老早了。还都知道这坟珍贵，不敢轻易扰坏。当年声势浩大的平田整地运

永济市舜帝村瞽叟坟

动，无数坟冢夷为平地，唯有瞽叟坟安然落卧。回到古老的诸冯村，村中巍然耸立着一尊清朝康熙年间的碑石，上刻："大孝有虞舜帝故里"。

永济市舜帝故里碑

还需再做什么结论吗？童年时，奶奶曾和我说过，千年文字会说话，幼小的我并不理解，如今无言的碑石给我做了最好的诠释。

第三节　历山犹如连锁店

舜耕历山是一段心酸往事的终结。若要了解个中原委，需要从虞舜的身世说起。

虞舜的出生和帝尧的出生一样，都是美妙的神话故事。如前所说，虞舜的母亲叫握登。用时下的话说，握登是个颜值很高的美女。夏季的一天非常炎热，狂风骤起，乌云翻滚，转眼间大雨倾盆，遍地雨水横流。暴雨来得猛，停得快，不多时云散日出，天气凉快多了。成天不愿消闲的握登走出家门，去田间拔野菜。拔着，拔着，蓦然觉得天地间红光辉映，直起腰向东望，一道五彩缤纷的长虹挂在云天，真好看。不看还罢，这一看，握登身心美得快要醉了。她直直盯住彩虹，看那颜色越来越浓，彩带越来越近。恍惚间到了眼前，她不由得眯住眼睛，却觉得像被条绳索绞缠住了。睁开眼睛好不奇怪，竟然是那彩虹缠绕着周身。就在她睁开眼睛的刹那间，彩虹飘忽而去，又挂在了高高的东天。

握登就这样怀孕了，生下了个男孩，就是虞舜，只是那时父亲瞽叟给他起的名字是姚重华。姚重华成为虞舜，是他去世以后众生建庙时尊崇他的庙号。你让儿时的姚重华做梦，也不敢梦见要继承王位，还能被后人尊称虞舜。回望他年少时的经历，孟子深受启迪，才写下激励凡人成才的名句："故天将降大任于是人也，必先苦其心志，劳其筋骨，饿其体肤，空乏其身，行拂乱其所为，所以动心忍性，曾益其所不能。"那虞舜年少时吃过什么苦呢？

《尚书·尧典》有记载，可是太简单："瞽子，父顽，母嚚，象傲；克谐以孝，烝烝乂，不格奸。"大意说，他是乐官瞽叟的儿子。父亲心术不正，后母说话不诚，弟弟象傲慢不友好，而虞舜能同他们和谐相处。因他的孝心淳厚，料理国事不至于坏吧！这是四岳向帝尧举荐虞舜时的一段话，其中饱含了虞舜的委屈。古人在竹简刻字实在困难，尽量简略，许多活生生的事实都没有记下。好在众生眼睛雪亮，看到虞舜母亲不幸早逝，看到父亲瞽叟续弦壬女，看到继母生下了儿子象和女儿敤首，看到继母虐待打骂虞舜，他们口口相传，成为流行很广的民间故事。运城市张文成主编的《虞舜传说》搜集并记录了不少，现摘录一二：

其一，虞舜七八岁时上山捡柴就成为常事。秋季的一天，捡柴时虞舜顺手摘下不少酸枣。他吃了几颗不再舍得吃，装在口袋里带回家送给弟弟。一进院门看见象在院里玩耍，他撂下柴捆就喊弟弟吃酸枣。象急慌慌就往虞舜跟前跑，刚跑两步，就被脚下的石头绊倒了。象伏在地上大声哭闹，虞舜慌忙上前去搀扶弟弟。就在此时继母跑了出来，不问青红皂白，捞起笤帚便往虞舜背上猛打，边打边骂："打死你这个野种，看你还敢不敢欺负我家这亲蛋蛋。"

其二，这天夜晚，虞舜像往常一样，热好水端给继母，温顺地说："娘，水烧好了，您洗脚吧！"

继母没有理他，叫过敤首说："亲妮妮，咱俩一块儿洗。"

虞舜正要转身走，继母把放在水盆里的手抽出来，大声呵斥："小野种，你想烫死老娘呀！"

话音未落，即把一个小木头墩砸在虞舜身上。虞舜疼得直咬牙，却不敢还嘴。此时，妹妹敤首早把两只脚插在水盆里，叫唤："不烫，不烫，一点也不烫。"

继母壬女马上呵斥敤首："乱说话，小心我抽了你的舌头！"

虞舜忍着疼，含着泪，赶紧蹲下给妹妹洗脚，才免了再受毒打。

……

挨打受气成了虞舜的家常便饭，一天不受委屈似乎太阳就落不下山去。继母打他骂他也罢，父亲也常听继母的挑唆，找碴暴打他。有一次，继母得了病，虞舜白天熬药做饭，夜里喂水侍候。好长时间，他都没有睡过囫囵觉。继母全不感念他的好处，依然找碴骂他、打他。有天，继母喊叫虞舜端去的药苦，大发雷霆，说是虞舜要毒死她。父亲劈头盖脸骂他心术不正，竟敢毒害母亲。虞舜解释他只是熬药，没有加过任何东西。父亲嚷他是小祸害还敢强辩，拿起身边的木棍便朝他打。往常父亲打他耳光，他不躲不闪，任由他老人家出气，可是棍子要打在身上，那还不把自己打残了？虞舜三脚两步跳出门去。父亲甩过木棍没有打着他，更是暴跳如雷。他慌忙跑回屋，低着头让父亲打他。一顿拳脚相加，虞舜疼痛难忍，还是咬牙忍耐。哪知父亲打过他还不解气，竟然赶他离家。虞舜苦苦哀求无济于事，只好朝经常捡柴的山上走去。

敲击至此，想到不少史书都写瞽叟目盲看不见，我看这里的目盲不是说他眼瞎，而是说他有眼睛不辨青红皂白，不分是非好歹。虞舜流着眼泪离开家，来到山上搭了一个草棚，安家垦荒耕种。

虞舜前往的大山就是历山，讲述到这里就可以由传说对接到典籍上了。《尚书·大禹谟》写道："帝初于历山，往于田，日号泣于旻天，于父母，负罪引慝。祗载见瞽叟，夔夔斋栗，瞽亦允若。"意思大致是，虞舜初来历山，在田间耕作，每天对着天空大声号啕哭泣，释放委屈，却从不责怪父亲和继母，宁可自己背负不孝的罪名。每逢回去见父亲，他都恭敬而畏惧。瞽叟受了感动，比以前和顺多了。

好吧，让我们摆脱这沉重的往事，终结虞舜的苦难委屈，随他开始新的生活。墨子在《尚贤》等篇中反复写道："昔者舜耕于历山。"墨子仅仅说到虞舜在历山垦荒种地，韩非则拓展了他的作用。《韩非子·难一》写道："历山之农者侵畔，舜往耕焉，期年，畎亩正。"虞舜的作用是，历山农家原来互相多占别人的田地，他来后各种己田，不再侵占别人的。西汉学者刘向在《新序·杂事》中写得更好："故耕于历山，历山之耕者让畔。"这让人舒心，历山农人不再多占别人的土地，还谦让少种。看来舜不仅在历山耕种，还帮助平民解决土地纠纷，和谐了众人的关系。到了《吕氏春秋·慎人》中，虞舜的作用又进了一层："舜耕于历山，陶于河滨，钓于雷泽，天下说之，秀士从之。"虞舜真是魅力无穷呀，他所到处人们都热烈欢迎，有才能、有见地的人都遵从他。若是当代青年人阅读至此，一定会赞叹虞舜粉丝多多。

德化万民，天下归心，就是虞舜魅力的体现，因而典籍中才会出现很多感奋人心的说法：《吕氏春秋》认为："舜一徙成邑，再徙成都，三徙成国。"《史记·五帝本纪》认为："一年而所居成聚，二年成邑，三年成都。"对于以上说法，上古史研究学者王仲孚先生解释道：所谓成"聚"、成"邑"、成"都"、成"国"，无非是因农业进步、粮食充足、人口增加而聚落逐渐成长扩大的表示。这个解释十分中肯，从中可以体悟到，舜耕历山后，历山的农耕大发展，风气大变化，众生向往，慕名迁徙而来，居住的人迅速增多，成为远近闻名的聚落。

舜耕历山是艰难困苦的创业，是美好前程的开端。艰难困苦的创业，已见分晓。美好前程的开端，如何见得，留待以后再讲。当下亟须说清的是，历山在哪里？这个问题实在难以回答，历山太多了，不然咋说历山是个连锁店呢！先翻开《中国古今地名大辞典》看看。

在察哈尔涿鹿县西南，《魏土地记》："潘城西北三里有历山，山上有虞舜庙。"如今涿鹿县属于河北省，历山北面有四顷梁，据说是虞舜耕种过的土地，东坡曾有尧庙和舜庙，南面还有瞽叟祠，可惜如今荡然无存，仅剩遗址。

延庆县西北，亦有历山。延庆县如今已改作延庆区，隶属于北京市。历山在什么方位，古人没有点明，今人也没有重视，网上都搜索不出来。

在山东历城县南五里，为省城之镇。《水经注》："历城南对山，山上有舜祠。舜耕历山，亦云在此。山下有大穴，谓之舜井。抑亦茅山禹井之比矣。"《齐乘》："又名千佛山。"《方舆纪要》："或以为即靡笄山，靡与历相近也。"如今历城县早已是济南市的历城区，千佛山和历山都在这个辖区附近。几次前去观瞻这个地方，曾经为趵突泉里的娥英祠和虞舜殿而亢奋，想起孟子关于舜"东夷之人也"的说法，便以为这里可能就是虞舜耕种过的历山。若不是登上此历山，我绝对不会消散亢奋。让我冷静下来的是满山巨石，坚硬无比，这该如何耕种？

在山东濮县东南七十里，接菏泽市界。《水经注》："雷泽西南十里许，有小山孤立峻上，亭亭杰峙，谓之历山。山北有小阜，南属迤泽之东北，有陶墟，缘生言舜耕陶所在，墟阜联属，滨带瓠河也。"濮县早在1953年便划入范县，范县如今属于河南省濮阳市。查考濮阳，这里的历山与前面所说的濮阳虞舜故里一箭之地，明朝时当地文学家李先芳留有《舜庙》一诗，其中有"历山高枕瓠河隅，遗庙千秋壮版图"的句子，这与"滨带瓠河"的记载完全相符。郭缘生是晋末人，宋初曾跟随刘裕北伐慕容燕，西征姚秦，他将沿途所见书写下来，结集为《述征记》与《续述征记》。他的断言很可能就是眼见实录。

郑玄曰，历山在河东，今有舜井。在山西翼城县东南七十里，相传舜耕于此，上有舜井。西北属于翼城县，西南属于垣曲县，东属阳城、沁水二县，为四县之交。真佩服《中国地名大辞典》的编撰者，记载得这样详细。我几次登临此山的舜王坪，所载完全属实，唯一有变的是阳城因为政区变化，已不再有所属的地盘。

垣曲历山风光

在山西永济县南六十里，即雷首山之脉也。《后汉书·郡国志》："蒲坂县南二十里有历山。"《水经注》："历山谓之历观，舜所耕处也。"《括地志》："雷首山，亦名历山。"这里对永济历山引用两部典籍说明，可谓有理有据，让人深信不疑。

今江苏无锡惠山。《汉书地理志》："无锡有历山。"《无锡县志》："惠山，一名历山。无锡之舜山，亦名历山。"《咸淳毗陵志》："历山，俗名舜山。"无锡曾属于毗陵郡，因而宋度宗赵禥咸淳年间编修的《毗陵志》将之录入其中。

在安徽东流县东二十里，南望匡庐，西瞰江渚。一峰为仙人掌；二池，一久雨不盈，一久旱不涸。《三国吴志》："周鲂诱曹休从皖道进江上，已从南岸历口为应。"历口，历山之口也。今日历阳山，夏桀死于此。记载历山手法还在变化，由历口引入，道出山名，辞典也有意味，不枯燥。

在浙江余姚市西北六十里。《旧经》云，越有历山象田，以舜之余族封于余姚，故子孙像舜以名之。《苏鹗演义》云："历山有四，一河中，二齐州，三冀州，四濮州。要当以河中为是。""河中"，即河中府，不是别处，就是永济，这里将历山判断给了永济。判断的人是唐朝的苏鹗。苏鹗，字德祥，是唐僖宗光启二年（886年）的进士。他是何处人？唐朝京兆武功人，如今属于咸阳市武功县，与永济市毫无瓜葛，他做判断应该比我辈公允吧？

在浙江永康县南三十五里，圆峰屹立，状如履釜，亦名釜历山。其巅有田有井有潭，皆以舜名。因山名与冀州山同故也。读到这里，蓦然察觉，编撰这本大辞典的先贤也无心再往下续写，一句"因山名与冀州山同故也"，就暴露了他们的心思。若是往历史深处探究，运城市所属的永济市，尧舜时期属于冀州，唐朝属于河中府，还有什么必要枉费精力，喋喋不休？

屈指一数，《中国地名大辞典》列出了十处历山。够多了吧？不够，有人做过统计，全国历山共有二十一处。何以如此多呀？若要我回答，首先是虞舜名声好，各地都想缘之增光添彩；其次是虞舜代为摄政和继位后，遍地巡访，传播历法，教民稼穑，经历之山，先民就称之历山；再者虞舜后裔多多，开枝散叶，遍布神州，无不怀思先辈筚路蓝缕、艰苦创业的精神。如此一来，历山便花开满天涯。那就不必一一查考清楚，一一列举出来了。不过，唯一不能忽略的是山西省洪洞县的历山。这历山有何奥妙？讲述帝尧访贤时再详作说明。

第三章　历法催生中国根

历法催生中国根，这标题有点谜语的成分。历法和中国有什么联系？中国却怎么还有个根？

茫然，乍一看的确茫然不知所云。

消除其中的茫然，需要铺垫一个名词：农耕。完整地说，是历法推进了农耕，农耕跨越发展，催生了国家雏形，促成了"中国"生成。

当然，此"中国"还不是我们伟大祖国的名称，只是地理格局的称谓。

奥妙何在，请读下文。

第一节　华夏文明的早期舞台

每当尧天舜日一词灿亮在眼前，就像仰望星空一样令我着迷。遥远的上古时期如浩瀚星空，不知隐藏了多少国家初创、文明初绽时段的奥秘。每一颗星星，或大或小，或明或暗，都眨着眼睛把自身的光亮投来，遗憾的是缺乏星体知识的我，除了感觉神秘，其他一无所知。在没有文字、无法书写、没有记载的上古时期，与苍茫星空别无二致，留给世人的多是无知中装满的神秘。

数千年来，一代一代的华夏先贤文士，锲而不舍探究上古时期，从炎帝，到黄帝，再到尧舜，留下了无数瑰丽而又珍贵的文字。他们不仅努力还原尧舜时代，而且为尧舜的登场亮相搭建了一座宏阔的舞台。朝他们拉近历史文化视野瞭望，炎黄子孙、尧舜传人是一个大家庭，是从一个父系血脉分支出来的众多兄弟姐妹。撰写《史记》的司马迁就这样演绎出华夏大家庭、大家族的完美故事，姑且不论更早的三皇，至少后来的五帝一脉相承。《史记·五帝本纪》就这样明明白白记载下来，不过，他用倒写的方式追述，有点繁杂。后来撰写《大戴礼记》的戴胜承续了司马迁的观点，却按照祖先的顺序往后延伸，相对简练。我们先看看帝尧的身世，《帝系篇》这么写道："黄帝产玄嚣，玄嚣产蟜极，蟜极产高辛，是为帝喾。帝喾产稷、产契，产放勋，是为帝尧。"很清楚，帝尧是黄帝的第四世孙子。那么，虞舜呢？也很清楚："黄帝产昌意，昌意产高阳，是为帝颛顼。颛顼产穷蝉，穷蝉产敬康，敬康产句芒，句芒产蟜牛，蟜牛产瞽叟，瞽叟产重华，是为帝舜。"

　　司马迁和戴胜排列的这个华夏先祖谱系，并非易事。在我看来，我距司马迁和戴胜的时间，与他们二位距尧舜的时间差不多。我能准确认知尧舜，是典籍记载实录了二位的作为。相对于我认识尧舜，他俩认识尧舜就没有我这样庆幸，上古那时没有文字，要搞清楚只能靠口头传说。口头传说，即使与历史搭界，也被定位于传说时代。二十世纪六十年代我上初中时，教科书明确将尧舜那会儿定位于传说时代。传说，当然不会百分之百真实，当然不能当作历史看待，顶多也只能是一种仅可作为参照的猜想。或许，就是依据传说时代这个思维模式，才有了史前史的史学定论。

　　《论语》里有孔子对帝尧的赞誉："唯天为大，唯尧则之。"这极像是卫星发射平台，将帝尧发射上了高天，接近了太阳，这是何等不凡，何等光彩夺目。然而，司马迁却还嫌这赞誉不够，他不动笔则罢，一动笔即把帝尧悬挂到太阳上铭记了，他的原话是："帝尧者，放勋。其仁如天，其知如神。就之如日，望之如云。"这里的知，不是知识，而是智慧。他颂扬帝尧仁爱如天，智慧如神。接近他就像接近太阳，仰望他就像仰望灿烂的云霞。查考中国历史上所有的帝王，还有哪个让世人悬挂在太阳上的名字呢？没有，一个也没有。

那么，帝尧为何能有如此顶尖级的盛誉？

自然是因为帝尧仁爱众生，俯首躬身为大家谋好事，贡献多得无法说清。不过，既然誉之为太阳，是他的行为必然与太阳有所联系。说清其中的奥秘，还是要从上古那个大舞台上的演绎开启大幕。这里权且将帝尧之前最具声望的炎帝、黄帝作为演绎的序幕。不是我有意删节去颛顼、帝喾的名字，而是他们没有什么大的作为留在史书典籍里面。帝尧主理天下事宜后，可以说继承的还是炎帝、黄帝未竟的业绩。据说，司马迁撰写的《史记》里面曾有一篇《三皇本纪》，可惜不幸遗失了。这个据说和所有的据说都只能是参考，可信可不信。我不怀疑这个据说，是因为《五帝本纪》里几乎看不到炎帝的功绩。或许，由于年代久远，要搞清楚那段历史确实不容易，司马迁干脆没有涉及。若是以《五帝本纪》来看，年代同样久远，他甘于探究其时的奥秘，没有理由要跳过之前的那段时光。好在唐朝史学家司马贞补全了《史记》，他挥毫增补了伏羲氏、女娲氏与神农氏的业绩，篇名就是《三皇本纪》。他大笔一挥说明了神农氏的来历："斫木为耜，揉木为耒，耒耨之用，以教万人，始教耕，故号神农氏。"这不是他的杜撰，《孟子》里就有相同的内容，可见他是经过考量才做出判断的。由此窥视，神农氏成其为神农氏，是因为他制工具，"始教耕"。

这与我小时候听来的故事有一定差距。故事的重心在神农氏尝百草，定五谷，开启农业种植，他是农耕文明的始祖。倒是这差距增加了我对《三皇本纪》的信任度。从现在的考古发现看，在上万年前中华先祖就开始种稻子了，倘要是把水稻的种植对应在神农氏炎帝身上，那可有点委屈稻子。司马贞也写到了神农氏尝百草，不过他的评价非常得体："始尝百草，始有医学。"他所说的医学，自然是指用草药治病健身的中医。将先贤的记载和考古发现一对接，就可以断定神农氏炎帝那时，农业种植已经开始。轩辕黄帝一统天下，把种植的接力棒拿在手中，《史记·五帝本纪》载有"时播百谷草木"。

"时播百谷草木"，是黄帝时期的写真，也是颛顼和帝喾时代的写真。这让世人凭眺到那时中华大舞台上的先祖，正处在狩猎取食与种植取食的交叉时段。相对于狩猎取食，种植取食要安全、便宜好多。狩猎取食带着运气成分，不是每次出击都能碰到猎物、猎获很多禽兽的。而且，狩猎还带有极大的风险，要是意外碰上狗熊、豹子和野猪一类的猛兽，时常捕获不到，还有性命之危。在先祖的眼睛里，看待种植取食，一定带着焦渴的神情。解读那神情，使用后世人们常用的安居乐业一词，应该不会有多大出入。如果黄帝，乃至颛顼、帝喾拿到接力棒能够加速种植，让先祖依靠籽实就能填饱肚子，那可能帝尧就不会再有"唯天为大，唯尧则之"的机遇，那可能"就之如日，望之如云"的桂冠会落在他们某一个人的头上。然而，没有，直到帝尧步入上古时期的舞台，先祖还在为吃不饱肚子怨叹。世事就是这样怪诞，倘若没有种植取食的出现，像先前那样都从造物主设定的食物链上弱肉强食，谁也不会怨叹。怨叹是因为新的欲望没有满足，没有满足那就赶紧探寻满足的途径，何必怨叹！古往今来的无数事例都在说明，探寻新的途径，不是平常人的事情，他们的生命就像是张圆的大嘴，画出来是一个大大的"〇"。"〇"是没有意义和价值的，只有等待一个不平常的人站出来，探寻出新的出路，"〇"才会因为这个"一"，而变成"十"，变成"百"，变成"千""万"，或者更多。

序幕就到这里吧，下面的剧情有待那个超越平常人的"一"站出来，走上场。谁呢？不必吊胃口、设伏笔，大家早就看到站出来、走上场的肯定是帝尧。那就看看帝尧在上古的舞台上如何表演吧！

第二节　天大的难题

文章写到此出，惊悉"共和国勋章"获得者、中国工程院院士、被誉为"杂交水稻之父"的袁隆平不幸逝世，真令人悲痛万分。5月23日安葬袁隆平之日，长沙下着大雨，自发赶来吊唁的民众居然有十万之多，长队前不见首，后不见尾。灵车过处，路行车辆自动停下鸣笛致哀。有人还挂出"饮水思衰"的挽幛表示深切的悼念。在我经历的七十载岁月里，没有哪一位科学家像袁隆平这样得民心，受爱戴。这是为何？原因在于袁隆平毕生研究杂交水稻，造福人民。2020年他领衔种植的杂交水稻双季测产达到了亩产一千五百三十点七六公斤，超过了一千五百公斤的预期目标。丰盈的饭碗里盛满了袁隆平对人民的一往情深，人民也将一腔深情献给袁隆平这位杰出的农业科学家。

写下这段文字，似乎有点扯远了，其实一点也不远。历数近年去世的科学家，将一生无私奉献给人民与祖国的不乏其人，却没有一人能受到如此高的礼遇。究其原因，在于民以食为天，袁隆平的科学实验与人民的饭碗息息相关。他的事业与广众的生活质量密切吻合为一体。这鲜活的事例，像是刚刚搭建而成的天眼，透过孔洞直接看到了帝尧把先民吃饱肚子当作了头等大事。是的，《尚书·尧典》总述他的功绩后，重点就在写他如何推进这个头等大事。只是，其中丝毫未提吃饭二字，甚至连农耕也未曾涉及，出现在典册里的仅有"钦若昊天，历象日月星辰，敬授民时"，也有不同版本将"敬授民时"写成"敬授人时"。写成什么无关紧要，紧要的是这定历法，授民时，就是为了众生吃饱肚子。何以见得？

听听袁隆平的说法，不必作答，就可以明晓。我童年时，科学种田声浪极高，"土、肥、水、种、密、保、管、工"的农业八字宪法遍地推广。我们这些小学生也在每日逐浪高，不仅下田劳动，而且敲锣打鼓去田间地头宣传。自然，幼稚的童心不会有任何非分之想。袁隆平则一眼看出了漏洞，他认为还应该加一个字：时。时，时令节气。时令节气是获得丰收的关键因素，甚至可以说，是致命的要素。禾苗能否茁壮生长，在于农业八字宪法；禾苗能否存活生长，在于农时节令。自然，没有存活，何谈茁壮！相比较而言，存活是前提，茁壮是延续。那为何农业八字宪法，竟偏偏缺少时令这个要素？

因为，这个最致命的要素，或说最致命的问题，早在上古时期就被帝尧破解了，成为农业耕种的基本常识。我敲击此话，读者阅读此话，是非常轻松的，然而，帝尧当年面对的却是极其沉重的命题。那时候没有历法，没有节气，只有日出日落，到底该什么时候往土地里撒种，谁也把握不准。古人多数沿河居住，气温转暖与河流涨水往往就是下种的参照和开端。这不是我无来由的猜测，到了宋代，不少偏远的山区，铺陈农事也没有日历遵循，全凭物候征兆推断。陆游曾写过一首《鸟啼》诗，那里就收藏着早先的农耕风情：

> 野人无历日，鸟啼知四时。
> 二月闻子规，春耕不可迟。
> 三月闻黄鹂，幼妇悯蚕机。
> 四月鸣布谷，家家蚕上簇。
> 五月鸣鸦舅，苗稚忧草茂。
> ……

看看，到了南宋时期荒郊野外的农事还靠物候提示，上古时期农耕如何困难可想而知。依靠气温转暖与河流涨水，应该符合当时的情景。从现象看，这没有什么不妥，然而，实际操作起来常常置人于欲哭无泪的悲伤之地。气温确实转暖了，河流确实涨水了，先民走出茅屋，舒展筋骨，挥动耒耜，刨下一个个小坑，将种子撂进土里，期待着发芽生长，长出一年的口粮。几日春风，几阵细雨，种子发芽了，破土了，绽露出饱腹的希望。可偏偏就在这节骨眼上，多日未见的西北风带着寒流横扫而来，气温骤降，夜里下霜，可怜巴巴的嫩芽全被冻死了。有种无收，还白白扔掉珍贵的种子。先民欲哭无泪，只能怨叹，天呀，你咋不给小民留条生路！

小民在艰难地探寻生路，不再把种子撒在春温稍暖的当口，当遍地百草茵茂、葱绿茂盛再去下种，这一来规避了寒霜侵杀嫩芽的悲剧。看着蓬勃生长的禾苗，谁能不欣喜？欣喜地看着禾苗开花，禾苗结籽，期待欣喜地收回丰硕的吃食。然而，还没收获，突然寒风刮来，气温跳水，隔一个夜晚再看，昨日还高昂头颅的粟禾，蓦然垂头丧气，籽实干瘪。唉，躲过了有种无收，却没能躲过广种薄收。

无论是有种无收，还是广种薄收，吃饱肚子都是难题，民以食为天，帝尧和先祖面对的就是这天大的难题。

第三节　天人合一的开端

"人法地，地法天，天法道，道法自然。"

此乃天地大道，天地人合一，或说天人合一的中华文化精髓就由此荡漾开来。那一年，守护函谷关的关令尹喜无意间站在关楼远望，紫气东来，别开生面。他期待着想不到的好事光临关前，果然不到一个时辰，有人骑着青牛悠然朝函谷关走来。司马迁在《史记》中写道，关令尹喜上前说，您将要隐居了，勉强为我著本书吧！老子知道，自己没有带通关文牒，不写就走不出关。他只能遵命，持笔写下脍炙人口的《道德经》，亦称《老子》。名句"人法地，地法天，天法道，道法自然"，就出自其中。如此看来，似乎老子的墨笔就是天人合一的文化渊源。我不否认，但我认为老子不是凭空杜撰的，而是受到世事启示，脑洞大开，才写下这至理名言。

老子受什么世事启示呢？是先贤帝尧的功业启迪了他，大化了他，使他成为思想的巨人。

如今走向帝尧，必须阅读《尚书·尧典》，书中用极其简练的语言描绘出一个走出困顿的嬗变时代。中国的文章与中国的绘画极其相似，不只画中有画，文中有文，而且画外有画，文外有文，《尚书·尧典》堪称这样的典范。其中没有记载先祖困窘的生活场景，评价帝尧的仁德智慧，直奔主旨，写他"钦若昊天，历象日月星辰，敬授民时"。干这样一件在如今看来具有非凡科学价值的大事，自然不是一个人可以完成的。帝尧出众的能力就表现在这里，他组织了一个研究班子，其成员至少有四个：羲仲、羲叔、和仲、和叔。同后来的科学研究考察一般，观测太阳，认识天象，需要前往很远的地方，才能找到最佳位置，辛苦可想而知。帝尧将四个人都派到外地，从《尚书·尧典》可以看出，他命令羲仲前往东方的旸谷，每日早早恭敬地迎接太阳东升。昼夜长短相等、南方朱雀七宿黄昏时恰好出现在正南方，这就是仲春时节，即如今所说的春分。这时春暖花开，人们分散在田野，鸟兽开始生育繁殖。他命令和仲前往西方的昧谷，每日恭敬地送别降落的太阳。昼夜长短相等、北方玄武七宿中的虚星黄昏时出现在正南方，这是仲秋时节，即如今所说的秋分。这时天气转凉，人们返回平地居住，鸟兽换生新的羽毛。他命令羲叔前往南方的交趾，辨别测定太阳朝南运行的情况，恭敬地目送太阳南去，又迎接太阳朝北归来。白昼时间最长、东方苍龙七宿中的火星黄昏出现在南方，这是仲夏时节，即如今的夏至。这时人们住在高处，鸟兽的羽毛日渐稀疏。他命令和叔前往北方的幽都，恭敬地目送太阳北去，又迎接太阳朝南归来。白昼时间最短、西方白虎七宿中的昴星黄昏时出现在正南方，这是仲冬时节，即如今的冬至。这时，人们住在室内，鸟兽长出了柔软的细毛。

羲氏、和氏四位分赴的地方不同，观测的结果不同，观测的内容却完全相同。一看太阳移动，二看星象变化，三看昼夜长短，四看鸟兽羽毛变换，五看众生迁移。前三者为天象常规，后二者为地上状况。天象常规不随地上状况变化，而地上状况必须遵循天象常规变化，这不就是"人法地，地法天，天法道，道法自然"吗？

不必再延伸这方面的哲思探究，帝尧组织的这个研究班子不承担这种使命，他们承担的使命是尽快摸准天象常规。经过不短时间的观测，四位先贤都有了自己的见地，帝尧将他们召集回来，开了一个确定历法的会议。会议的详细过程，《尚书·尧典》没有披露，像发布公告那般，帝尧做了如下结论："咨！汝羲暨和。期三百有六旬有六日，以闰月定四时，成岁。允厘百工，庶绩咸熙。"将这结论变成当今的话语，该是：帝尧说："啊！你们羲氏与和氏，一周年是三百六十六天，要用加闰月的办法确定春夏秋冬四季而成一岁。由此规定百官的职守，许多事情就都兴办起来了。"

暂且不必为规定百官的职守而兴奋，不必为许多事情的兴办而兴奋，仅仅这"一周年是三百六十六天"就令人兴奋不已。这不就是最早的历法吗？"春夏秋冬四季而成一岁"，更为令人兴奋，这春夏秋冬四季是浓缩着春分、秋分、夏至、冬至，亦称二分、二至。著名气象学家竺可桢先生在《天道与人文》一书中对于二分、二至有这样的评价："四季之递嬗，中国知之极早，二至、二分，已见于《尚书·尧典》，即今日之春分、秋分、夏至、冬至。""四季之递嬗，中国知之极早"，这话值得铭记与深思，只是此刻我们还无法兼及此事，先要就历法的钦定回望对上古时期农耕文明的推进。

钦定历法是上古文明的重要开端，中华先祖由仅仅追随日出日落的小轮回，转向三百六十六天的大轮回。有了年，有了季节，进而有了节气。打住，可能有人质疑，节气出现了吗？出现了。春分、秋分、夏至、冬至，就是二十四个节气中最核心的节气。曾经有疑古论者质疑《尚书·尧典》，质疑尧舜，质疑一切没有考古实证的历史，节气当然也在其质疑的范畴之中。二十年前他人质疑，我张嘴难言，无法辩解。然而，就在 2003 年襄汾县陶寺遗址发现了与帝尧时期相对应的观象台，从模拟的夯土缝中观看不远处崇山峰巅的日出，已能辨识出二十个节气。而且，其中就包含着春分、秋分、夏至、冬至。

陶寺古观象台

节气，就是那时帝尧主导农业播种的指挥棒。

这话是不是武断？不武断。完全可以断定，帝尧就是从认识节气，传播节气，推进农耕进步，加快发展速度的。低调地说，节气的问世，让先民把握住了可靠的播种时日，嫩芽不会再被寒霜侵杀，未饱满的籽实不会再被寒霜冻干瘪。撒下种子就能发芽，种子发芽就能长大，禾苗长大就能结籽，而且结出的是丰硕籽实。钦定历法，掌握节气，指导播种，是农耕文明的一次飞跃——飞出了不懂时令、懵懂种植的囹圄，飞出有种无收、广种薄收的困境；跃上了有种有收、开始丰收的新时段。

对于当时来说，这是一次开创性的突飞猛进。对于后世子孙来说，这是先祖给晚辈树立的巨型航标，辉煌的光亮照耀着千秋万代。我童年、少年时跟着父母亲种地，青年时独当一面种地，都在遵循节气播种、耕耘和收获。即使今天，我的那些父老乡亲，仍然在节气的辉耀下丰衣足食。在千秋万代的传承中，节气形成了农谚，农谚形成了妇孺皆知的庄稼经。试读几则：

"惊蛰不耕田，不过三五天。"这是说，惊蛰前后大地解冻，快到耕牛遍地走的时候了。

"清明麻来谷雨花。"这是说，清明时节播种葛麻，谷雨时节播种棉花。

"四月芒种齐芒种，五月芒种过芒种。"这是判断收麦的时间。如果农历四月芒种，那芒种时就能割麦；如果农历五月芒种，那过了芒种才能收麦。其中的误差是由闰月变化造成的，当然这是就农历而言。

"头伏萝卜，末伏菜。"这是每年播种蔬菜的时间。头伏时可以种萝卜，末伏时才能种白菜。

一脉相承，千年不断，帝尧带领先祖观测确定的历法、节气，成为导引华夏农耕文明生生不息的动力。

如前所述，这也是天人合一最早的开端。这发现与实践，赐予凡人的是最佳生产生活方式，给予圣人的是最佳思想启迪。老子留下的不朽名句，"人法地，地法天，天法道，道法自然"不正是上古文明的写真吗？

第四节　国家雏形如何催生

还是让我们穿越回帝尧时期，观鉴一下钦定历法、设立节气，催生的社会变化。也许你会说，不就是把握住了粟禾播种时间，保证了有种有收吗？不就是让先民不再饥肠辘辘，吃饱了肚子吗？是这样，不过这只是表象。那表象背后还有什么奥秘？说出来可能你会大惑不解，国家的雏形诞生了！

不只你不相信，当初我也不相信。甚至怀疑即使当事人帝尧，可能也不会想到历法、节气，竟然是催生国家雏形的动力。世事有时就是这么奇妙，种豆得瓜不可能，但是所比喻的事情完全可能。1978 年，中国社会科学院考古研究所组成队伍，进入襄汾县陶寺遗址开始考古发掘，不久揭开了黄土下的秘密，宣布从墓葬里看出了阶层分化，出现了国家最初的形态。将墓中发掘出的器物用碳 –14 测定，时间在四千三百年前后，与史书典籍里的尧舜时期大致吻合。这不就是在宣布，国家的雏形始成于尧舜时期吗？闻知，我先是惊喜，接着就是犯蒙。惊喜是正常的，谁不乐意自己家乡闪耀历史华光呢？君不见这儿一个世外桃源，那儿一个世外桃源；这儿一个花果山，那儿一个花果山，不都是要找点金粉，增光添彩嘛！犯蒙则是因为，这铁定的事实背后，到底存在着什么不为人知的奥秘？到底什么是催生国家雏形的动力？这可真是一道亟待回答的填空题呀！

无数人挖空心思焦急不安时，我想，此时如果先祖有灵，有灵的先祖还注视着焦急不安的我们，一定会发笑，嘲笑现成的答案摆在那里，我们居然没能顺手抄来，填入答卷。现成的答案就是历法，就是节气，就是历法和节气的诞生，促使农业耕种跨越式发展，促使粟禾丰收，促使先祖饮食结构发生了改变。之前有种无收和广种薄收，先祖的食物不敢依赖种植，只能狩猎与农耕并重。掌握了历法、节气，适时下种，籽实收多了，够吃了，能够安居乐业，谁还愿意冒着风险打猎？饮食的大头成为粮食。

慢，写下安居乐业，马上觉得有点欠妥当。事实是应该安居乐业，并未安居乐业。是种一茬粟禾，收一茬籽实，要吃一年。不再像狩猎那样，今天猎到今天吃，明天猎到明天吃。这到手的籽实需要保管，不保管会霉烂。这好说，及时晾晒即可。要紧的是还需要保护，不保护会有人偷，会有人抢。稍有不慎，辛辛苦苦、费力流汗浇灌出的籽实，就会填饱别人的肚子。你看烦恼不烦恼？

烦恼，不好；烦恼，糟糕。不好、糟糕，都是负能量。可偏偏负能量常常会催生正能量。为了摆脱烦恼，帝尧和他部族的先民肯定挖空心思想办法。眉头一皱，计上心来，在住地周边加道围墙，不就可以防范偷盗和抢劫吗？大不了再派几个人站岗放哨，便保证了收获的籽实安然无恙。

围墙，化解了先民的烦恼。

围墙，宣告了国家的初生。

围墙，后来被称作城墙。城墙，就是国家雏形的写照。

我们来看看国家的"国"字。繁体字写作"國"，其实最早里面那个"或"字代表的就是"国"。大"囗"框写照的是城墙，"戈"字代表的是拿着武器守卫，守卫部族里面最要命的粟谷。粟谷，辛勤播种、耕田、收获回来的吃食，决不能让别人偷走抢去。这是筑造围墙的本意，也是催生国家的动力。谁会想到，无比神圣的国家竟然在如此不经意的生活需要中产生了。没有刻意安排，没有匠心追求，顺其自然，也就水到渠成。

学者、专家早就对国家形态做了定论，必须具备几个因素：军队、法庭、监狱，还有更为具体的条件，要有青铜器，要有文字，要有礼器等。先不说用这把尺子丈量尧舜时期合不合格，关键是国家与任何事物成型有着相似之处，雏形期不是完备期，用完备的条件苛求雏形期，是不是有点像让幼儿来做微积分考题？

其实，完全不必如此饶舌解释，古人早就认定围墙、城墙里面就是国家的说法。中国历史上第一次有记载的暴动发生在周厉王三十七年，这是中国有准确纪年的开端，对应的是公元前 841 年。周厉王肆意征收赋税，搜刮民财，还不准有怨言。重压之下引发暴动，吓得他逃到了彘地，即今霍州一带。周厉王逃走了，众怒未消，暴动者攻击他的儿子。《史记·周本纪》写道："厉王太子静匿召公之家，国人闻之，乃围之。"围攻的结果是，召公"乃以其子代王太子，太子竟得脱"。结果如何无须多关注，应该注目的是司马迁笔下的"国人闻之"，这里的"国人"不是我们现在所说的每一个人，不包括城外人，只是城里的人。多数史书皆说，那时城里的人是"国人"，城外的人是野人。司马迁和诸多史学家不会想到，他们无意间收存和透露的历史信息，赐予了我们识别国家雏形的望远镜。是呀，周厉王时期距离尧舜时期上千年了，众人还是习惯把围墙里面视为国家。那尧舜时期建筑围墙、始生国家还有什么必要争论吗？自然，没有必要，除非为了一己私利而一叶障目不见泰山。

第五节 "中国"从这里出发

最早的"中国"从这里出发，这里是哪里？这里是出现在河东大地的唐国。

这定论不会有错。帝尧号为陶唐氏。陶唐氏来自他曾经在陶地当陶侯，后来改任唐侯，住在平阳。平阳就成为唐部族的领地。他在唐部族主导观天测时，在唐部族钦定历法，在唐部族确定节气，在唐部族推进农耕，获得最早的丰收，最早改变了食物结构，最早需要保护粮食，最早建造起围墙。毫无疑问，这里最早出现了国家的雏形。无须多问，唐部族变作了唐国。

唐国，就是华夏大地最早的国家。

那么，这最早的国家与"中国"有什么关系？关系太密切了，换个说法，唐国就是最早的"中国"。你千万不要以为我在猜想杜撰，这是考古学家苏秉琦先生的观点。他在《中国文明起源新探》一书中指出："夏以前的尧舜禹，活动中心在晋南一带，'中国'一词的出现也正在此时，尧舜时代万邦林立，各邦的'诉讼''朝贺'，由四面八方之'中国'，出现了最初的'中国'概念。这还只是承认万邦中有一个不十分确定的中心，这时的'中国'概念也可以说是'共识的中国'，而夏、商、周三代，由于方国的成熟与发展，出现了松散小联邦式的'中国'，周天子的'普天之下，莫非王土，率土之滨，莫非王臣'的理想'天下'。理想变为现实是距今二千年前的秦始皇统一大业和秦汉帝国的形成。从共识的'中国'（传说中的五帝时代，各大文化区系间的交流和彼此认同），到理想的中国（夏、商、周三代政治文化上的重组），到现实的中国——秦汉帝国，也相应经历了'三部曲'的发展。"

苏秉琦先生在这里将中国的形成分为三部曲，即共识中国——理想中国——现实中国。纵目一看，共识中国是中国的初级阶段，相对于后二者而言是幼稚的，甚而是拙朴的，但恰恰是这种幼稚和拙朴，却预示着新的诞生。因而，苏先生赞同："中国"一词的出现正在此时，即尧舜时代。既然尧舜禹的活动中心在河东，那么这就等于说"中国"出现在这里。倘若真正读懂苏秉琦先生的论断，便可以更简单地阐述共识中国，这不是国家的名称，只是地理格局的代称。

令人可敬的是，苏秉琦先生不仅推断出最早的"中国"，还推断出"尧舜时代万邦林立，各邦的'诉讼''朝贺'"是形成中国的原因。我很看重他提出的"诉讼"与"朝贺"，这两个方面都在烘托尧舜的权威。"诉讼"是要判断是非，没有权威说话谁听？"朝贺"是要缴纳贡品，没有权威谁甘愿奉献物品？这就需要为苏秉琦先生的观点补一个缺口，尧舜的权威何来？

回答不复杂，四个字：敬授民时。就是在敬授民时过程中，帝尧确立了前所未有的权威。如果有人说，是武力征服获得权威，那我绝不反驳。先前黄帝曾经武力征服炎帝，宣布一统天下，我不能否认武力的作用。不过，我喜欢用《尚书·尧典》的记载来做客观可靠的还原。敬授民时，是最好的开端。当然，上古时期的帝尧还缺少当代人精明的功利性，他敬授民时不是为了树立权威，只是要更多的部族种好粟禾，多收粮食，吃饱饭，不饿肚子。

如何敬授民时？何新先生在《诸神的起源》一书中提出的一个观点，神话后羿射日其实就是敬授民时。他指出："上古时代可能实行过这样一种历法：把一年的周期，划分为十个等分，或者说，划分为十个太阳"月"……这种纪月方法的依据，是这样一个观念：每年有十个不同的太阳在天空运行。……但是作为一种纪年法，它当然是很不准确的。而其误差不断积累的结果，就必定会在某一年，终于造成历法的全面混乱。"可见，帝尧命令羿射九日，就是要推行一年十二个月的历法，进而普及节气，指导各部族种好粟禾。学者张光直先生、陈建宪先生都持这种观点，他们认为这暗示了一场重大的历法改革。

顺着这样的思路探究，也会对嫦娥奔月有新的发现。她所奔升的那个月宫不是天上那轮月亮，而是由月亮盈亏得出的那个"月率"。这个月率用一年十二个月的计数，代替了过去一年十个太阳"月"的历法，以十为轮回的"月"历，在十二个月的确立中破碎了。这个讹论终于被纠正了，人们不再陷在过去十月度年的错误中，而是奔向十二个月的新境界了。这莫非就是嫦娥奔月的真实面目？

张光直、陈建宪与何新几位先生不谋而合，羿射九日，就是敬授民时，就是推广历法，就是普及节气。

敬授民时很快大见成效，各部族都适时播种，都粟禾丰收，都需要保管和保护粮食，都在住地周边添加围墙，都变成了国家。一时间唐国周边出现了万国林立的景象，唐国则处于万国林立的"国中之国"，将"国中之国"简称，不就是"中国"吗？

"中国"，一个辉煌的名称出现了！

行文至此，我们还需要注意学术界的两种说法。如前所述，刘熙在《释名》中曾写道："帝王之都曰中，故曰中国。"刘熙如此定位没问题，正说明帝尧那个"国中之国"被公认为"中国"。此外，近年考古专家在陶寺遗址测出了地中，由此推断出地中所在之都为"中国"。这和我的观点更加吻合，正因为这里是尧舜古都，是"中国"，当初才测量出一个关于地中的标准数字，昭示天下各个部族。或者说，是找到了地中才迁徙至此，才在此立国建都，即使我一时领悟不出其中的奥妙，也是形成"中国"的另一说法。

自然，最初的"中国"还是地理格局的称谓。不过，随着岁月递进，其终将成为伟大祖国的名称。时光驱动历史车轮前进，孟子持笔写下：舜"夫然后之中国，践天子位焉"。继而，司马迁写下"夫而后之中国，践天子位焉，是为帝舜"。

"中国"，渐行渐近，如日中天，挺立于人寰。

第四章　比神话还迷人的水井

又要走进神话？是的，了解、学习上古历史，不时就会与神话相逢，研究尧舜文化同样如此。本来是想求真务实，走出虚幻，还原古老的历史，可是，不走进虚幻的神话，还真无法识别神话里的奥秘，自然也就难以破解神话里的蕴含，理解神话里的历史面目。

前面探究敬授民时，涉及了后羿射日，那就深进一步，看看这则神话背后还有什么迷人的风采。

第一节　后羿射日的神话

后羿射日是一则几乎家喻户晓的神话，自儿时至今我读过多种版本，有的晦涩，有的通俗，还有的干脆配上画幅，图文并茂，形象生动。读来读去，有了比较，还是研究神话的专家袁珂先生最具权威性。后羿射日的神话，他老人家是这样讲述的：

上古那时候，据说曾经十个太阳一起出现在天空，带来了严重的旱灾，圣明的尧王遭遇了最大的忧愁和烦恼。

想想，这是多么可怕的灾难！天空成了太阳们的世界，地面上再也找不到一片影子，一切都在强光的照耀下。炎热把土地烤焦了，把禾苗晒干了，甚至沙石都快要熔化了。人们热得喘不出一口气，血液在身体里差点就要沸腾。大地上几乎找不到什么可吃的东西，人们的胃里却燃烧着饥饿的烈火，众人快要疯了。尧王如坐针毡，焦急万分，忧心如焚。

十个太阳为什么会一起出现在天空呢？话要从头说起。这十个太阳是东方天帝帝俊的十个宝贝儿子。他们个个身上带着热，闪着光。他们的家不在大地上，在东方海外的汤谷，也叫旸谷。汤谷是一望无际的大海，海水却与我们常见的大海不一样，不是冰凉的，而是滚烫的，像烧开的水那般沸腾冒泡。海水本来不烫，发烫是因为太阳宝贝每天在里面洗澡。

汤谷的大海上长着一棵高大无比的扶桑树，树上伸开十个粗壮的枝条。太阳宝贝洗完澡就上树休息，扶桑树就是他们的家。每个枝条上住着一个太阳宝贝，轮到谁住在最上面那个枝条，第二天就由谁上天值班。这个太阳宝贝一上班，大地上就一片光亮，新的一天开始了。就这样，每天一个太阳宝贝上天，天天如此。这是父亲帝俊和母亲羲和，为他们编排好的活动秩序。

请注意太阳宝贝母亲的名字羲和，有意思吧？这不正是观天测时的羲氏与和氏的巧妙结合吗？他们最早观测、掌握了日出日落的规律，太阳南去北归的秘密，所以就把他们柔情化，化作太阳宝贝和善的母亲。我们接着看袁珂先生笔下的神话故事如何发展。

太阳升天的时候，庄严而又美丽。扶桑树梢住着一只玉鸡。每当夜色消退，黎明快要到来时，玉鸡伸长脖子一叫，太阳宝贝便冉冉升空。六条龙拉着一辆车，坐在辕上驾车的是母亲羲和，太阳宝贝坐着车缓缓上升。刚上升时，叫"晨明"，往上叫"朏明"，再往上叫作"旦明"。旦明，天便大亮了。母亲再往前护送一程，升到最高处，就告别宝贝，驾车回去。剩下的路就由太阳宝贝自己走。这路好走，都是下坡，太阳宝贝不费劲，落下去，慢慢落在大山的背后，不一时就会返回汤谷，洗完澡，连着休息九天。相比之下，母亲羲和最为辛苦，她虽然比在上天值班的太阳宝贝会早一点回到汤谷，可是稍微喘口气，便要护送下一个宝贝儿子升空。每天如此，不能有一天放松。

这么日复一日、年复一年地轮流着，天下太平，人间祥和。可是，日子久了，太阳宝贝都厌烦了，想玩点新鲜花样。有一天，他们聚在一起开了个会，定下个新玩法。这一玩就玩得天下大旱，人们难活了。第二天，这十个太阳宝贝居然一下子都蹿上天空，母亲羲和察觉时已经晚了。她怎么呼喊也喊不住，宝贝们朝她挤眉弄眼，乱蹦乱跳。惨烈的大旱灾，就这么发生了。

以往也闹过旱灾，每逢此时，帝尧赶紧带领众人敲锣打鼓，将那个名叫女丑的巫师放在山头的草席上暴晒，不多时就会阴天下雨。这一回，帝尧快把锣鼓敲破了，女丑都晒死了，啥用也没有。十个太阳的强光继续炙烤大地，简直快要着火了。帝尧只好跪在地上向高天祷告，赶快拯救众生。天帝听到了，便派神射手后羿下凡治理干旱。

后羿领命后，带着妻子嫦娥来到人间。他一到地上，立即怒火中烧，只见树枯了，草焦了，河涸了，遍地都是浮土。众生躲藏在山洞里奄奄一息，眼看就要渴死。后羿按捺住火气朝太阳宝贝叫喊，快回去吧，别闹了，人间遭大难了！

太阳宝贝玩得正上瘾，谁也不理睬他。后羿说多了，还怪他多管闲事。后羿暴怒了，挽弓搭箭，就朝天空射出一支。只听"嗖"的一声，一团火球爆裂，流火乱飞，一个太阳不见了，落在地上的竟是一只散乱着羽毛的乌鸦。后羿又搭一支箭，射了出去，又一个太阳破碎了。随着两个太阳的破碎，顿时凉快了好多，人们纷纷跑出山洞来看热闹，为射日英雄喝彩鼓掌。

后羿更加带劲了，射了一箭又一箭，太阳掉下一个又一个，眼看天上只剩下一个太阳了，他又要拔箭去射，尧王慌忙将他拦住，留个太阳还有用呀！就这样，天上只剩下了一个太阳，后羿为民解除了大旱。

第二节　神话里的飞天梦

神话讲述到此，有关天下大旱的灾情已经说清楚了。这里再赘言几句，是想说中国人的飞天梦就起始于河东大地。

那就接着前面的神话继续往下讲。

后羿射日解救了众生，领着嫦娥返回天庭，却被门神拦在了阶前。他俩看到的是一张冰冷冷的面孔，门神甩过来一页天书，上面写着：后羿夫妇，贪恋人世不归，违犯天规，收去神功，贬为凡人。

后羿不看还好，一看两眼发黑，暴跳如雷。嫦娥气得浑身发抖，痛哭流涕。后羿拉着嫦娥就要往天庭闯，可是，此时神功已消，站立难稳，摇摇晃晃跌在了地上。

这可真是千古奇冤呀，射日英雄无功也罢，竟然有了大罪。这肯定是因为后羿射杀了东方大帝那九个太阳宝贝。把持天庭的门神不是别人，就是帝俊。气愤归气愤，天庭是回不去了，只能在人间艰苦度日。自己吃苦也罢，不该连累妻子，后羿非常内疚。有一天，他听说西王母那里有长生药，便辞别妻子，长途跋涉取了回来。嫦娥一见可高兴啦！夫妇俩人商量，选个吉日良辰，同服丹药，和和美美在人间过日子。

哪知，还没有到服药的日子，却出了一件意想不到的事情。

事情出在逢蒙身上。逢蒙是后羿的徒弟，后羿射掉九个太阳后声名远扬，逢蒙缠着要跟他学习射箭。后羿见他诚心学本事就答应了。逢蒙十分聪明，很快就能百步穿杨，后羿特别喜欢这个小徒弟。可这个小徒弟得知师父取回长生丹药，居然起了歹心。他搬来一坛美酒，为师父接风洗尘。后羿毫不设防，喝得酩酊大醉。

逢蒙闯进里屋，要师母嫦娥交出丹药。见势不妙，嫦娥一把将丹药吞进口中，咽下肚去。转眼间体内一轻，嫦娥飘飘忽忽离开了地面。嫦娥升天了，匆忙中两人的丹药，她一人吞了下去。一人一份，长生不老；一人吞两份，立即成仙。嫦娥飞向高空，不敢去天庭，害怕东方大帝记恨她，报复她，她是后羿的夫人呀！嫦娥只得朝清冷的月宫飞去。

这就是神话后羿射日的后续部分——嫦娥奔月。本书不涉及这则神话，放在此处无碍大局，只能算作闲笔。当然，换一种眼光看，闲笔不闲，如果说当今的探月工程是在实现中国人的飞天梦，那嫦娥奔月肯定是这飞天梦的开端。这等于说，有关尧舜时期天下大旱的灾情，不仅派生出后羿射日的神话，还派生出国人奔向月亮的梦想。

当今我国的探月人造卫星，在西昌卫星发射中心发射升空。

古代的飞天梦想——嫦娥奔月，则在河东大地发射升空。

第三节　开凿水井抵御大旱

出现在袁珂先生神话里的上古时期大旱，不是他的杜撰，他是根据多种典籍演义出来的。《淮南子·本经训》中这样记载："尧之时，十日并出，焦禾稼，杀草木。而民无所食。"这种见解，不是淮南王刘安及其门客的最早发现，屈原先生的笔下早出现过，《楚辞·招魂》中曰："十日代出，流金铄石些。"其中的"代"字，闻一多先生以为应当是"并"字。显然，"十日并出"的说法，出现很早，传播很广。这种观点延续下来，《论衡·感应篇》再次展现："尧之时，十日并出，万物焦枯，尧上射十日。"这些典籍的记载大致相同，逐渐将射日大事记在帝尧名下。到了东汉著名文学家王逸为《楚辞·天问》所作的注释中，才将射日归于后羿："羿仰射十日，中其九日，日中九鸟皆死，堕其羽翼。"看来，神话生成后有一个逐步完美的过程。

这里不是研究神话，而是在强调，不论哪种典籍记载，帝尧时期都出现过天下大旱。况且，神话再优美，再热闹，终归是虚无的、缥缈的，只能慰藉后世子孙的心灵，无法解除上古时期的大旱，也就无法解除帝尧和先民的焦虑。

大旱还是大旱。

焦虑还是焦虑。

大旱和焦虑如何解除？解除的办法，在民间传说里面才能找到。上古那个时候天下大旱，河水也被晒干了，绿草早被晒枯了。人们没吃的，没喝的，眼看就活不下去了。这传说和史书上"十日并出，万物焦枯"有些吻合。

众人躲在山洞里一筹莫展，帝尧也同大家一样发愁。

凡人发愁是没办法，圣人发愁是想办法。

有一天，帝尧顶着烈日寻找水源，从汾河边走到卧虎山下也没找到一眼清泉。他浑身流汗，便坐在一棵枯树下歇脚。他实在太累了，就想打个盹。刚闭住眼睛，脚上痒痒，睁眼看见一只蚂蚁爬上脚面。帝尧没有伤害这小虫子，看着它在脚上周游一圈溜回地上。顺着这只蚂蚁的行迹，帝尧看见更多蚂蚁，它们进出洞口，来来往往，生机勃勃，一点也没有干渴的样子。帝尧想，难道这小虫子就不喝水吗？不可能，不喝水就会渴死。既然要喝水，那就说明地下会有水。这么一想，眼前豁亮，他立即将这个想法告诉了随从。随从听了，觉得很有道理，就动手挖水。先从哪儿下手呢？还是伯益有法子，他带领众人打猎时挖了不少陷阱，就从陷阱朝深处下挖，深挖两层，看见了湿土。看来地下真有水，众生劲头更高，加紧下挖。再一挖，挖出了大伙的惊喜，果然挖出了水，众人可高兴啦！这一来，大家有水可喝，禾苗有水可浇，不再发愁活不下去。

因而，运城人常说，是帝尧发明了水井。这个说法似乎有些武断，但是

尧庙尧井亭

不少书上都这么记载。张崇发先生著有《中华名胜古迹趣闻录》一书，书上写道：尧庙"五凤楼后面有个尧井亭，建于晋太宁年间，距今一千六百余年。亭为六角形，底座较高，四周围以砖砌花墙。亭四周，松柏花木茂盛；亭中央，古井一眼，水势很旺。据说这是尧王和他的大臣们，在远古洪荒年代，为人类开凿的第一口水井。尧王凿井之后，舜便效法尧王，推广凿井。因此，《括地志》上有'历山南有舜井'的记载。由于尧、舜凿井，后人才懂得利用地下水源，因而，才渐渐离开河流居住。照这么说，这口井简直可以称为'人类从愚昧走向文明的一个台阶'了。尧、舜二王在操劳国家大事之余，连开凿这一类苦活，都能去做，实在难能可贵"。

张崇发先生的这段文字写得清楚明白，评价也很到位。当然，若再翻些史料，便会对这种定位产生怀疑。《世本》这么记载："黄帝见百物，始穿井。"这么说，水井先于帝尧就已经有了。可是，往下看该书，在尧的纲目下又有"化益作井"之说。化益何许人也？《中国古代文明与国家形成研究》一书转引宋衷的文章回答："化益，伯益也，尧臣。"看来，该书是自相矛盾了，先说黄帝始穿井，又说尧臣伯益作井，岂不让人雾里看花，难以看清。

如何理解这矛盾的说法？其实，将这些说法对立为矛盾体，是我的浅薄。中国近现代史学先驱柳诒徵先生，早就在他著写的《中国文化史》一书中化解了这种疑虑。他是这么说的："后人之发明一物，往往同时异地各不相谋者，矧古代交通不便，未有文书，仿效传播，不若后世之捷乎？黄帝作井之法，或限于一地，或久而失传。唐尧之时，化益别于一地作井，则作井之人，先后有二矣。"

柳诒徵先生不愧为中国近现代史学研究的先驱，他历经清朝、民国，新中国成立后才去世。他的这个说法实在高明，不仅化解了《世本》中的矛盾，而且为我们客观认识水井及古代发明提供了新的思路。的确如此，古代交通闭塞，传播滞后，一项新的发明要传播开去费时费力。水井的传播或许正是这样，需要有个恰到好处的天时。尽管说黄帝他老人家早就"始穿井"了，可是，年年普降甘霖，遍地都是清流，先民不知天旱，怎么会知道井有用处呢？待到数代之后，天下大旱，禾木枯焦，急需用水了，却忘了先祖的创制，只好重复发明。因而，水井的发明权归结到帝尧和他的大臣伯益身上了。

说得清楚明白吧？很清楚，很明白，真佩服柳诒徵先生严谨的治学精神，和出众的感悟能力。敲击到此处，忽然想起李学勤先生主编的《中国古代文明与国家形成研究》一书中有这么一段话："五帝时代特别是尧舜禹时期发明了凿井的传说，完全可以与考古相印证。依据考古发现，水井最初出现在河姆渡遗址……即距今五千七百年……在水位较低的黄河流域，开凿水井难度较大，故这里到了距今五千至四千年的龙山时期才普遍发现水井。这一时期正好与传说中的尧舜禹时期相当，而文献中关于虞舜、伯益，特别是伯益的凿井传说也较多，这是值得我们注意的。"

值得我们注意，为何值得注意？是因为距今五千七百年的河姆渡遗址已经有了水井，帝尧时期早也不过四千五百年，说此时发明水井有点站不住脚。那为何史书要将水井维系在帝尧和伯益身上？李学勤先生给出的答案是，地处黄河流域的北方"水位较低""开凿水井难度较大"。其实，这只是答案之一，之二就应是柳诒徵先生的观点：古人交通不便，发明传播缓慢。倘要是站在河姆渡遗址观看那水井，更是一目了然。那井根本不像井的模样，与北方的泉别无二致。浅得弯腰伸臂，就能用陶罐将水打满、提起。这样的水井，只能留在考古学家的记载里，根本没有进入上古先民的记忆。为此，早先大河以东一带出现大旱，弄得先祖一筹莫展，只能依赖帝尧开动脑筋，凿井而饮。

第四节　城市文明的基因

临汾市尧都区有座尧庙。尧庙曾经有座尧井亭，可惜这文物被人为损毁了。好在尧井亭下的尧井还在，还在诉说着过往的文明记忆。不少人都认为这眼尧井是帝尧亲自开挖的。是不是这样，很难定论，但是，这口井的位置非常引人注目，而且引发了不少非议。

建筑学家认为，这井的位置不当。中轴线在宫廷里是甬道，在甬道上摆一口水井，影响出入，实在欠妥。

风水学家认为，皇宫一般占子午线，此线又称龙脉，开挖水井必然截断龙脉，有损风雅。

两种非议，都有道理，令人生疑的是，比我们讲究风水的先祖，为何会干出这损伤风水的事情？肯定不是先祖忽略了风水，而是因为此井最能体现帝尧的功劳，很可能当初就是围绕水井选址建庙，尧井位于中心理所当然。

那么，水井到底如何体现帝尧的功劳？这要搞清水井有多么重要。还是请出李学勤先生评价吧，他主编的《中国古代文明与国家形成研究》一书，这样阐述水井的价值："凿井技术的发明，大大减少了人们对江河的依赖，使得人们可以到肥沃的冲积平原、富饶的山间盆地去生活和生产。同时，它解决了城邑的供水问题，因而，它不但增强了聚落的稳定性，而且也为城邑的形成、国家的产生创造了条件。"

李学勤先生的评价，我至少读懂了两个方面。首先，过去沿河居住的人们可以离开河流住到高地上去。在那里凿井饮水，开垦土地，种植收获，农业生产就会走向更为广阔的天地。有了水井，先民离开河流迁移居住在高地，就为另一个方面的生成，即城市的出现做好了铺垫。居住的人多了便有了聚落、村落，乃至后来的乡、镇、城市。说到底，城市的根源在乡村，而催生城市的关键因素是水井。要不为什么城市文化一直被叫作"市井文化"，城市文明一直被叫作"市井文明"呢？水井和城市是因果关系，城里的人不仅要在井中汲水饮用，还要"日中为市"，这市又在井边。所以，帝尧在率领先民凿井的时候，绝不会想到井可以一举两得，既推进了农业文明，也为城市文明铺平了道路。

运城市民间对水井的理解更深。他们是从习惯上理解的，因而感情投入更多。人们一刻也离不开水井，将之视为家园来看待。不是有个成语"背井离乡"吗？你看，若要离开家乡，首先是背着井而去。井在这里成了家的代名词。还有一个成语"饮水思源"，也是和水井有关的。从近处讲，可以借用一句老话，"吃水不忘打井人"，教导后人不要忘记前人的恩德。若再说得远一点，就是不要忘记水井的发明者，要永远铭记尧舜时期开创水井的先祖。从事实看，这话中应该包含了这样的意思，不然，建造尧庙的先贤为什么会将一口井保护起来，而且还要建个纪念亭呢？

不光尧庙有尧井，在尧都区伊村，也就是帝尧出生长大的地方也有一眼井，人们称为"尧井"。这口井在汾河滩上，仅供浇地使用，由于离村庄有一段距离，人们不再饮用。但是，也有人不顾路远前去汲水，那准是要煎中药。村里人说尧井里的水好喝，煎出的药效果最好，治病灵验，足见尧井在人们心目中有着何等重要的位置！

第五节 "井"字原是这样来

探究尧舜时代，探究尧舜文化，是一件奇妙无比的事情，不时峰回路转，潜藏了不知多少乐趣。搞清楚了水井的初创，又纳闷作为象形文字的汉字，为何会造出这么个"井"字？按照我的理解，画个圆圈，就是水井，顶大中间再戳个黑点。写成如今这个"井"字，令我百思不得其解。

百思不得其解，千万不要继续钻牛角尖，继续思考。多少事实证明，直走无法抵达的地方，曲径可以通幽。有一天，阅读相关陶寺遗址的发掘文章，看到高天麟先生在《龙山文化陶寺类型农业发展状况初探》一文中这么评价水井："我们认为陶寺遗址的水井有可能是华北地区目前所发现的水井中时代最早的水井。陶寺水井有其明显特点：一、水井都比较深，一般在十四米左右；二、水井底部有护井的设施或结构，有栅栏状的，也有成排木桩状的；三、水井底部往往有专门用来汲水的陶容器——扁壶，绝大部分都已成碎片，其数量之多，可至惊人的地步！表明水井使用的时间较长；四、水井的密集程度，也令人叹为观止，在不到一平方公里的范围内，竟有三座时代大致相同的水井，说明水井之密集。由此也衬托出了当时居住的密集，也反映了定居农业的发展。"

高天麟先生是在揭示陶寺遗址中的水井的发展状况，也为尧舜时期水井的发明提供了佐证，不过，他绝不会想到会启示我认识"井"字的生成。上文中第二点是讲水井底部有护井的设施，有栅栏状的，也有木桩排列的。无论是栅栏，还是木桩，均有个排列形状。在上头看，其形状就是"井"的形状，莫非，造字者就以栏杆的形状造出了"井"字？可能，极其可能。

陶寺遗址发掘出水井，比观象台要早好多年。最初得知这个消息，我高兴得几乎彻夜未眠。虽然，从史书，从传说，早就知道尧舜时期凿井而饮，但是，没有考古证据心里总有点不踏实。陶寺遗址水井的发现，让我大有久旱逢甘霖之感。将我们先祖开凿水井的往事，和《圣经》上水井的露面一比对，更为兴奋。记得水井初次出现在《圣经》时，是"上帝使夏甲的眼睛明亮了，她看到一口水井"。水井从何而来没有交代，莫非也是自然之物？这样的设想不一定合乎情理，"上帝使夏甲的眼睛明亮了"却字字逼真，若是夏甲还是先前那双不够明亮的眼睛，肯定看不见水井。由此感悟到的是，上帝引导人找见了水井。离开上帝指引，人只能干渴，别说繁衍生息，能否活下去都是难题。很明确，从创世纪开端，中西思维就大为不同，孰优孰劣，一目了然。中华先祖在不断打开自然密码，顺应自然规律，生存发展时，西方先祖还在神权的左右下亦步亦趋。

尧舜时期，虽然农耕拙朴、国家雏稚，但是，先祖探寻天地大道，遵循自然规律的行为，却永远是炎黄子孙取之不尽、用之不竭的精神能源。

第五章　华夏社稷出稷山

一方水土的文化品位有多高，不仅取决于该地的文化积淀有多么深厚，多么繁丰，更在于有冠领国家顶层的文化标识。用这把尺子去丈量，不得不对稷山县充满敬意。

稷山县派生出一个巍峨于华夏的名称——社稷。

社稷，只要是炎黄子孙没有不知道的，这是国家政权的象征。是的，自从《礼记·曲礼下》发出"国君死社稷"的感喟，社稷就与君主，就与国家紧密胶合为一体。千百年来，在炎黄子孙心目中，国家就是社稷，社稷就是国家。

这是稷山县历史的点睛之笔，也是稷山县文化的精神标识。

当然，稷山县的点睛之笔、精神标识，也是运城大地的点睛之笔与精神标识。

第一节　布老虎的秘密

在河东，在运城乡下长大的每一个孩童，几乎都是布老虎伴随着长大的。

我的童年就是如此，很小的时候睡的是虎头枕，戴的是虎头帽，穿的衣服胸前绣的是老虎。若是睡觉，一旦母亲离开，身边准有一个布老虎做伴。

还有，每年春夏秋冬四季，姥姥家都要给外孙蒸个保佑平安成长的圐圙馍。圐圙馍老虎头、老虎尾，围作一个大圆圈，象征着把孩童围裹起来，不为魑魅魍魉所侵扰。

何止运城大地，河东大地、晋冀大地，甚至更远的地方，都有让布老虎保佑孩童成长的习惯。

何止让布老虎保佑孩童成长，各家各户都把老虎当作厅堂的保护神。往昔过年，家家都要贴年画，年画多少任意挑选，唯有一样不可少，一定要贴一张老虎。老虎的朝向也有讲究，必须是上山虎，不能头朝下。头若是朝下，那是下山虎，虎落平川被犬欺，自身难保，何谈再护卫平民。

布老虎也罢，老虎年画也罢，为何会成为众生的保护神？

这民俗源远流长，不追索还罢，一追索便追进了神话里边。神话讲，帝喾有一位美貌的妻子名叫姜嫄。有一天，姜嫄去野外游玩，不知不觉走远了，来到一个风景优美的山脚下。山前有个碧波粼粼的湖泊，湖边是条小路。路边杂草很多，野花很多。姜嫄边走边看，不时弯腰采摘好看的花朵。忽然，她看见地上有个很大很大的脚印。这世上怎么会有这么大的脚呢？姜嫄十分新奇，脚这么大，那个头该有多么高呢？她越想越觉得奇怪，就想和这个大脚比试一下，看他的脚比自己的大多少。这样想时，她伸出的一只脚已踩在了那个巨大的脚印上。这一踩可不得了，姜嫄浑身发麻，如果让当代人来形容，那种感觉可能就像触了电一般。

回家后，姜嫄的肚子一天天大了起来，怀孕了。过了些日子，她生下个小男孩，白白胖胖的。可家里人觉得她怀孕有些奇怪，不愿养这个孩子，将他从母亲怀中夺下，扔到了村巷里。村巷又窄又小，牛过羊窜，鸡飞狗跳，肯定会把这孩子踩死。奇怪的是，这孩子非但没有被踩死，还有牛羊给他喂奶。家人见他不死，又将他扔到野外的寒冰上，这一来非冻死他不可。可是，天上飞来好多好多喜鹊，轮流背负着他，呵护着他。过了几天，家里人跑去一看，孩子还好端端的，索性将他扔进山上的树林里。山高林密，野兽出没，这孩子肯定必死无疑了。然而，有人上山砍柴，看见孩子好端端的，竟然还有一只老虎守候在他的身边。有百兽之王守护，别的野兽哪敢挨近他，更别说伤害他。家人得知，觉得这孩子非同一般，就将他抱回去抚养。既然要养，就该有个名字，因为被抛弃过，就叫他"弃"。

暂且不说这个弃日后会大有作为，只说由于他被抛弃进深山老林，缘于一只老虎守护才保全性命，先民便将老虎视为人们的保护神。自此便做一些老虎饰品，让其保佑孩童长大。布老虎就这么流传开来，成为一种民俗。甚至，将老虎绘为年画，保佑世人祖祖辈辈平安。

第二节　教民稼穑当农官

孟子曾写下过这样的往事："后稷教民稼穑，树艺五谷，五谷熟而民人育。"这是说，后稷教给先民种植和收获，学习栽培五谷的农业技术，五谷丰收了，能够很好地养育众生。这等于说，后稷教民耕种收获的农艺，让大家丰衣足食。

这里的后稷不是别人，就是那个被家人抛弃未死，又被捡回来的孩子：弃。

如何知道弃就是后稷？

读读司马迁的《史记》就可知晓。他在《周本纪》中写道："弃为儿时，屹如巨人之志。其游戏，好种树麻、菽，麻、菽美。及为成人，遂好耕农，相地之宜，宜谷者稼穑焉，民皆法则之。帝尧闻之，举弃为农师，天下得其利，有功。帝舜曰：'弃，黎民始饥，尔后稷播时百谷。'"

倘若是用通俗的话语讲述这则故事，应该说，弃长大了，很有个性。别家的孩子满地乱窜，他却不随群，不入流。他喜欢一个人到野外去，悄悄采摘些植物的种子带回家，种进地里。那些种子发芽了，长高了，在他的管护下结出了籽实，这籽实比原先大了好多。待到长大成人，弃成了种庄稼的好把式。他按时令播种，及时除草，还制作了几样简单的农具，干起活儿来效率高了好多。起初，众人没把这后生放在眼里，后来见他打得粟谷多了，就有些佩服，时常跑到田头和他聊天，弃也就把自己种地的方法教给他们。这一来，弃的耕种办法传播开去，众生种植的禾苗长得比先前好多了，粟谷丰收了，个个都能吃饱饭了。

声誉不胫而走，弃的名气越来越大，附近的人们都来向他讨教。他经常走出去教别人种田，他的种田经验渐渐地传到了远处。帝尧知道了，就将这位异母兄长请进宫去，聘请他当农师，官职为后稷，委托他管理天下农业，教给广众耕作。弃尽心尽力地教导大伙，先进的耕作技术很快传遍四方。没人再叫他弃，改称后稷。众口一词赞扬，后稷是个了不起的人物。

那后稷是如何教民稼穑的呢？或说，后稷教民稼穑都传授了些什么农业技术？任何史书没有详细记载，没有具体说明。我们先从字面上解读一下教民稼穑，"稼"是指播种，"穑"是指收获。也有一种说法，认为"稼穑"是庄稼的总称，在田地里为"稼"，存放在仓库中为"穑"。由此可知，"稼穑"就是农业耕种、收获的意思。教民稼穑，也就包含了从种植，到管理，到收获，再到保管的全过程。

用现在的眼光看，农业生产中教的成分极少，多数人都是学会的，是模仿长辈耕种学来的。可是在上古时期，非教不行，因为，这个"教"字包括了当时先进的耕作方式，对耕种发展起着重要的推动作用。

要说清教民稼穑，必须了解当时的农业状况。那时候，农业生产非常落后。虽然从史书看，人类开始农业耕种也有数千年了，只是，在演进发展过程中往往有这种现象，一种好的方式一旦被接受，就长期使用，或者固定不变了。十多年前司空见惯的二牛抬杠的犁地方式，据说东汉就开始了。若真是那样，这种耕作方式一下就流行了两千年，现今在一些山村仍然可见。探讨上古时期的农业状况，需要了解一点关于炎帝神农氏的资料。诚如王仲孚先生在《中国上古史专题研究》一书中所指出的那样，"从战国以来，将农业的发明归之于传说中的神农氏，为学者共同的一致的看法"。《淮南子·修务训》中记载："古者民茹草饮水，采树木之实，食螺蚌之肉，时多疾病毒伤之害。于是神农乃始教民播种五谷。相土地，宜燥湿肥硗高下。尝百草之滋味，水井之甘苦，令民知所避就。当此之时，一日而遇七十毒。"神农氏为了先民的生存，堪称舍己为民。对此，《白虎通》一书讲述得更为简明扼要：

"古之人民，皆食禽兽肉，至神农，人民众多，禽兽不足，于是神农教民农作；神而化之，使民宜之，故谓之神农也。"可以看出，先民种植取食是必须要走的路子，不然吃完所有禽兽，也难以养活不断繁衍增多的人口。只是需要归需要，现实归现实，没有带头人，众生只能在迷茫中徘徊。神农氏就是在此时站出来，开辟农耕，拓展生路，所以中华儿女记忆至今。

由古籍中的记载，可以明白神农氏的功绩：一是他尝百草，以定五谷。这就是说，到底什么谷物能吃，神农氏首先品尝。民间传说和神话中此类故事很多，讲得都形象生动。有一则故事说，神农的肚皮是透明的，能看见里面肠胃的蠕动。他摘下一片绿叶，往嘴里一含，青涩淡雅；咽进肚里，看得见那绿叶上来下去，在肠胃里巡查，就将之叫作"茶"。又挖到一株细根，味道甘甜，香沁浑身，就将之叫作"甘草"。有一天，他品尝一株草，舌头一触就头晕目眩，昏了过去。多亏他随身带着灵芝，觉得不妙赶紧咬了一口，就这也好久才醒了过来。他将这草叫作"断肠草"。这么一株株、一天天品尝下去，终于认定了哪些草能吃，哪些草不能吃。又选些结籽多的进行种植，这便定了五谷。二是耕种办法，也就是人们常说的刀耕火种。那时候工具低级，要开垦土地很不容易，只好放火烧草，用简单的石器播种。若是石器再加上木把儿，可能就算是先进工具了。从这些史料和传说中，可以看到炎帝时期农业生产极度落后，处于刀耕火种状态。到了尧舜时期即使农耕有所发展，但是生产力也相对低下，民众的生活仍然十分艰辛。

所以，帝尧继位之后首要的工作就是让人们有饭吃，而要做到这点，就必须提高生产力。提高生产力的办法主要有两点：一点即前面所讲的钦定历法，敬授民时。只有掌握四时轮回，播种、收获有序进行，才能保证有种有收，少种多收；另一点就是确定专人管理农业，当然其主要职责便是教民稼穑。那么，谁能担当此重任呢？当然，就是名传千秋的后稷。

后稷的出现恰逢其时。前面我们曾经讲过，1958年前后，国家出台农业八字宪法：土、肥、水、种、密、保、管、工，这确实促进了五谷丰登。尽管袁隆平看出其中缺少时令节气，但是这缺少恰好说明，此事早在帝尧时期就已解决，已经不是问题。拉扯这段近事，是要破解后稷的作为。可以看出在帝尧观天测时、确定时令节气后，要获得粟禾丰收，土、肥、水、种、密、保、管、工，就是后稷教民稼穑的主要内容。时光飞逝，多少帝王将相化作尘埃，而后稷让世人永铭不忘，恰好说明他确实不负帝尧厚爱，不负先民厚望，在传播农业技术上做出过突出贡献。

第三节　社稷犹如纪念碑

运城市稷山县，是后稷的出生地，是后稷教民稼穑的始发地，也是他魂归桑梓的安葬地。

写下这段话忽然觉得有点好笑，好笑准确表达历史沿革和人物实在很难，稍不留意便会本末倒置。此处应该说，如今的稷山县得名就源于后稷。"邑以稷山名，以后稷始播百谷于兹也"，这话才是最为准确的表述，才是正本清源。稷山县，不是因为弃出生于此，曾经作为于此，才得名后稷，恰恰相反，是因为弃成为农官后稷，教民稼穑，成就斐然，为纪念他的

稷山县稷王山

巍巍功德，才将此地命名为稷山。

稷山县有稷王山。稷王山地处县境南陲，与万荣县接壤。相传，后稷就出生在山脚下的聚落里。因为母亲脚踏巨人履痕而怀孕，曾遭遗弃。此山就是他被遗弃的地方之一，此山的老虎曾经保护过他，所以布老虎流行于这一带的家家户户。

稷王山有稷王庙，庙门两侧有一副楹联："统肇王基功崇平地；源开粒食德大配天。"上联评价后稷辅佐尧王的功绩，像大地一样宽阔无垠；下联赞颂后稷最早解决先民吃饭大计，道德可以与高天媲美。山西省著名古建专家柴泽俊先生，曾经将该庙的石雕、木刻和琉璃赞为"三绝"。石雕精湛，栏杆、石柱的雕刻处处精美。尤其是主楼正门前的两根蟠龙石柱，历代有鬼斧神工之誉。一柱上云腾浪涌，鱼跃龙飞；另一柱上火焰熊熊，朱雀穿跃。左右鉴赏，摄人魂魄，激扬神采。木刻精妙，妙在内容不再虚无，而是画图传真，稷王手持谷穗传授技艺，农夫躬身播种耕耘，牛马拉着碌碡碾滚粟禾，活灵活现了农耕场景。昭示后人，先祖就是这样教民稼穑，以求五谷丰登。琉璃精美，屋顶上的饰材多用琉璃装点。铺顶的彩瓦，脊檐的花卉、天马、神兽，都是彩色琉璃。琉璃不只装饰着花草禽兽，还有孙膑、庞涓、罗成、韩信等人物，主脊两端高大的螭吻伸展开去，凌空欲飞。骄阳下的稷王庙，流光溢彩，夺目耀眼。

毫无疑问，这一切都是为了彰显后稷的丰功伟绩。

在稷王山彰显后稷的丰功伟绩，还无法满足当地人对这位先祖的厚爱，于是，他们把无限敬仰供奉进县城中心。稷山县城便有了一座雄伟的稷王庙。稷王庙坐北朝南，占地面积约四千平方米。中轴线往里，依次有献殿、正殿，两侧配有钟、鼓楼。献殿面阔六间，单檐悬山顶，琉璃瓦饰，东西两面山墙嵌有巨幅石雕。正殿重檐歇山顶，面阔三间，进深三间，三踩单翘斗拱，四周回廊，殿前有四根浮雕蟠龙石柱，有二十根石雕花柱，以五十二块雕有图案的石板构成屏形栏杆。当然，稷山人祭祀后稷，不会遗忘他那位神奇的母亲姜嫄，庙里建有姜嫄殿，面阔三间，单檐悬山顶，拙朴典雅。慈祥的母亲打坐神龛，俯视人寰，享受着后世子孙的顶礼膜拜。

稷山县稷王庙

　　我不是过多渲染稷王庙的精美壮观，只是想借此探望民间对后稷的尊崇。尊崇是毫无疑问的，不仅稷山县有稷王庙，临近的万荣县也有稷王庙，新绛县还有稷益庙。稷益庙里供奉的不仅有后稷，还有那位按照帝尧的旨意"始穿井"的伯益。敬天法祖的民族情结、民族敬仰，在此也能窥视一斑。

　　敲击至此，完全可以结束对后稷的探求和礼敬。但是，没有看到后稷教民稼穑的详细举措和效果，总觉得有些歉疚。继续查找，资料确实困乏，干脆看看有没有可以与之对应的考古发现吧！能对应的考古发现只有陶寺遗址，果然一翻阅，读到了高天麟先生的论文《龙山文化陶寺类型农业发展状况初探》，从中可以明白三层意思：第一层，尧舜时期的主要农作物是谷子，在陶寺人的食用植物中占到百分之七十，小米成分多于仰韶、龙山时期。小米需要种植，这可以证实后稷教民稼穑并不虚妄；第二层是生产工具由石头、木头、骨头三种材料制作，多数是石头的，播种、耕耘和收获，都离不开工具，后稷教民制造工具、使用工具，属于稼穑范畴；第三层是贮存粮食的用具增多，中、晚期的圈足罐，最大的高达八十点五厘米，可装近三十五公斤谷子。同时，贮存手段也先进了，圈足罐底部敷有石膏，明显是为了防潮湿。这些都说明，那时候的人们不仅依靠体力生活，也在依靠智力生活。这其中一定也渗透了后稷的智慧。谁的智慧成为广众的生命活力，谁就会受到广众的崇拜，后稷成为神话中的人物想来也是这个道理。当然，从后稷的作为上，也可以看到帝尧知人善任，因而，农业耕种大见起色，先民的饮食结构得以改变，人们得以由狩猎取食跨越进农耕文明。

当然，无论是帝尧，还是后稷，均不会想到由他们开创的农耕时代会延续数千年。数千年间，民以食为天，皇家的第一要义就是让民众吃饱饭。有粮则稳，无粮则乱。换言之，粮食的作用关乎社稷存亡。李自成起义能够掀翻明朝龙庭，就是因为陕北大旱，民众无粮饱腹才揭竿而起。在历史的演进中，社稷逐渐和江山缕连在一体。《左传·僖公四年》有这样的句子："君惠徼福于敝邑之社稷，辱收寡君，寡君之愿也。"此处的社稷还带着本意，社是土地之神，稷指五谷之神。到了《韩非子·难一》里，便拓展了社稷的意思。"晋阳之事，寡人国家危，社稷殆矣"，显然这里的社稷和君王的政权联系在了一起。

社稷江山，自此成为最高君权的象征。

自然，其中的稷，就是后稷。因而，社稷就是对教民稼穑的先祖后稷，最高的铭记，最高的礼敬！

第六章　千秋屹立的华表

千古如天日，巍巍与善功。

禹终平泽水，舜亦致薰风。

江海生灵外，乾坤揖让中。

乡人不知此，箫鼓谢年丰。

庆历四年（1044年）八月，一代名臣范仲淹，奉宋仁宗诏命宣抚河东，拜谒尧庙，写下了这首《尧庙》诗。他承接孔子、孟子以及司马迁对尧舜的高度评价，再一次高颂帝尧"千古如天日，巍巍与善功"，同时赞扬"禹终平泽水，舜亦致薰风"。从尧舜到宋朝，数千年时光流逝，他们仍然形象高巍，如苍穹阔朗，如丽日辉映。尧舜如此雄伟高大，在于他们功业卓著，万邦先民人人受惠；尧舜如此功业卓著，在于他们广听谏言，集纳广众智慧，治理国家。

尧舜是如何广听建言的？看看高耸的诽谤木，听听震耳的敢谏鼓，就会直抵源头，目昭昭，耳聪聪。

第一节　畅所欲言从此始

落笔本来应该从尧舜写起，可要说明事情的原委，必须先从帝尧的兄长帝挚着墨。《史记·五帝本纪》记载："帝喾娶陈锋氏女，生放勋。娶娵訾氏女，生挚。帝喾崩，而挚代立。帝挚立，不善，而弟放勋立，是为帝尧。"从中可以看出，帝尧有一位名叫挚的兄长，这是父王帝喾与异母常仪所生的孩子。挚聪明伶俐，头脑灵活，转眼就是点子。或许是父王看中了他的聪慧，逝世前确定由他继位。时光写下的历史，往往与初始的动机千差万别。几乎没有世人不把聪明与成就画等号，可聪明的结果往往与愿望有着天壤之别。帝挚确实聪明过人，无疑这是他高人一筹的优势。光大这一优势，自然能够很好率领先民，渐趋农耕文明。可惜他一光大，这优势居然沦为劣势。聪明过人变成目中无人，目中无人变成盛气凌人。盛气凌人，便免不了刚愎自用。如此写来实在枯燥，不妨还原往昔的世事。古往今来，还原这段世事的大有人在，清朝的最后一科举人、曾在新中国成立后任教的钟毓龙先生，撰写《上古史神话演义》一书，就做过如此的穿越。随着他笔墨勾画的图景，我们可以瞭望到帝挚继位后的做派。他写道：

聪明的帝挚登上帝位自以为是，谁的意见也听不进去，尤其对那些逆耳忠言，马上摇头否定。甚至，因为犯颜直谏遭毒打、遭发配，丢了性命的也大有人在。如此一来，耿介之士和他拉开距离，身边簇拥的多是一伙巧舌如簧的小人，这个道喜，那个朝贺，弄得他忘乎所以，随意行事。他竟然还将这样的小人委以重任。驩兜、三苗就是小人中的两位，他们都还讨到前往南方统辖先民的职位。这两人赴任前请教另一位小人狐功，有一段对话听来让人胆寒。

狐功告诉二人："南方刁民，天性狡诈，又好作乱，非有严刑重罚，不足以寒其胆。从前，玄都九黎氏治世，百姓都很服从，关键是刑罚严峻。所以，二位赴任切不可姑息为仁。"

三苗闻言，荡笑狂语："这很容易，我即立个章程，要子民把宝货好物尽皆奉献，如其不然，立即杀掉！"

哪知狐功不以为然，淫笑着说："不妥，不妥，依我看罪有大小轻重，不必全杀。再者，全杀了连痛苦也没有了，岂不便宜了他？该想个办法，要他求生不得，求死不成，那他才会惧怕。"

试想，让这样一帮小人统辖众生，鱼肉百姓，天下岂有安定之理？试想，帝挚身边没有贤臣，都是佞人，哪能治理好天下？果然，没过多长时日，诸侯离心离德，万邦纷乱反叛。不过，那时的反叛不是发兵讨伐，而是重新选择明主。诸侯之间互相联络，达成共识，不再朝拜帝挚，而是来到唐部族朝拜唐侯放勋。放勋何忍夺取兄长的位置，坚辞不受。他不接受，诸侯就待在唐部族苦苦哀求。实在推辞不过，放勋就被簇拥上了王位，统领了天下，这就是后来广众尊奉的帝尧。

由唐侯成为天下头领，帝尧吸取了兄长失败的教训，决心治理好天下。他的做派与兄长帝挚截然不同，不是盛气凌人，而是谦恭谨慎。何以见得？有流传于世的《尧戒》，可以窥探他当初的心境："战战栗栗，日谨一日。人莫踬于山，而踬于垤。"

《尧戒》的意思是，他料理国事如同在薄冰上行走，战战兢兢的。他告诫自己，人不会在大山上摔倒，却时常会跌倒在小土堆上。那如何防微杜渐，不在小土堆上跌倒？这就是广听谏言，及时调整方向。《淮南子·主术训》记载："故尧置敢谏之鼓，舜立诽谤之木。"《后汉书·杨震传》也有几近相同的说法："臣闻尧舜之时，谏鼓谤木，立之于朝。""敢谏之鼓"与"诽谤之木"，形式不同，功能则一，都是要让身边的臣僚、在野的先民，广开言路，建言献策。如果，这样诠释属于当代人猜度，那就听听古人如何看待此事。东晋葛洪曾在《抱朴子·博喻》解释："诽谤之木设，则有过必知；敢谏之鼓悬，则直言必献。"毫无疑问，"谏鼓""谤木"设立，畅通了尧舜与民众交流的渠道。若是换成当代的话，那就是广开言路，倾听民意，鼓励民众积极进言，自觉接受广众的监督。

原始古朴的民主监督，已在很早的上古时期萌生了。

知行合一的典范。

典范，千秋典范！

"诽谤之木设，则有过必知；敢谏之鼓悬，则直言必献。"尧舜确实令人敬慕，确实是虚怀若谷的明君。按说，揭示出这段历史就应收笔，可是，如此行文只能打消古人的疑虑，无法排解今人的困惑。差异在于，今人总在渴望言行一致，诽谤木高耸，敢谏鼓高挂，却未必不是作秀的摆设。这就有必要再跟进一步，看看尧舜是不是知行合一？

时光远去，难以查考，但是，我们仍能从史书中窥见尧舜的民主作风。先看帝尧，据说他经常召集部落和部落联盟会议，商谈天下大事，有些史书上称之为"军事民主制度"。《尚书·尧典》中记载，洪水泛滥，遍地横流，帝尧召集会议商讨治水大事。

他提出，谁可以带领平民治水？

众人推举鲧。

帝尧觉得鲧确实有本事，有点子，可以独当一面，担当重任。不放心的是，鲧自以为是，听不进别人的意见，帝尧恐怕鲧危害众生，不敢重用。然而，四岳认为不是这样，坚持让帝尧试用，书中原句是："异哉！试可乃已。"当众议事，四岳反驳帝尧，帝尧非但没有感到有损自己的声威，反而认为四岳是德高望重的部落头领，尊重其意见，让鲧领命治水。书中原话是："帝曰，往，钦哉！"

鲧到底如何？事实证明帝尧的看法是正确的，鲧有负四岳的厚望，不仅没有驯服洪水，还因为采取壅塞的办法，洪水越堵越大，淹没了早期的平阳古城。如此一来只好撤换鲧，让他的儿子文命代替他走上治水前沿。文命治水成功，众生尊称他为大禹。

在一件事情上失误，往往会导致信任度下降，四岳是不是在帝尧心中严重掉价，意见再也得不到重视？不是。而是一如既往，帝尧继续虚心倾听他们的意见。帝尧到了晚年，深感精力不济，就让众臣推荐个称职的继承人。有人推荐了舜。帝尧问："这人如何？"

四岳回答:"舜是瞽叟的儿子。父亲心术不正,后母说话不诚,弟弟加害于他,他仍能同他们和谐相处。他以孝心感动他们,又不流于奸邪。"

四岳如此评价虞舜,帝尧当即接受他们的推举,并且亲自前往历山考察,进而将帝位禅让给他。由此可见,帝尧是何等谦虚宽怀,他树立诽谤木也好,设置敢谏鼓也好,那只是博采众长的外在表现。从内在看,他是心悦诚服的,是喜听逆耳诤言的。"千古如天日,巍巍与善功",范仲淹及诸多先贤对他的赞颂毫无夸饰,乃实事求是。

那么,"舜亦致薰风",这美誉是如何来的?同样,虞舜不愧为帝尧选定的继位人,他也做到了知行合一,让诽谤木名副其实,让敢谏鼓名副其实。《尚书·益稷》记载了虞舜与大禹的对话,可以看出君臣二人坦诚相见、直言不讳的高尚品格。虞舜说:"工以纳言,时而飏之,格则承之庸之,否则威之。"他告诉大禹,当头目的要采纳下面的意见,好的就称颂宣扬,正确的就进献上去以便采用。如果不采纳正确的意见,就要惩罚他们。看看,他虽然没有明言"兼听则明,偏信则暗",却要求臣僚们必须这样做,而且这是硬性规定,做不到便要受惩罚。进而他要求大禹,如果自己有错误,要指正,不要当面不言,背后议论。大禹敢不敢向他直言进谏?我们往下看。

大禹说:"好!舜帝,普天之下,至于海内的百姓,各诸侯国的众位贤人,都是您的臣子,您要善于举用他们。广泛采纳他们的意见,明确考察他们的政绩,赏赐车马衣服作为酬劳。如果这样,谁敢不让贤,谁敢不恭敬地听从您的命令?舜帝,您不善于分别对错,好坏混在一起,虽然天天讲用人,也只能是劳而无功。"

尖锐辛辣!

大禹真敢这样犯颜直谏?敢。《尚书·益稷》原文这样写道:"禹曰:'俞哉!帝光天之下,至于海隅苍生,万邦黎献,共惟帝臣,惟帝时举。敷纳以言,明庶以功,车服以庸。谁敢不让,敢不敬应?帝不时敷,同,日奏,罔功。'"真是如此。如此不留情面,如此针砭失误。是呀,"日奏,罔功",您每天在忙,也没有功劳。对于这般尖刻的谏言,虞舜欣然全纳,这样的君臣关系世所少见,所以才能垂范后世啊!

垂范后世的不只是语言，还有行动，行动更是虞舜和大禹永远飘扬的旌表。《尚书·大禹谟》记载，大禹治理洪水，立下盖世之功，受到万民称颂，虞舜重用他，让他辅佐自己治理天下。此时，三苗部族在遥远的南方作乱，虞舜即派大禹前去平息。大禹率兵奔波千里，将三苗团团围困。围困了三个月，部众没有进攻，三苗没有屈服，双方处于僵持状态。按照大禹部众实力，若是强攻，三苗根本不是对手，那为何迟迟不下令攻城？显而易见，大禹害怕无辜平民流血丧命。他怕牺牲生命，随从出征的伯益更怕，便向大禹进言，修德能感动上天，也能感化人群。满招损，谦受益，这是规律。而且，还用虞舜的孝行举例说明。先前虞舜在家里遭受虐待，被赶到历山耕田，天天委屈地号泣，却从不责备父母。由此感动了父亲瞽瞍，使其态度逐渐得以改变。伯益最后说："至诚感通了神明，何况这些苗民呢？"

大禹觉得伯益的话有道理，不再围攻僵持，将干戈、盾牌和羽翳作为道具，载歌载舞。

帅师远征，劳而无功，而且违背了颁布的命令，消息传回中原，虞舜是何态度？他没有责怪大禹，更没有责怪伯益，马上改弦更张，支持他们的意见，继续广施教化，化干戈为歌舞。果然，撤兵七十天后，苗民自动前来归顺，流血牺牲的灾难避免了。

大禹虚心听取伯益的意见，虞舜虚心听取大禹的意见，上上下下形成了畅所欲言、博采众长的风气，天下哪能治理不好！

诽谤木，敢谏鼓，古朴的民主催化了一个时代，文明了一个时代，尧天舜日里闪耀着光照千秋的辉煌。

第二节 盛世的标尺

诽谤木巍巍耸立，耸立着纳谏旌表；敢谏鼓声声高奏，高奏着民主旋律。纵观前朝古代的兴衰，杜甫写了"先朝纳谏诤，直气横乾坤"的诗句。

写下了还不尽兴，又写出"端拱纳谏净，和风日冲融"的名句。诚如白居易所说，"鼓因谏设，发为治世之音，于是唐尧得以为盛治者也"。白居易虽然没有为太平盛世立定规则，但是，他留在《敢谏鼓赋》里的这话确实启迪众生深思，古往今来凡是为人称道的皇帝，无一不像尧舜那样乐于纳谏，从善如流。

诽谤木

尧舜纳谏开先河，后世君王效楷模。

打开史书，汉文帝堪称效法尧舜纳谏的第一位皇帝。他继位的第三年（前177年），即在未央宫承明殿，画屈轶草、进善旌、立诽谤木、设敢谏鼓，表明清明治世的志向。不久，又下诏："及举贤良方正能直言极谏者，以匡朕之不逮。"鼓励贤良大臣犯颜直谏，指出他的过错。

汉文帝喜欢慎夫人，在后宫往往错乱席位。有一次同游上林苑，官员安排了各自的席位，汉文帝和窦皇后居中而坐，慎夫人即要坐在窦皇后身边。大臣袁盎示意她不该坐在此位，慎夫人很为生气，汉文帝也不高兴。袁盎直言进谏："国有国法，家有家规，臣听说尊卑有序，才能上下和睦。如今陛下既已册立皇后，皇后便是六宫之主，慎夫人怎么能和皇后平起平坐呢？如果陛下宠爱慎夫人，可赏赐其他的东西啊！千万不要由着她的性子骄恣妄为，前车之鉴历历在目，'人彘'之事难道远吗？"他借用汉高祖钟爱戚夫人，结果他去世后，吕后大发淫威，将她残害为"人彘"的悲剧做说明。这一进谏，汉文帝蓦然清醒，慎夫人也转怒为喜，还赏给袁盎五十两黄金。

汉文帝每次上朝都乘坐御辇，途中郎官会呈递奏章。为了表示尊重，他下车接受，上朝阅过，立即处理。他求谏若渴，群臣知无不言，形成良好的议政氛围。有一次，汉文帝前往霸陵，看看道路开阔，四处无人，就想策马奔驰，寻找一点刺激。话刚出口，中郎将袁盎就上前挽住他的马缰。他责备袁盎胆小，袁盎则进谏："圣明的君主不能冒险，山路崎岖，稍有闪失后果不堪设想。皇帝不为自己考虑，要为社稷江山和高祖基业考虑。"汉文帝马上打消念头，缓缓行走。

闻过则喜，广听谏言，汉文帝治理得国泰民安，扭转了西汉开国后经济凋敝、民不聊生的局面。回望那时，后世评价是"文景之治"，文，即汉文帝；景，即汉景帝。"文景之治"，开始于汉文帝，延续至汉景帝。

无独有偶，喜欢纳谏，闻过则喜的唐太宗李世民，开创了"贞观之治"。李世民将虚心纳谏的尧舜作为治理天下的楷模，对他们推崇备至，因而成为继尧舜之后善于治世的一代明君。

贞观元年（627年），李世民登上帝位，即诏告大臣，如发现皇上有过，要敢于忠言直谏。皇上能纳谏，大臣敢进谏，唐朝就出了个犯颜直谏的魏徵。唐太宗和魏徵被后人誉为"明皇直臣"。

贞观二年（628年），唐太宗册封了一位花容月貌的陆姓嫔妃。诏书刚发，魏徵进谏：陛下等同百姓父母，应该忧百姓之忧，乐百姓之乐。自古以来，凡有道明君，都会这样想：自己住亭台楼阁，要想百姓有无住房；自己食山珍海味，要想百姓有无饭吃；自己宠幸嫔妃，要想百姓有无妻室，这才是为君正道。今陆家女已许配给他人，你再聘为嫔妃，岂是仁君所为？李世民闻言，大吃一惊，深表自责，下令停止册立。这件事震动朝野，都说皇上知过能改。

贞观七年（633 年），唐太宗第六子蜀王妃子的父亲杨誉，在宫禁中追逐婢女，都官郎中薛仁方将之拘禁，严加审讯。打狗需看主人面，唐太宗非常生气，下令责打薛仁方，还撤掉他的官职。魏徵闻知，立即上谏：城墙洞里的狐狸和土地庙的老鼠本不起眼，由于有依凭，很难除掉。杨誉自仗是皇戚国丈，为非作歹。薛仁方依法查办，应该嘉奖，为何惩罚？唐太宗听了，马上改过，薛仁方官复原职，杨誉严加处治。像李世民这样从谏如流的明君，可谓世所罕见。

尧舜广听建言、闻过则改的品德，成为后世明君效仿的榜样。

第三节　永远高耸的华表

目光离开汉文帝与唐太宗，暗淡的漫长历史，无羁的皇权肆虐，让尧舜民主治世的举措更显得弥足珍贵。百思难解在上古时期，在野蛮向文明转化的初级时段，真不知为何会出现这样文明的治世大举。翻阅史书，历史上对尧舜尊崇的帝王多不胜数，口头效法他们的不在少数，然而，言行一致者则寥寥无几。为何言行断裂，为何不能将先贤开创的良好举措传续下来？无数研究历史的专家学者都是一个共识，无论何人身上都带着任性，一旦到达集权的顶峰，没有人能够制约皇帝的任性，必然言谈放纵，行事放纵，而且每日每时无不享受这种放纵带来的快感，那谁还愿意忍受别人碍手碍脚的监督和制约？尧舜之所以伟大，是他们位居顶端，不但不放纵言行，还设法制约言行，检点言行，以免稍有不慎给邦国、给生民带来不该有的灾难。

置敢谏之鼓，立诽谤之木，看似是尧舜寻求外在的监督，其实是他们唯恐自律不够，给自我设置的一种约束和羁绊。崔豹在《古今注·问答释义》中留下这样的记载："程雅问曰：尧设诽谤木，何也？答曰：今之华表木也。以横木交柱头，状若花也，形似桔槔，大路交衢悉施也，亦以表识衢路也。"

这里清清楚楚告给我们，诽谤木就是巍然屹立的华表。就是挺拔于大安门前后的华表？正是，天安门前后各有一对巍然高耸的华表。暂且不说华表，那尧舜设立的诽谤木该是何种模样？

回眸溯源，最初的诽谤木只是一段木头。为何仅竖立一根木柱，高居人上的头领，就能俯首甘听臣僚和平民的意见？甚至甘听他们言辞过激的批评？切莫小看这根木柱，其耸立于尧舜宫殿之前代表的是男根。古人信奉生殖崇拜，以男根代表祖先。站在诽谤木下发言的人，依傍的是祖先，代表的是先祖。谏言者不再人微言轻，而是代替祖先指责尧舜的过失。尧舜自然不敢不听，不敢违拗，只能闻过则喜，有则改之，无则加勉。这就是竖立诽谤木的意义！

或许为了能够及时听到谏言，那木柱要能敲击发声，选择的是一段腹枯肚空的木头。这木柱后来成为一根完整的柱子，而且光洁滑亮；再后来这木头还雕上了花纹，而且细致好看；再再后来，竖木上有了横木，而且上头有了飘逸的云团；再又往后这诽谤木设在了城边，而且路口、墓前也有了，还变成了石头的，以至变成了现今屹立在天安门前的华表。华表成为中华民族的象征，因为其蕴含了深厚的传统文化。

华表

王大有先生在《中国龙种文化》一书中介绍，华表基座的八角形，象征四面八方的八芒太阳纹（八卦方位），象征天地交泰。柱身浮雕是层层云朵，回环升腾，云气中有一条飞腾的巨龙，昂首飘须，奋爪曲身，栩栩如生。在龙首两侧的柱身上，横插着两块云板，上面雕饰着朵朵祥云。两块云板本身也制成飘逸的云朵，云头在内，云脚在外。两柱对称，产生向上的张举力。因此，华表给人高耸入云、直插天际的感觉。龙首上面是双层复瓣莲花组成的承露盘。承露盘是用来承受天上甘霖玉露的，有祈雨丰年的意义。盘中蹲有一条玉龙，遥望长空碧野，人们叫它"望天犼"。据说它能监督帝王的行为，朝向天安门里的，叫"望君出"，意思是说帝王在宫内不要耽于淫乐，要想着天下百姓，要出宫去民间体察民情；朝向天安门外的，叫"望君归"，意思是说帝王外出不要耽于游乐，要及时回来料理朝政。

原本，华表不是皇权威严的象征，而是尧舜民主治世的标杆。

可是，这小小的望天犼就能监督制约皇帝吗？显然不能。那么，这华表岂不是虚设了？是的。可以说自从告别尧舜时代，诽谤木就失去了原有的功能，虽然其形体依然在，依然在延续变化，变得十分精美，成了华表。但是，华表只虚有其名，已没有早先的精神实质了。那古老的民主思想早被历代帝王淡忘了，因而，历尽世事沧桑，一代一代的炎黄子孙，无不渴望那古老的民主重光人世。

于是，人们就时常想起尧舜，想起那拙朴的诽谤木和敢谏鼓，期望那其中的精神实质能够复苏，能够照亮天下民众的心田。

倘若再追问一句，诽谤木演变为了华表，那敢谏鼓呢？敢谏鼓也在演进，如今虽然不再看得见，但是，在漫长的封建社会，官府衙门前安放的那面大鼓，就是敢谏鼓的化身。那时候，民间有冤情，就会击鼓喊冤，闻听鼓声，府衙官员就会登堂审案。如此看来，敢谏鼓虽然不再有听取谏言的功能，可是喊冤声里总还包含着一点民情。

时光远去，敢谏鼓，以及演变出的惊堂鼓消失了，不过，敢谏鼓以及与之共同诞生于尧舜时期的诽谤木，其华光常照，永远映照着中华儿女追求民主的精神世界。

第七章　平治洪水开新局

千年不壅溃，万姓无垫溺。

不尔民为鱼，大哉禹之绩。

斯年，白居易自蜀江至洞庭湖口，看见滔滔江水奔涌东去，两岸禾苗葱茏，炊烟袅袅，万户和谐，想起大禹治水，有感而作，写下了这首诗。从尧舜时期治理洪水，到唐朝白居易写诗，三千年时光过去，大禹仍活跃在国人的记忆里，可见大禹治水是多么伟大的壮举。何止是唐朝，即使当今，大禹治水也是家喻户晓、妇孺皆知的大事。

就让我们拉近历史，纵横鉴赏，领略大禹治水对中华文明到底有何非凡意义。

第一节　滔滔洪水怀山襄陵

那一场洪水堪称大，大得世所罕见，大得前所未有。

洪水浩荡，波浪滔天，环绕着高山，吞没了丘陵，分割了整个大地，子民受到很大的危害。至今那场洪水仍在《尚书·尧典》里流荡："汤汤洪水方割，荡荡怀山襄陵，浩浩滔天，下民其咨。"

　　洪水倒流，到处泛滥。蛇虫蹿进人们的住处，危害苍生。众人扶老携幼，到处漂泊，地上无法居住，有的爬上山去找洞窟藏身，有的就在树上搭柴做巢。田地全被淹没，五谷尽被冲走，草木却长得极为茂盛，飞禽走兽也繁殖得很快。高地在减少，后来竟发展到禽兽和人争抢地盘。人们一边忍饥受冻，一边与野兽搏斗。许多人不是死于禽兽口中，就是死于饥寒之中。人，一天天减少，洪水还在肆虐。至今那场洪水仍在《孟子》中肆虐："当尧之时，水逆行，泛滥于中国，蛇龙居之，民无所定，下者为巢，上者为营窟。"

　　"水逆行，泛滥于中国"，那时的中国可不是现在的中国，而是最早初现国家雏形的古唐国。洪水何来，为何古唐国会遭此灾祸？打开写照大禹治水的《尚书·大禹谟》可以看出，大禹治水是从黄河壶口下手。所以在此下手，是因为壶口淤塞，水流不畅。那时的壶口，才是真正的壶口，如今前去游览看到的并非壶口，而是槽口。那时候，黄河奔腾而来的流水，经过壶口栽跌进一个犹如壶盖当顶的山洞，从中穿越而过，再从一个酷似壶嘴的洞口倾泻下来，这就是先民所说的壶口。

黄河波浪滔天

尧舜时期洪水泛滥，是因为长久奔流的河水携带的树枝野草渐渐增多，携带的黄土泥沙渐渐增多。这符合社会演进的常情，考古学家有一个经典名句，哪里的水土流失早，哪里的文明就会早。先前曾经写到，黄河本来不叫黄河，叫作大河。毛泽东诗词中的"大河上下"，就是黄河上下。大河变作黄河，是因为居住的人口明显增多，开垦的耕地明显增多。耕地增多，植被减少，天降暴雨，雨水携带黄土泥沙，以及冲毁的树木，倾泻进河道。岁月渐进，淤塞累积，累积，终于在这一天壶盖下面堰满了积物，壶口无法让河水畅流过去。可以想见，一个堰塞湖形成了，湖水很快上升，淤满山脚，淤满山腰，淤满山顶，从吕梁山盈溢东去，翻过一个山头，再翻过一个山头。洪水泛滥一词出现时，黄河水已经荡涤到了河东大地，荡涤到了当初的古"中国"。

当然，也不可忽略洪水泛滥，是由于气候转暖，地球上的冰盖融化，导致海平面上升所致。这是一次全球性的大洪水，渤海之海岸线居然漫淹至太行山的东部。水位上涨，流水难畅，太行山西面，黄河东面的地带也未能幸免遭受水淹。

无论哪种原因，尧舜时期滔滔洪水淹没了田园，淹没了住宅，平川一片汪洋，包围了山头，这就是"荡荡怀山襄陵"！

惊慌失措的先民，爬上高地躲避洪水，每座山头都是人群，他们互相远望，无法接近，这就是"汤汤洪水方割"！

那么，居住在"中国"的尧舜和他们身边的臣僚向何处去？站在一个山头喘息，却见洪水节节升高，显然脚下不是立足之地。由此瞭望，漫无边际的洪波中，远远浮现着一个山头。赶紧砍斫树木，赶紧绑缚木筏，赶紧朝着那个浮在水面的山头划去。穿过波澜，一个又一个木筏，终于划到了目的地。从此，这个临时的落脚点，就被叫作浮山。如今，浮山是一个县，浮山县的东部山巅被誉为尧山。

尧山，当年洪水横流，尧舜曾在此落脚栖身，曾在此指挥治理洪水。

第二节　鲧领命治理洪水

木筏划过洪流，众生迁徙浮山，假如尧舜回望身后，定是汪洋一片，忧心如焚。更为忧心的是，大水肆虐，逃生的不只是人们，还有各种走兽。人往高处走，野兽也往高处逃。洪水袭来，过去容纳野兽生存的山峰，小成了山包。小小的山包上，挤满了人，也挤满了野兽。那些弱小的兔子、狐狸和獾，还可以供给人们食肉。可是，挤上山包的野猪、豹子却成为危害生命的猛兽。小山包上简直沦为弱肉强食的表演场，时不时就有弱者被食的惨叫声。治水，赶紧治水，无疑成为最紧要的大事。

治水需要头领，派谁最好？

帝尧为此召开了一个会议，会议的内容，《尚书·尧典》有记载，前面写诽谤木时曾经提到，这里不妨重温一下。帝尧提出让谁担当治水重任，众臣都推荐鲧。

帝尧反驳说："不行吧！他听不进别人的意见，独断专行，恐怕会做出有损族人的事。"

四岳回答说："不会吧！可以试试看。"

帝尧虽然对鲧有看法，可是非常尊重别人的意见。他唯恐自个看人有偏见，耽误大事，便同意了众臣的推荐。他说："好吧，就让他试试吧！"

试试的结果如何，这是世人都熟知的，鲧连续治水九年，洪水没有减小，没有被降服，反而波涛汹涌，危害更大。鲧有负众望，失败了。结果鲧害了别人，也害了自己，被"殛于羽山"。

鲧九年奔波治水，没有功劳也有苦劳，被"殛于羽山"是不是处罚有点过度？或许是为之鸣不平的缘故吧，鲧走进了神话，成为离奇的故事。袁珂先生综合各类典籍，辑录出情节连贯的神话。在神话里，鲧是一匹白马。不要小看这匹白马，他的父亲是骆明，骆明的父亲是黄帝。黄帝是天帝，鲧自然是位天神，而且是位心地善良的天神。

看到地上洪水泛滥，野兽横行，草民遭殃，鲧决心救民于水火之中。他请求天帝治水，不知为什么，祖父不理不睬。他只好下凡来到人间。可是，面对洪浪滔天的大水，真不知从哪儿下手。正为此发愁，一只猫头鹰和一只乌龟互相搀扶着走来。得知鲧正为治水发愁，猫头鹰和乌龟齐声说："平息洪水，不是难事啊！"

鲧急忙问："快告诉我，你们有什么好办法？"

"用息壤就能治水。"猫头鹰说。

听到息壤，鲧豁然醒悟。他早就知道息壤是一种神土，取上一小撮就可以长成好大一块，好大一堆，甚至堆成一座山。是呀，用息壤治水就是好办法。鲧兴奋地连连说好，等到夜晚，悄悄潜回天宫。赶天亮时分，鲧已返回人间，开始用息壤治水了。

怎么治？还是离不开猫头鹰和乌龟。猫头鹰在前头带路，乌龟驮着息壤，鲧紧紧相随。哪里洪水横流，鲧就抓一撮撒过去，说来也真灵，只要息壤落地，就会长成堤坝，将洪流拦挡在堤坝之外。洪水被驯服了，大地渐渐露了出来。人们从树上下来，从洞里出来，在阔野上伸伸腰肢，准备重新播种五谷，搭建房屋，先民好不高兴。

可就在此时，意外的事情发生了。天帝发现自己的息壤被盗了，俯首一望，发现是鲧偷去治水。天帝十分生气，立即施展神法收回息壤。顿时，鲧和两个助手筑起的堤坝不见了，洪水卷土重来，更加凶猛。刚刚走向平川的人们，慌忙又爬上高地，钻回山洞，再次遭受灾害。就这还消不了天帝的怒火，他竟然派火神祝融下凡，将鲧捉住，押往羽山杀死了。

如果神话到此为止，人们心中少不了要憋满怨气。于是，神话续写下去。鲧虽然死了，但是，三年过去了尸体仍然完好。而且，他的肚子日渐膨胀，鼓得圆圆的，像是身怀有孕。这事当然逃不过天帝的眼睛，他又派了一个天神下凡，操一把吴刀来到羽山。挥刀一砍，剖开鲧的肚子，就听见轰然一声巨响，一条虬龙从中蹦跳出来，冲上天空。天神大吃一惊，正看天空，眨眼间鲧不见了。他摇身一变，化为一只黄熊，跳入旁边的羽渊。不说鲧到了何处，只说鲧倒地不死，用冲天的浩气孕育了巨龙。这巨龙就是即将成为治水英雄的大禹。

在神话里，鲧虽死犹荣，获得永生。

鲧治水失败是方法不对，不是有意为害，因而为之鸣不平的大有人在。爱国诗人屈原在《天问》中为之放声悲歌："鲧因为耿直而忘掉自身，终于被杀戮在羽山的荒野。""就因为耿直而不随波逐流，鲧治理洪水劳而无功。"钩沉出屈原为鲧鸣冤叫屈，并不是说鲧的举措就正确，事实证明他确实失误了，不是任何人和他过不去，而是汹涌的洪水宣告了他的失败。与其说屈原是为鲧鸣冤叫屈，不如说是借助他倾倒自己的满肚子苦水。不必过多深究屈原的苦水冤屈，只说他借助鲧是因为其的确有可供寄托情感的话题。话题在于鲧不是等闲之辈，曾经有所作为，在部族周边建筑围墙，就是他的主意。姑且不论添加围墙，使部族跨进国家的门槛，仅就城墙的发明也功绩过人。《吴越春秋》有这样的句子："鲧筑城以卫君，造郭以守民。"《吕氏春秋·君守》中，也有鲧筑城的记载。这些典籍明确提示人们，鲧是夯土筑城的先导。这里延伸了解鲧，不是为他歌功颂德，而是提醒世人，鲧的失败在于用一种方法去解决多种问题。或者说，将一种成功经验视为万能的办法，岂有不败之理？说穿了，就是他陷入了固定的思维模式。

其实，若是鲧不去治水，他自己身上虽然有自大固执的毛病，却抹杀不了他的功绩，更不会有杀身之祸。因为，他是城郭的发明者，这城墙既可以卫君，又可以守民，是一项很大的贡献。可惜，这贡献为之增添了光彩，才使他自命不凡，固执骄横起来。结果，原有的光彩被洪水全部冲毁，他只能带着遗憾走到生命的终点。幸亏，他还有个儿子大禹，担起了他曾经不堪重负的担子。

第三节　神话里的大禹

若不是陶寺遗址接连三十年的考古发现，从墓葬，到宫殿，再到观象台

大禹像

的相继面世，尧舜可能至今还滞留在传说时代。固然对于传说时代的定位难以恭维，却也不可忽视存在就有其合理的一面。这一面在于，如同后羿射日一般，本来开凿水井是抵御大旱的手段，却让神话冲淡了上古时期这可贵的发现。大禹治水如出一辙，在神话里有声有色。

先让我们去神话里感受一下大禹的风采。领受了治水的命令，大禹立即赶到了黄河边。洪浪滔天，四处漫流，到底如何治理，一时还真没主意。他正对着大水思索，就见浪头上跳出个人。这人长得很怪，人头长在鱼身上。那鱼人见到大禹，尾巴一甩又一甩，就蹦上岸来，蹦到大禹面前。大禹好不奇怪，正要问什么，那鱼人却先开了口，说自己是河伯，听到他来治水，要献上个宝物。说着，递过来一块青石。这青石有什么用呢？大禹正端详，河伯又一甩尾巴跳进河中去了。大禹仔细一看，立即高兴地跳了起来，独自说道："啊呀，这就好办了！"

原来，那青石不是普通的石头，上面画满了纹路。大禹一想就明白了，这哪里是纹路，分明就是一条条河道。这是上天在告谕自己，要治水，就必须按照河道，将水送进大海去。好，就这么办！大禹将这块石头称为"河图"，按照图上河流的分布状况，胸中装满治水归川的大局。

治水，便要开凿河道，那就必须有丈量大地的工具。上古时候哪里有这种先进用具？好在，天神知道了大禹的困难，为他准备好了。大禹怎么得到天尺？神话讲，开凿龙门的时候，挖到了一个岩洞，里面又深又黑。这么深的岩洞，谁住在里面？大禹点个火把往里走去，走着，走着，火把不亮了，里面却有个东西照亮了岩洞，是一条十丈多长的黑蛇。黑蛇头上还长着角，嘴里衔了一颗夜明珠，见到大禹就主动给他照亮带路。大禹扔了火把，跟着大黑蛇前行，走了好大一会儿，到了一处开阔明朗的地方。这是一座水下宫殿。进入殿中，两旁站立着好多黑衣人，中间是位蛇身人首的长老。大禹见了，觉得这位慈祥的长老像是伏羲，恭敬地问："请问您是先祖伏羲吗？"

那长老听了马上回答："是的，请问你可是大禹？"

二人一问一答，相见如故，亲热地交谈起来。原来，伏羲小时候被洪水淹过，听说大禹要治水，非常高兴，就想帮助他。说着，他从怀中拿出一支玉简，交给大禹。这玉简长一尺二寸，却可以无限伸长，丈量天地。这哪是玉简，分明就是一把天尺。有了这把天尺，大禹就能先测量，再开工，少走弯路。大禹兴奋异常，谢过伏羲，反身出洞。从此，他就带着这把天尺走南闯北，丈量山河，确定了一条条江河的流向。

治水是个苦活儿，大禹必须身先士卒。新婚后第四天，他就离开家，奔赴治水工地。妻子涂山女非常想念夫君，也想助他一臂之力，就赶来找他。大禹见身怀有孕的妻子前来帮他，高兴极了，不敢让她干重活儿，只让她为自己做饭，送往工地，这样可以节省他来回吃饭的时间。他对妻子说："我在崖上挂一面鼓，听见鼓响，你再来送饭。"

妻子答应了。

妻子走后，大禹又忙着开山。山石坚硬，难以开辟，敲打开挖，实在太慢。他干脆变成一头大黑熊，既用嘴拱，又用爪子扒。嘴拱，山崩；爪子扒，石头滚；工程加快了好多。

有一天，大禹变为黑熊埋头挖山，眼看横在面前的山岭就要穿透，干得异常带劲。他浑身用力，尘飞灰扬，碎石不断迸溅开去。突然，他听见身后一声尖叫，回头看时，见是妻子，赶紧停工一变，变回人身。但是，变迟了，一切都被妻子看见了。原来，大禹变成黑熊挖山时，用力过猛，将碎石溅在山崖上的鼓面。听见鼓响，妻子赶来送饭，却看见了黑熊。她大吃一惊，丢了饭篮飞快逃跑。大禹随后猛追，边追边告诉妻子实情。妻子听说丈夫是头黑熊，羞愧难当，栽倒在地，变成了一块巨大的石头。大禹见妻子变成了石头，无论怎么哀求，也变不回来。他又急又气，对着石头高喊："还我的儿子！"

喊声未落，就听轰隆一声，石头开裂了，从缝隙间蹦出一个孩子。大禹连忙上前，将这个可爱的宝贝抱起。大禹把这位从开启的石缝中蹦出的宝贝，起名叫"启"。

神话故事虽然离奇，却让人一听就懂。大禹一心一意献身治水，只要能驯服洪灾，即使变成一头黑熊也在所不惜。可见，在众人心目中，大禹的英雄形象多么雄伟高大。

第四节　典籍里的大禹治水

神话是对真实世事的夸张，甚而是跳出世事的奇幻飞翔。那真实的大禹治水是什么状况？综合各种典籍史料，有可能还原历史的本来面貌。

登上浮山的尧舜，撤除了治水失败的鲧。撤掉了鲧，解决不了治水的难

大禹治水浮雕

题。解决难题需要有称职的带头人，谁来担当这项大任？司马迁在《史记》中的说法是，代为摄政的虞舜举荐了大禹。其实，这时候还不能称大禹，大禹是他的庙号，他的名字是文命。文命是鲧的儿子。鲧治水惨败，怎么能轻易任用他的儿子呢？不少大臣都有这种想法。有这想法是正常的，但这正常的思维却是文命走向治水领导岗位的阻力。无论如何，文命走向治水前线了，而且治水成功，成为万世敬仰的大禹。那既说明虞舜知人善任，认准了他的能力，也说明帝尧信任虞舜，一起说服了大臣。这样，文命才能成为治理洪水的主帅，成为名垂千秋的大禹。

大禹治水成功了，他为什么能将波浪滔天、肆虐苍生的洪水驯服呢？翻阅各种文献史料，原因有三，即思想对路、方法对头、作风对位。

先说思想对路。如前所述，大禹父亲鲧治水采取堆土筑坝的办法，越堵水越大，弄得洪水到处为害。大禹上任后，则反其道而行之。他继承了父亲未竟的事业，却没有固守父亲壅堵洪水的办法，而是另辟蹊径。对此，《孟子》有过很高的评价："《书》曰：洚水警余。洚水者，洪水也。使禹治之。禹掘地而注之海，驱龙蛇而放之菹；水由地中行，江、淮、河、汉是也。险阻既远，鸟兽之害人者消，然后人得平土而居之。"

孟子明确告诉世人，大禹治水是全新的思路。他将洪水"掘地而注之海"，是在挖渠放水，地上有长江、淮河、黄河以及汉江；他"驱龙蛇而放之菹"，是将猛兽赶进了沼泽，不再伤害众生，先民可以回到平川安居乐业了。将孟子这种评价概括起来，就是两个字：疏导。大禹采用疏导的办法治理水患，疏川导滞的全新思路给了他全新的成就。

再说方法对头。这里的方法是指方法步骤，或者说大禹治水从哪里入手。从有关史料看，大禹治水是从壶口起步的。如前所述，尧都平阳之所以为洪水淹没，原因可能是黄河壶口壅塞，积水成泽，大水越过吕梁山谷，流入汾河谷地。紧邻汾河的平阳城，正好处在谷地当中，自然无法幸免。大禹治水首先盯住了黄河，盯住了壅塞河道的咽喉，那个如同帽子般的壶盖。壶盖堵塞河道，而且全是坚硬的石头，如何能打开一个缺口？上古时期，技术落后，又没有像样的工具，要凿石开河确实是个难题。破解难题的办法，是

平陆三门峡米汤沟大禹治水处

大禹采用了先进技术。当然，这先进技术仅是就当时而言。据壶口周边的人们传说，大禹让众人砍来木柴，点火焚烧，烧热之后，又用冷水猛浇。这样岩石就会炸裂，顺着缝隙撬动石头就容易多了。使用这热胀冷缩的原理，也算是方法对头吧！如此掀掉壶盖，打开壶口，继而打开孟门、石门、龙门，黄河顺流而下，解除了河东大地之困。接着，他一条条河道治下去，让长江、淮河和汉江等河流各有水路，通畅地流入大海。

更为令人敬仰的是大禹作风对位。作风对位，实际是说大禹作风过硬。开山搬石、挖土成河，本身是件苦差事。那时候又少有像样的工具，艰难困苦，可想而知。在这样的危难关头，如果领导不深入一线，不带头去干，群众就会退缩不前。因此，大禹自始至终都冲锋在治水的前沿阵地。最为典型的事迹是"三过家门而不入"。接到治水的命令，大禹刚刚新婚第四天，他什么条件也不讲，立即出发。这一去就是十三年。离家快一年的时候，他路过家门口。那是个早晨，从屋里传来了婴儿的啼哭声。他知道自己的儿子出生了，高兴极了，真想进屋看看这个心爱的小宝宝。可是，洪水咆哮，四处泛滥，治水正在紧要关头，他不敢怠慢，连忙朝前赶去。五年后，大禹第二次路过家门，远远看见妻子站在门口，他想跑过去说几句话。可是，前方工程遇到了难题，好多人正等着他前去解决，他不敢迟缓，大步走过家门。第三次路过家门，已经是十年以后了。他看见门口站着个孩子，路人说是他的儿子，他亲热地把孩子抱在怀里，真想多抱抱这朝思暮想的孩子，可是，治水已到最后关头，他不敢有半点懈怠，只好放下儿子，毅然离去。这个故事从古代一直流传到今天，无人不仰慕大禹一心奉公的敬业精神。

千百年来，大禹治水三过家门而不入的事迹，口口相传，家喻户晓。大禹早已成为众人效仿的楷模。自古以来，人们常夸他劳苦功高、公而忘私。《韩非子》赞扬他："身执耒锸，以为民先，股无胈，胫不生毛，虽臣虏之劳，不苦于此矣。"耒锸是掘土用的工具。股是大腿，胫是小腿。大禹手拿工具，干在众人的前头，腿上摩擦得连汗毛也长不出来，就是被俘虏的奴隶也不过就这么劳苦罢了。试想，一位号令天下治水的首领都这么卖力，别人还有什么苦不能吃？这正应了后来众人的一句话，领导带了头，群众有劲头。人心齐，泰山移。就这样，在大禹的率领下，众志成城，艰苦奋斗，终至治水成功。

夏县大禹治水留下的青台

改变壅堵，顺势疏导，大禹蹚出了一条顺应规律的治水路径。

以身作则，带头苦干，大禹树起了一杆率众同行的精神标尺。

第五节　划定九州治国家

洪水泛滥，人喂鱼鳖，房舍遭毁，多么悲哀的惨景。

洪水平息，人还故土，重建家园，多么欣喜的景象。

当我陶醉在大禹治水成功的凯歌声中时，岂不知道最新的硕果正在悄然瓜熟蒂落——

这就是划定九州。

《尚书·禹贡》中的一句话，开启了一个新的时代："禹别九州，随山浚川，任土作贡。""禹别九州"，宣告在人类居住的星球上，一个国家的新生。

国家的新生何以见得？用"州"字作为钥匙，可以打开尧舜时期国家嬗变的秘密之锁。东汉许慎在《说文》中写道：水中可居曰州。可见州字从"川"，从"、"。"川"是指归向大泽大海的水流，如黄河、长江、淮河等；"、"在《汉语大字典》中解释为字音义同"主"，意为"入住""进驻"。"川"与"、"联合起来表示"住到河边""（汛期）住在水中"。由此可见，许慎的说法不无道理。以此推及，不少专家学者论定，《尚书·禹贡》中划定九州，是泛滥的洪水消退后，腾出了九大块供人居住的高地。

至此，令人蓦然顿悟，在洪水泛滥之前，虽然已经有了国家的雏形，但是一直采用的是部族和部落联盟式松散的管理体制，这属于家族式放大管理。而在治水以后，管理体制来了个实质性的飞跃，由家族式放大管理，突变为行政格局式的统一管理。这无疑是国家管理史上一个里程碑式的起点。

从《尚书·禹贡》看，最初的九州不是我们印象中的"三三见九"的方块中国。那个时期中华民族大多生活在北方，衡山是国土的南部疆界。东至东海，西至汉水。这个范围就是其时大致的国土范围。当时设定的九州是：冀州、兖州、青州、徐州、扬州、荆州、豫州、梁州和雍州。就九州而言，人口的分布很不均匀。如果沿祁连山—渭河—华山—连云港，自西向东画一条横线，那么，当时人口稠密区主要集中在这条线北边的四个州，由西往东依次是雍州、冀州、兖州、青州。

要完全洞悉九州地域分布，必须先弄清楚《尚书·禹贡》中的几个概念：西河、南河与东河，否则，会有深陷井底难见天日的困惑。

西河，即黄河自河曲到潼关，自北向南流，是冀州的西部边界，以及今日山西、陕西的分界线；南河，黄河自潼关到今河南武陟，自西向东，是冀州的南边界；东河，黄河自今河南武陟，北流至河北深县，是冀州的东部边界。以上西河、东河与南河，其实都是黄河，不过古人统称三河。

紧接着需要搞清楚，在那时的国家版图上，九州如何划分。《尚书·禹贡》

这么展示：

冀州：由西河、南河与东河三面围绕的长方形区域，即冀州。

兖州：北边和西边与冀州接壤，即与东河、南河接界，可以说起于南河之南，西河之东，地形有点像梯形。

青州：西边紧邻济水，和兖州接壤。东边和北边的分界是黄海（古称东海）和渤海，包括整个胶东半岛。青州的南部边界在曲阜至泰山，再至黄海一线。

徐州：北部边界和青州接壤，东面紧临黄海，南边的界线是淮河，西边的界线是泗水。

扬州：北边界与徐州隔淮河相望。东临东海边沿的一部分，西部边界为从泗水到九江一线。南部边界至长江以南的衡山一线，再至黄海、东海。长江自西向东贯穿其境。

荆州：北起今湖北省房县的荆山，西边以汉水为界，东边界线由泗水至九江一线，与扬州接壤，南边在衡山一线。同扬州一般，长江自西向东贯穿其境。

豫州：西南边界是荆山，北部边界为南河，东至泗水，南至淮河。西部边界与今天的河南、陕西分界几近相似。

梁州和雍州的划分，历来不乏争议，以《禹贡》记载的"华阳黑水惟梁州""黑水西河惟雍州"来勘界，黑水应该是梁州和雍州共同的西部边界。由此可知：

梁州：西部边界为黑水河，东部边界为河南省、陕西省界南至荆山。南部与雍州北部在祁连山至渭水一线分界。

雍州：西部边界为黑水河。东部边界为今山西省与陕西省分界的西河。北部与梁州南部一样，同在祁连山至渭水一线分界。

这里还有个含糊的地方，雍州和梁州的西部边界在何处？不是说黑水河吗，怎么还有含糊？问题出在古籍上关于黑水河的记载不下十几个地方：甘肃张掖、大通河、党河、丽水（泸水）、西洱河、澜沧江等。不过，若从地理特征上看，应该是张掖黑水河为妥。

明白了九州的界线，这一划时代的变迁便一目了然。往曰，群聚的先祖，不再以各部族、各部族联盟的面孔出现，而是跨进了行政格局的门槛，成为州治下的成员。尧舜中央王庭对于各州的管理，不再是松散式的朝贡与指导，而是指令性的任命与管理。真正大一统的国家格局，就在治理洪水的成功中脱颖新生。

第六节　华夏赋税的摇篮

书写至此，喜悦的浪花时刻波击着心胸。何止是划定九州，何止是国家行政格局的初生，保证尧舜古国这架机器运转的能源将取之不尽，用之不竭。

再让我们咀嚼一下《尚书·禹贡》中的那句话吧："禹别九州，随山浚川，任土作贡。"上一次我们把中心置之"禹别九州"，这一次我们把中心置之"任土作贡"。

"任土作贡"，就是国家最早的贡税。

"任土作贡"，犹如春风惊蛰，宣告新生的国家，将有源源不断的能量滋养这架机器的运转。

赋税能不能施行，能不能长期施行，有一个千秋遵循的原则，即公平。"任土作贡"，就是根据各州土地的肥瘠状况制定出纳税的等级。这不得不让人感叹中华先祖的英明，自贡税初生，就体现出公平这个重要原则。

回顾《尚书·禹贡》，为保证"任土作贡"，尧舜禹进行了四个划分。首先是划分政区，其次是划分地域，再次是划分地貌，最后是划分土质。简而言之，国分九州，域分五服，地分三类，土分九级。

国分九州，即冀州、兖州、青州、徐州、扬州、荆州、豫州、梁州和雍州。

域分五服，即甸服、侯服、绥服、要服和荒服。

地分三类，即壤、坟和涂泥。

土分九级，即上、中、下三等，每等又分为上、中、下三级。上等包括：上上、上中、上下；中等包括：中上、中中、中下；下等包括：下上、下中、下下。总共九级。

这样划分的好处是责任明确，便于掌控，力求公平。划定九州，就是让各州头领明确责任范围，进而再下达贡赋多少。先看各州之贡，由此看到的是横向公平，即：纳税能力相等的人同等纳税。这里面对的虽然不是纳税人，而是各个州，但体现出的也是公平对待。

兖州："厥贡漆丝，厥篚织文。"厥贡漆丝，就是贡献油漆和蚕丝。那"厥篚织文"呢？关键在于弄清"篚"是什么？《说文》说篚是车笭，《孔疏》引用郑玄的说法："历检篚之所盛，皆供衣服之用，入于女功，如郑言矣。"可见篚是盛衣物之类的竹筐。而"文"就是古时的绸缎，看来是要他们将织好的绸缎装在竹篮里成批进贡，这有点当今集装箱的意味。

青州："厥贡盐、绨，海物惟错，岱畎丝、枲、铅、松、怪石……厥篚檿丝。"贡献盐，是因为盐为该州特产。胡渭所著的《禹贡锥指》曾引用蔡元度的话："青州盐居多。"绨是什么？《说文》："细葛也。"顾颉刚、刘起釪先生考证为夏天穿的精细葛织物。海物，恰如《史记集解》引郑玄所注："海物，海鱼也。"岱畎，是指泰山的沟谷。丝，即蚕丝。枲，即麻。《尔雅·释草》、邢昺的《疏》都有这样的解释："麻，一名枲。"铅，好理解，《说文》说是"青金也"。之所以要进贡铅，是缘之用处很多。茅瑞徵所编的《禹贡汇疏》解释："铅之类，能杀虫毒……"《禹贡锥指》也说："胡粉、黄丹皆化铅为之……以给绘画涂饰之用也。"怪石，有玉石之说，如《孔传》："怪，异；好石似玉者。"檿丝是何物？《说文·木部》有揭示："檿，山桑也。"山桑树上结成茧，然后缫成丝，做成丝织品。因为山桑茧难得，故而其丝织品亦很贵重，所以要入篚而贡，也就是装载入竹篮里进献。

徐州："厥贡惟土五色，羽畎夏翟，峄阳孤桐，泗滨浮磬……厥篚玄纤缟。"为何要贡献五色土？《孔传》中解释为："王者封五色土为社，建诸侯则各割其方色土与之，使立社，焘以黄土，苴以白茅。茅取其洁，黄取王者覆四方。"蔡邕在《独断》中也有类似的说法:"天子大社以五色土为坛,皇子封为王者授之大社之土,以所封之方色苴以白茅,使之归国以立社,谓之茅社。"看来五色土是有关王权祭祀的物品。那"夏翟"是什么?林之奇在《尚书全解》里解释:"夏翟者,雉之具五色者也。"如此看来,夏翟就是五色雉鸟。"峄阳孤桐"好理解,不就是峄阳这地方的孤桐嘛。但是,对峄阳说法历来不一,一说在今江苏邳县西,一说在今山东邹城东南。不必细究,需要细究的是"孤桐"有什么用?《孔传》说:"孤,特也。峄山之阳特生桐,中琴瑟。"孤桐是峄阳的特产,可以用来制作乐器琴瑟。"泗滨浮磬",应是泗水边上的可以做磬的石头。今山东省有泗水县,可为啥还要浮磬?《孔疏》这么解释:"泗水旁山而过,石为泗水之涯。石在水旁,水中见石,似若水中浮然。此石可以为磬,故谓之浮磬也。"原来浮磬乃水中映现的浮石啊!"厥篚玄纤缟"的要点在"玄纤缟",其意是黑色的绸和白色的绢。顾颉刚和刘起釪先生也在《尚书校释译论》注释:"是说那筐子里装的是赤黑色的细缯和白色的绸帛。"

扬州:"厥贡惟金三品,瑶、琨、筿、簜,齿、革、羽、毛,惟木,厥篚织贝,厥包橘柚锡贡。""金三品"是什么东西?《孔传》释为金银铜。《孔疏》则认为金三品其实是铜三品,不过分为青、白、赤三种颜色。从那个时代的出土文物看,我以为三种不同颜色的铜,这说法更可靠。"琨瑶",《说文》解释:"瑶,玉之美者;琨,石之美者。"玉是石头,琨也是石头,看来《孔传》说得很好:"瑶、琨,皆美玉。"筿、簜有人认为是大竹和小竹,也有人说是竹箭。"齿、革、羽、毛,惟木",《孔传》的解释是:"齿,象牙。革,犀皮。羽,鸟羽。毛,旄牛尾。惟木,楩、梓、豫章。"看到此处,我们会困惑,扬州难道有大象、犀牛?这种顾虑不无道理,只是以今度昔了。从考古发现看,公元前1000年前的荆州、扬州,还是大象、犀牛、孔雀的乐园。"惟木",史书典籍没有记载,权作该地特有的高大木材。"厥包橘柚锡贡",橘、柚皆为扬州水果,不易保存,因而需要包裹起来进贡。或许这就是"锡贡"的意思。

荆州:"厥贡羽、毛、齿、革,惟金三品,杶、榦、栝、柏,砺、砥、砮、丹，惟箘、簬、楛，三邦底贡厥名。包匦菁茅，厥篚玄纁、玑组，九江纳锡大龟。""羽、毛、齿、革，金三品"是和扬州一样的贡品。杶，据说木质坚硬，既可以制作琴，又可以打造车辕。"榦"和柘通用。《考工记》解释："弓人取榦之道也，以柘为上。知此榦是柘也。"可见"榦"就是柘木。"栝"，《孔传》记有："柏叶松身曰栝。"如此形貌，可能就是桧木。"柏"即侧柏，这好理解。那么"砺、砥"为何物？《孔疏》引用郑玄的注释说："砺，磨刀刃石也，精者曰砥。"《孔传》进一步说明："砥细于砺，皆磨石也。"这一下把我们带入上古时期，那时新石器时代，打磨石头是一件大事，因而，先祖把磨刀石这样的细琐物品都考虑到了，真堪称精明。"砮"，今人看来很难搞清是何怪物，《国语·鲁语》曾记载："肃慎氏贡楛矢、石砮。"只能从中看出"砮"和箭有关，但是还没说清楚。好在韦昭有注释："砮，镞也，以石为之。"可见是用石头制作的箭镞。"丹"，《孔传》说是"朱类"，是颜料。《禹贡汇疏》中引用贾逵的话也是这个意思，"丹者，丹砂"。进而又引用王肃的话说明："丹可以为采。"可见，丹就是朱砂，是当时世用化妆品。"箘簬"，黄镇成在《尚书通考》解释："箘簬，竹名，竹之坚者，材中矢筸。"看来此竹极坚硬，要不怎么能用于制作箭呢？"楛"，《经典释文》曾引用马融是说法："楛，木名，可以为箭。"接下来《尚书·禹贡》写的是"三邦底贡厥名"，这是何意？《孔传》解释道："三物皆出云梦之泽，近泽三国常致贡之，其名天下称善。"三物，是哪三物没有点明。再看《史记集解》才明白："马融曰：言箘簬楛三国所致贡，其名善也。"原来三物就是前面所说的箘、簬、楛。"包匦菁茅"，又难搞清。包，包裹的意思；匦，就是匣。那把菁茅装在匣中，还要包裹好到底为何？先祖之所以这么认真，是缘于那时候的菁茅是用来祭祀的。对于"厥篚玄、纁、玑组"，《周礼·考工记·钟氏》记载得很清楚，是赤黑色和黄赤色的丝织物。"玑组"，《孔传》中说："玑，珠类，生于水。组，绶类。"要这些物品干什么？《礼记·玉藻》有关于组绶的说法："天子佩白玉而玄组绶，公侯佩山玄玉而朱组绶，大夫佩水苍玉而纯组绶。"由此推及，这些物品是衣服的饰物。"九江纳锡大龟"，无疑是占卜要用大龟。

豫州："厥贡漆、枲、绤、纻，厥篚纤纩。锡贡磬错。"豫州进贡的东西少，可能是离尧都较近，稀有物品也就少。前面已说过，枲是麻。绨，是精细的葛织物。纻，也是麻。纩呢？《孔传》注释："纩，细绵。"《孔疏》说得更具体："纩是新绵耳，纤是细，故言细绵。"可见纤纩就是细绵。"锡贡磬错"，要紧的是弄清"错"。对于"错"，《孔传》这么理解："治玉石曰错，谓治磬错也。"看来一种坚硬的用来打磨玉石的石头，就叫错。

梁州："厥贡璆、铁、银、镂、砮、磬，熊、罴、狐狸，织皮。""璆"是何物？《史记集解》转引郑玄的说法："黄金之美者谓之璆。"《尔雅·释器》见解相同："黄金谓之璆。"铁和银，不必细说。那"镂"呢？《说文·金部》解释得很明白："镂，钢铁，可以刻镂。""砮、磬"，前面已说清，"熊、罴、狐狸"大家都知道，不必赘语。需要多说的是"织皮"，顾颉刚和刘起釪先生认为，曟为兽毛粗织成的织物，称为织，制裘的称为皮。可知，织和皮是两种东西。

雍州："厥贡惟球、琳、琅玕。""球"为何物？《说文·玉部》解释："球，玉也。"进贡这玉谁用？《周礼·玉藻》记载："笏，天子以球玉。"此文不独记载天子用球玉，还记载从诸侯到士各用什么玉。那"琳"是什么？《说文》解释："琳，美玉。"还是一种翠绿青碧色玉。"琅玕"，《孔传》说是"石而似珠"。《禹贡锥指》说得更清："玉言其质，珠言其形也。"看来雍州进贡的全是美玉，原因何在？《尔雅·释地》揭示出来了："西北之美者，有昆仑虚之璆琳琅玕。"原来自古西北就是盛产美玉的地方。

现在该说尧都所在的冀州了，可是唯有冀州没有贡品。对此研究上古史的专家学者，各持己见，莫衷一是。我则认为，冀州是形成国家后"万国林立的国中之国"，是帝王，或说头领的直属地域，当然不用自己给自己上贡。但是，其他赋税照纳不少。

贡品明确了，再看各州之赋，由此能够看出纵向公平。这里的纵向公平，不是"纳税能力不同的人不同等纳税"，而是各州的土质不同，纳税多少也不同，即赋的多少决定于土壤属性和等级。我们先看一下土壤属性，按照壤、坟、涂泥的三种分类，九州分别是：

冀州：冀州是白色土质，土壤没有土块，比较疏松；兖州是黑色土质，土壤肥沃；青州为两种土壤，一部分是盐碱地，一部分是灰壤和浅色草甸土；徐州是红色黏土；扬州和荆州是湿土；豫州既有柔和无土块的土壤，也有肥沃的黑色土壤；梁州全是青黑色肥沃土壤；雍州全是黄色的疏松土壤。

根据《尚书·禹贡》所列状况，九州田地由一等至九等排列的顺序就应该是：雍州、徐州、青州、豫州、冀州、兖州、梁州、荆州、扬州。

田地等级确定后，赋税的等级也就应运而生。《尚书·禹贡》所列的赋税为：

冀州：厥赋惟上上错；兖州：厥赋贞，作十有三载，乃同；青州：厥赋中上；徐州：厥赋中中；扬州：厥赋下上上错；荆州：厥赋上下；豫州：厥赋错上中；梁州：厥赋下中三错；雍州：厥赋中下。

将赋税顺序由高到低排列出来是：冀州、豫州、荆州、青州、徐州、雍州、扬州、梁州、兖州。

按常理，赋税顺序应该和田地等级顺序相同，一比较却发现并非如此。大致相近的是：青州地区，土地属一等三级，交纳二等一级的赋税；扬州地区，土地属三等九级，交纳三等七级或二等六级的赋税。接下来的差异就大了，要么赋税等级高于土地的等级，要么赋税等级低于土地的等级。高于土地等级的，如冀州地区，土地属二等五级，交纳一等一级的赋税；荆州地区，土地属三等八级，交纳一等三级的赋税。低于土地等级的，如兖州地区，土地属二等六级，交纳三等九级的赋税；徐州地区，土地属一等二级，交纳二等五级的赋税。

这是为何？细思之很可能赋税不是单一看土壤而定，而是参照了人口多寡，土地多少。翻阅典籍，这个想法还真不是空穴来风。林之奇在《尚书全解》中就已指出："而（田与赋）乃有异同者，盖田有高下，逐亩所收之多寡而比较之。然九州之间，地有广狭，民有多寡，则其赋税所入之总数自有不同。不可以田之高下而准之也。"如此看那时的赋税征收，还真是因地制宜，公平合理。

最为公平合理的当属区分"五百里甸服"纳赋。文中指出："五百里甸服：百里赋纳总，二百里纳铚，三百里纳秸服，四百里粟，五百里米。"帝都五百里内称作甸服，"百里赋纳总"。"总"是何物？《孔传》说是"禾稿曰总，入之供食国马"。《孔疏》中解释与之相同，是让交连根拔除的禾粟。"二百里纳铚"，单纯说"铚"无法理解，《说文》解释："铚，获禾短镰也。"那要他们缴纳收割的短镰有何用？看来这是历史借用词义，无非是说割下的禾粟。"三百里纳秸服"，"秸服"似乎是带秆的禾粟。那与前面割下的禾粟岂不矛盾？不矛盾，那些禾粟还带着叶子，而这"秸服"是去掉叶子的。"四百里粟"，粟是没有脱壳的米；"五百里米"，则是脱壳后的粟。

如此回眸，可以看到越是离帝都近的地方，缴纳的东西越是繁杂；越远的地方，缴纳的东西越简单。这肯定是考虑到携带运送的方便与否。所谓公平合理恰在这里。为什么要百里以内缴纳完整的禾粟？前面说过的养马是一种答案，我主观认为还要生火做饭，而枝干叶子及粟壳都可以做柴火。

阅读《尚书·禹贡》简直如饮醴醴，甘甜醉心。谁会想到，初始之际的"任土作贡"就包含了我国贡税公平合理的基因。公平合理，才能为各州认同。中国贡税在公平合理的原则里源源不断，滋养了上古，滋养了春秋战国，滋养了秦汉，滋养了历朝历代，直到当代仍是推动经济社会发展的基本能源。

多难兴邦，洪水泛滥，没有冲垮尧舜建立的国家，反之，初生的国家还具有了更强劲的生命力！

第八章　法律皆言皋陶始

自古说法律，皆言皋陶始。

中国法律的起点维系在皋陶身上，在网上一搜，可以看到这样的定位：中国司法始祖。

皋陶何时人氏，何时立法？

宋代大文豪苏轼在《刑赏忠厚之至论》一文中写道："当尧之时，皋陶为士。"

皋陶不只是帝尧时期的司法官，而且延及虞舜继位，仍然处理刑狱大事。如果说，帝尧那时是皋陶画地为牢，初设刑狱的时段，那么到了虞舜继位，皋陶初创的刑法就逐渐完善，成为后世子孙确立尧天舜日的一项大举措。

真是如此吗？

第一节　应时而生的法律

"道生一，一生二，二生三，三生万物。"

我曾经认为老子《道德经》中的这名言，是对自然物态生生不息的高度概括。然而，探究以尧舜时期为核心的中国源头文化，蓦然发现其中也包含了社会形态连锁变异的思想内涵。将目光注视到国家的初生，就会跨越时空看到法律正随之顺时而生。

顺时而生，也是顺势而生。这绝不是为了丰满尧舜时期的文明状态做缥缈想象，品鉴那个时代留存的信息，就会察觉，初设刑法是水到渠成的必然结果。

在瞭望帝尧钦定历法时，我们已经欣喜地看到国家的胚胎孕育成形了。稚嫩的雏形很简单，便是在住地周边添加围墙。就是这简陋的围墙，启迪了如仓颉一样造字的先贤，一个"國"字应运而生。当然，最早的"國"字与最初的国家雏形相似，都还在稚拙中逐渐发育。所以，"國"字中的"或"字就是国家的象征。"囗"，代表着部族演变成的国家。"戈"字代表手拿武器守卫。守卫什么？守卫收获的粟谷。后来，"或"字演变为"國"字，"或"字表示地域。守卫地域，就是守卫家园，就是守卫保证人们不饿肚子的粟谷。

为什么要守卫？原因很明显，不劳而获的人，会偷、会抢别人汗滴禾下土，辛辛苦苦种植采摘到家的吃食。围墙筑起了，国家催生了，那要是还有人一意孤行，继续偷抢粟谷怎么办？如何促使不自觉的人弃旧图新？那就必须教化。教化不改，必须惩罚。惩罚，要有个标准吧，不能随心所欲，不能言出即法。儿戏随便的处罚，不能扼制劣性，还会激发仇恨。惩罚，需要一个标准。固定惩罚的标准，就是最初的刑法。

刑法，随着国家的初生而初生。

贴着上古时期的地面飞翔，一个朦胧的身影渐渐清晰，他就是虞舜，他正在抑恶扬善。那是在历山，开垦土地的两个男子，为垦田多少争吵得面红耳赤。他就在此时走上前去，俩人还在争吵，你说他多占，他说你多占，互不相让。虞舜问，何以见得？一个无言对答，一个拂去田边的黄土，亮出一块石头，这就是他悄悄埋下的界石。可以想见，对方理屈词穷，争论戛然而止。不能就此而止，虞舜让不垦多占的那个男子向对方鞠躬认错。《韩非子·难一》记载："历山之农者侵畔，舜往耕焉，期年，畎亩正。"虞舜堪称最早的民事调解员，不过，这个调解员不是官方任命的，而是民间公认的。

他不仅在历山评判是非，还在河滨处理纷争。韩非子还记下这样的往事："河滨之渔者争坻，舜往渔焉，期年，而让长。"

好吧，还是不要过多想象，听听考古专家如何讲。高天麟先生在《龙山文化陶寺类型农业发展状况初探》一文中指出："发掘所反映的当时业已出现的社会分工现象，虽还谈不上百业兴旺，但已具备相当多的手工业生产门类，这是不容低估的……这再一次较充分地说明当时作为基础农业生产的发展水平也必定是已相当可观的，非此，如此众多的专门从事手工业生产的匠人的衣食问题就难得保证。"从高先生笔下的分析可以看出，帝尧所处的时代，手工业已经相对发达，出现了专门的从业人员。这说明农业更为发达，因为这些人的衣食用品要从中索取。在农业生产的过程中，免不了纷争。事实正是这样，生产越发达，纷争也就越多。平息纷争，才能保证社会公平。时代需要公平，法律呼之欲出。

呼出来了吗？

我们请出历史学家苏秉琦先生来做一个回答，他在《中国文明起源新探》中指出："夏以前的尧舜禹，活动中心在晋南一带，'中国'一词的出现也正在此时。尧舜时代万邦林立，各邦的'诉讼''朝贺'，由四面八方之'中国'，出现了最初的'中国'概念。"当诉讼一词出现在眼前时，就等于他明确回答，法律初生了。所以，诉讼，是因为需要裁决。既然要裁决，就要有依据，有准绳。这依据，这准绳，就是最早的法律。

尧舜时期不仅法律初创，而且还有执法者、裁决者。

第二节　司法始祖皋陶

洪洞县西南不远有个士师村。不过，即便你走到村前打听士师也很难有人告诉你。你若问皋陶村，才有人知道。而且，皋陶村还必须说成"高约"村。这里祖祖辈辈就这么个叫法。

以皋陶作村名因为皋陶是村里的名人。

以士师作村名因为士师是皋陶的官职。

据说皋陶相貌奇异，脸色青绿，嘴巴突出，犹如马嘴。说话的音调细长，人说是鸦雀之声，相貌、声音实在不好恭维。然而，由于他创始了刑法，执法公正无私，断案精明干练，审案明察暗访，判案轻刑重教，很受人敬重。而且，士师村还为此建起个中国司法博物馆。

当然，对于皋陶故里历来有不同见识，还有一说他是山东曲阜市人。这里求同存异，不做辨析，不论哪地，有一点相同，他是法律祖师、司法祖师，没有任何争议。有没有依据？有。《尚书·舜典》中记载："蛮夷猾夏，寇贼奸宄，汝作士，五刑有服，五服三就。""汝作士"，就是虞舜任命皋陶担任士官。士官有什么职责，这里说得一清二楚。

蛮夷猾夏，是部落与部落之间的侵占和掠夺，这需要用军事行动去解决，其镇压的目标是异族部落；寇贼奸宄，是本部落内的不轨行为，这需要用刑罚来解决，其处罚对象自然是犯罪的一方。显然，这是两种完全不同的职责，前者是军队的统领，后者是公安、刑法的头目。虞舜将这两件大事集于皋陶一身，足见兵刑一体，是那个时期的特点。

皋陶设立刑法的价值恰恰在这里，尧舜时期设立刑法的价值也在这里。刑法，是由刑罚蜕变而来的。刑法借助刑罚，而又不同于刑罚。我国古代多有"刑始于兵"的说法，《辽史·刑法志》中记载："刑也者，始于兵而终于礼者也。鸿荒之代，生民有兵，如蜂有螫，自卫而已。"同样，《隋书·刑法志》也写道："刑者，甲兵焉。"如果说这些记载时间靠后，无法对应尧舜时期，那么还可以向前追溯，《国语·鲁语》不仅有类似的记载，叙述还很详细："大刑用甲兵，其次用斧钺；中刑用刀锯，其次用钻笮；薄刑用鞭扑，以威民也。故大者陈之原野，小者致之市朝。"从这段文字可以看出，甲兵、斧钺都是兵器，也是斩杀俘虏的工具。那么，交战的地方不仅是战场，也是刑场。兵器也是刑具，最大的刑罚就是出兵交战。如果真要从其中找出一点不同的话，那刀锯、钻笮也是刑具，但不在战场，而是市朝。市朝也是刑场，是在市场交易场所和宫廷判定纠纷、处罚罪人的地方。这便说明，古代没有独立的审判场所，往往战场和市朝就是刑场。市朝处罚手段是从战场移植过来的，将不法之徒给予处斩。

尧舜时期，皋陶承担设立刑法的使命，就是在这个基础上起步的。

这种对接似乎没有什么不妥，只是，要对应到尧舜时期仍有不短的间距。缩短间距的是《尚书·吕刑》，其中写道："蚩尤唯始作乱，延及于平民，罔不寇贼，鸱义奸宄，夺攘矫虔。苗民弗用灵，制以刑，唯作五虐之刑曰法。"意思是，蚩尤开始作乱，扩大到平民百姓，无不寇掠侵害，轻率不正，内外作乱，强取诈骗。苗民不遵守政令，就用刑罚来制服，制定了五种酷刑作为法律。

《尚书·吕刑》将酷烈的五刑归罪于蚩尤作乱，这种观点不一定符合当今对于上古历史的再认识，姑且不作辩解。引用至此，是要明晓五刑原来是五虐之刑的简称，即残酷刑罚的代名词。五刑如何酷烈，《中国的传统》一书这么解读："五刑就是斩首、阉割、断足、割鼻和脑门烙字。在蚩尤灭亡之后，这些刑罚首先是九黎所承继，其次在尧舜时代为三苗部落所接受。"

这就是尧舜时期皋陶设立刑法的时代背景。

虞舜授命皋陶制定法律，还要负责实行，皋陶如何作为？初看，似乎他沿袭了过去的刑罚。因为他实施的也是五刑，这与蚩尤、三苗实行的五刑粗看不无相同。细看截然不同，蚩尤、三苗的五刑，全是摧残肉体的刑罚。皋陶这五刑，却有了象刑、流刑、赎刑，把体罚摧残降到了最低程度。虽然同样称作五刑，二者有着本质的区别。

皋陶这五刑也有肉体惩罚，比如"鞭作官刑，扑作教刑"，鞭和扑都是体罚性质的，但与蚩尤和三苗的体罚相比，却轻微了许多。再看蚩尤和三苗，那令人触目惊心的斩首、阉割、断足、割鼻和脑门烙字等刑罚，就会觉得皋陶这刑罚中包含了人道。人道因素更多地体现在象刑、流刑、赎刑当中。

象刑，《尚书·舜典》中为"象以典刑"，对此《今古文尚书全译》一书解释为"在器物上刻画五种常用的刑罚"。这是一种说法，但也不可否认另一种说法，那就是其中也有象征性刑罚的意思。《尚书·益稷》认为"皋陶方袛厥叙，方施象刑惟明"，这其中的象刑，象征性的意味更多一些。其实，不必这么过多推测，史书中的不少记载都可以为象刑找到依据。

汉文帝十三年（前167年），在颁发除肉刑诏时曰："盖闻有虞氏之时，画衣冠异章服以为僇，而民不犯。"西汉初期，伏生学派所著的《尚书大传》这样阐述：唐虞象刑而民不敢犯，苗民用刑而民兴相渐。唐虞之象刑，上刑赭衣不纯，中刑杂屦，下刑墨以居州里，而民耻之反之礼。西汉晚期的思想家扬雄在《法言》中也记有："唐虞象刑惟明。"

汉代无数先贤对尧舜时期的回望研究，为后人提供了认识那时法律的捷径，李衡眉先生在《先秦史论集》中得出的结论是："在我国唐尧虞舜的父权制氏族社会里，即所谓的五帝时代，人们惩罚罪人主要是用象刑，而不是肉刑。"如果要更细微地了解，那就看看《中国的传统》中展示的情景："五刑允许在法律上保留，犯人要按照他的罪行受到判处，但判处将以另外的方式实行，而不是肉体上的。那些必须在脑门烙印的，就着令他们头戴一条黑带子；那些必须割掉鼻子的，就用带红色的泥浆涂满他们的衣服；那些必须处以断足的，就用墨水把那些犯人的一只脚全涂黑；那些必须阉割的，就让他们脚上穿不相配的鞋子；而那些必须斩首的，就要他们穿一件粗劣的没衣领的短上衣。"

象刑确实是一种充满了人间至爱的刑法。只是，这么宽怀仁爱的法律能管束住那些胆大妄为的人吗？不必忧虑，因为还有流刑和赎刑。

流刑，就是放逐、发配，让犯罪的人远离故乡，远离人群，到偏僻荒凉的地方去。千万别小看了这刑法，这是十分酷烈的重刑。古时候，人们都以群居为生，离开了团体，无法猎食，更无法抵抗猛兽的危害。因而，若是流放一个人，无异于判处其死刑，不用说，这是极有震慑力的。效果如何？《尚书·舜典》以案例说明："流共工于幽州，放驩兜于崇山，窜三苗于三危，殛鲧于羽山，四罪而天下咸服。"

这里的"流、放、窜"均是流放的意思，唯有"殛"既有流放之意，还有斩杀之意，是最为严重的刑罚。以上四位罪人得到惩处，天下的人知道了都心悦诚服，谨守法纪，这就是法律实施后的效果。

赎刑，即金作赎刑。不过，那时的金可不是时下的黄金，顶多也就是个黄铜。我们可以将这里的金理解为财富。尧舜那个时候，尽管农业、小手工业较前都有了很大的发展，但用现今的眼光看，生产水平仍然很低，个人拥有的财富也就微乎其微。如果以今度昔，犯了罪都以金钱去赎，那不就乱套了吗？其实不然，那时候能够以金赎刑的人极少，这样震慑力更大。翻阅史书还可以看出，并不是什么罪都可以拿钱来赎的。清朝著名的辨伪学者崔述，在《唐虞考信录》卷二中这样解释"金作赎刑"："所犯罪小，不履于五刑，是以不忍残其肢体，亦或未宜加鞭扑，故以赎为之刑，即后世所谓'罚'也。古未有罚名，故谓之赎刑耳。"

崔述给赎刑做了一个限定解释，让人容易认同了。不过，若是站在人类的发展史上看，赎刑的出现是一种必然。法国马克思主义的宣传家拉法格认为，赎刑源于私有财产的产生。他在《思想起源论》中阐明："自私有财产建立起来之后……于是，代替以命偿命，以牙还牙，人们要求以家畜、铁和金子来抵偿和抵偿其他的损伤。"

当今拿钱赎罪、拿钱买命是司法腐败，但在当时以物抵伤、抵命却是普遍现象，将之移位于刑罚当中也就顺理成章，不是什么稀罕事。

至此完全可以看出，尧舜时期皋陶设立的刑法，不是纯粹的创制，而是在原来的背景上变革和改进，是用仁爱之心变革和改进。刑法与执法，表现的都是宽恕。两千多年后，在兰陵走下政坛安心著书的荀子，写到《议兵》时这么评价其时的法治："古者帝尧之治天下也，盖杀一人刑二人而天下治。"

荀子的说法固然不乏夸张，但也说明，尧舜时期的法律对子民是一种制约和管束，更多的人接受了法律后，认为违法是羞耻的，自觉将个人行为限定在法律要求的范围之内。所以，少有人犯法，也就少有人被绳之以法。这样的社会状况和五虐之刑的残酷状况相比，当然有天壤之别。因之，众人便将此牢记心中，传播后世，赞扬那个时代为尧天舜日。

第三节　神奇的独角兽

刑法是社会文明的又一个台阶，其派生在尧舜时期，是那个年代的辉煌；其维系在皋陶身上，让他的生命闪耀着伟岸的华光。

数千年过去，如今茶余饭后还能听见关于皋陶的故事。故事里的皋陶不是在创设刑法，而是在公正执法。众人盛传，他断案准确无误，毫无差错。这得益于他有一个神奇的断案助手，这个助手不是人，而是兽，一只独角兽。不过，在人们口舌里，不说独角兽，都说獬羊。进入书本的獬羊，叫作獬豸。因为獬羊能辨别是非，能识别忠奸，众人称之神羊。獬羊生于周府村，它初生时众人把它看作怪羊，怪羊怪在仅有一只角，这便是书上写作独角兽的原因。初时，别家都歧视这独角怪羊，哪知长大后的独角怪羊可不得了，灵性十足，竟然能够区分是非曲直。村上哪里有纷争，这怪羊就跑到哪里。若是哪方失理，怪羊就会走上前，用那一只角撞击无理之徒。无理者不狡辩还好，怪羊只是轻轻顶撞；若是狡辩，怪羊会猛烈顶撞，甚至会把野蛮之徒撞倒在地。

村人不敢再把獬羊当作怪羊看待，都将它敬为神羊。久而久之，村上再没有人敢寻衅闹事。众人都说神羊平息了纷争，改善了村风。村里人和睦相处，神羊便闲逸无用了。村人想到了在朝

独角兽塑像

中主管刑律的皋陶，若是神羊到了他那里，不是可以为国分辨忠奸吗？这神羊的用处岂不更大了吗？

众人能想到皋陶，是因为皋陶是他们的老乡。需要说明的是，因为獬羊是个祥瑞神兽，周府村便更名为羊獬村，至今村名未变。从羊獬村往北行走三五里路，就是皋陶的故乡士师村。村里原先有皋陶祠，村外有皋陶墓，村中原先还有祖辈传续的手抄本《圣臣传》。众人想到了，也就做到了，真把独角羊献给了皋陶。皋陶得到神羊，审断案件，处理争讼，更是如虎添翼。

关于獬羊辅助皋陶断案的神话故事，到此就结束了。可是，獬羊延伸出的法律渊源远没有结束。《论衡·是应篇》记载："獬豸者，一角之羊也，性知有罪，皋陶治狱，其罪疑者，令羊触之。有罪则触，无罪则不触。故皋陶敬羊，起坐事之。"

《论衡》的作者王充相信人的能量，也相信超人的能量，足见人们认识世界的过程中是何等曲折漫长。不过，从他的书中，我们可以受到另一种启发，神话传说的力量确实不可小觑。传说能够形成习惯，习惯是一种思维定式。思维定式是无形的力量。这无形的力量可以创造有形的物质。元代时重修的尧庙，其中就建有一亭：獬豸亭，当然是纪念皋陶那位助手神羊的。神奇的獬羊深入人心，传播至今，《法制日报》曾经将副刊定名为独角兽，这也是公正执法的象征。

獬羊，或说独角兽，早已融入古老的法制文化。仅就法律的法字，也可以窥斑知豹。法字的繁体字为"灋"，左边是水部，右边是"廌"与"去"组成的。《说文·鹿部》中解释："灋，刑也。平之如水，从水。所以触不直者去之，从去。"从字源上看，灋字包含了两层意思：一是均平，二是正直。这就是"灋"字的本意：公平。水，表示的是均平；而另外半边表示的是正直。这半边表示正直，《说文·鹿部》还有说明："獬豸，兽也，似山牛，一角，古者决讼，令触不直者。"说来说去，"灋"字还是包含着獬羊的美好寓意，你看这神话传说的力量有多大。

獬豸冠，古代御史等执法官吏顶戴的帽子。执法官头戴獬豸冠，就是要他们效法獬羊，审理案件，公正无私。据说，历史上最喜欢獬豸冠的君主是楚文王，上朝与出巡经常恭敬顶戴。楚国人看见国君头上不离獬豸冠，竞相效仿。岂不知楚文王喜欢獬豸冠，并不是苛求外表美观，而是警示自己。楚文王曾经贪图游猎，前往云梦泽打猎三个月不回朝堂主事。得到丹地的美女，纵情女色，整整一年不上朝听政。如此做派，岂不要毁掉楚武王留下的江山社稷？大臣葆申受先王之托辅佐楚文王，他率直进谏："大王您贪图游猎，沉迷女色，荒废朝政，我敬受先王之命，必须施以鞭刑。"楚文王不愿挨打，葆申坚持先王之命不可违背。楚文王无奈，只好躺下受刑。葆申将五十根细荆条捆在一起，放在楚文王背上，连续两次，以虚刑处之。楚文王要葆申重责自己，葆申告诉他："臣闻君子耻之，小人痛之。耻之不变，痛之何益。"刑毕，葆申自行流放到澡渊，还请楚文王处死自己。楚文王幡然梦醒，不仅没有处罚葆申，还召回他继续重用。从此，楚文王悔过自新，励精图治，成为一个很有作为的国君。楚文王头戴獬豸冠，是念念不忘葆申守正执法，鞭策惊醒他的大举。

獬羊，獬豸冠，早就大化进了悠久的传统文化，抑恶扬善的美德基因就这样代代相传，赓续不断，直至今日。

第九章 人伦道德的源头

中华民族具有优秀的道德传统，个人品德、家庭美德、职业道德、社会公德，贯穿于生活、工作的各个方面。道德传统年深日久，年深到何年，日久到何日？

回答是，上古时期，尧舜开启了中国最早的人伦道德。换言之，人伦道德发源于河东大地。

第一节 画地为牢的背后

"惟德动天，无远弗届"，只有道德能够感动天地，再远的地方也能到达；"黍稷非馨，明德惟馨"，能够感动神明的不只是五谷的馨香，还有美好的道德。古人如何重视道德，由此可以窥视一斑。

探究尧舜时期设立刑法时，其实已为这节叙述埋下了伏笔。前面谈到过，虞舜任命皋陶作士，负责军队和司法之职，皋陶采用了五刑。五刑首先列举的就是"象刑"，也就是象征性的刑罚。象征性的刑罚和实刑的根本区别在于：一个虚晃一枪，一个来真格的。来真格的就摧残了肉体，无疑是酷刑。这等于说尧舜时期废止了实刑，仅用虚刑。此事正应验了民间一个说法：画地为牢。

画地为牢，据说就是尧舜时期的法律特征。显然，这里想象的成分居多，也可以说这是人们对那时法律的想象还原。所谓画地为牢，就是在地上画一个圆圈，让犯罪和有过错的人站在其中，反省过错，这便是早期的牢房。这种无遮无拦的牢房，能将人管住？当代人对此充满疑虑。按照常规，牢房的墙体比一般的墙要厚得多，高得多，无疑是为了防止罪犯逃跑。最有代表性的是洪洞县保留下的明代监狱。因为关押过苏三，又因为苏三走进戏剧成了名人，这监狱就被叫成了"苏三监狱"。苏三远近扬名，苏三监狱也扬名远近。苏三监狱中有一道南墙特别奇异。奇异之处不在其高，也不在其厚，而在于墙体中间灌装的是沙子。沙子是松散的物体，不会板结，若是囚犯想在墙上掏个洞逃出去，那他就慢慢掏吧，那整堵墙的沙子都会流动过去，够他挖个一年半载的，这怎能不被发现呢？你不得不叹服古人的精明。如今的监狱自然不再使用这样笨拙的办法，现代化为之提供了新的设施，高墙架上了电网。远远望去城非不高也，池非不深也，电网非不密也，遗憾的是仍有人越狱逃跑。因此，站在当代，回望上古，对那种"画地为牢"的拙朴监狱实在难以理解，凭什么这没有围栏的图圈就能关住罪犯？

原因在于，尧舜那时不是单一依靠刑法治理社会，或者说，使用刑法是万不得已才采取的手段。更多的时候，他们不是惩戒，而是引导教化，让先民都懂得做人的道理，自觉约束行为，不要危害他人，更不要危害社会。

那么，尧舜如何教化先民？

第二节　垂拱而治知羞耻

尧舜时期的道德教化并不复杂，概要来讲为四个字：垂拱而治。垂拱而治是个成语，辞书的解释是衣服下垂，拱手胸前，不费力气就能安定天下。此则成语最早出自《尚书·武成》，记叙的是周武王安定天下的做法，但是此法不是他的首创，而是效仿来的。效仿何时何人？《易·系辞》有个说法，即：黄帝、尧、舜垂衣裳而天下治。这就说明，周武王之法取自先祖那里，黄帝、尧、舜即实行这个办法。黄帝如何垂衣裳而治天下，暂且不论，这里仅仅锁定尧舜时期做一探望。

探究要借助《孟子·公孙丑上》中一句话做望远镜："无羞恶之心，非人也。"由此观之，出现在镜头里的画面是，尧舜二人的思想惊人的一致，皆把教化先民的重点放在培养羞恶之心上。他们不是空洞说教，而是从具体小事做起，驯化人的道德情感。概要讲，就是垂拱而治。垂拱而治分为两个层次，第一个层次是"垂"。"垂"如《易·系辞》所言，是垂衣裳而治。可能有人会问：垂衣裳就能治世吗？了解到垂衣的内在意义，就会明白其中的道理。有人研究过"衣"字，说下面本是个"北"字，等于说最先穿衣服的是北方人，是尧舜治理下的中原人。这固然因为北方天寒，需要穿衣，尤其是冬天，没有人逼迫也会披挂兽皮抵御寒冷。至今，在河东乡下还流传着这样的民谣。每当时近立秋，知了高叫，孩童就会随声附和："蝉，蝉，你别馋，做下棉裤鞠子让你穿。"这民谣看似调侃知了，其实是提醒农家主妇应该动手裁缝过冬的棉衣服了。有点扯远了，赶紧转回来，用我们的眼睛盯住上文的"鞠子"。鞠子，在这里说的是棉袄。最初的鞠子，却不是现在我们穿的棉袄样子，只有围裹前胸后背的筒子，没有包裹胳膊的衣袖。大致相当于现今的坎肩，自然要是棉的。看来，棉袄的进化有个过程。棉袄进化不是我们要探究的课题，借助棉袄却可以看出，北方的上古先祖，可能在冬天已经用衣服包裹寒冷的肢体。不过，每到夏天就会扒光，赤身裸体并不稀奇。可想而知，尧舜推行穿衣的重点，不在寒冬，而在炎夏。告诫大家，即使烈日高照也不要赤身裸体，要懂得羞耻。穿衣蔽体，从此成为人类走向文明的外在表现。也可以说，从黄帝到帝尧，再到虞舜，都在精心办理一件事，让人们懂得羞耻。"无羞恶之心，非人也"，孟子或许就是瞭望到那段历史，才将羞耻摆放到这样重要的位置。

千万不要小看羞耻，这曾经是中国传统道德极为看重的品格。倘要是有人不讲公德，会被骂作"王八"，或"王八蛋"。王八是乌龟的俗称。乌龟是长寿的，怎么"王八"是骂人呢？有点传统文化根底的人，就会懂得人们骂的不是"王八"，而是"忘八"。"忘八"是什么意思？古代讲究八德:孝、悌、忠、信、礼、义、廉、耻。耻，就是羞耻。"忘八"，也就是忘了这八德。当然，最要命的是忘了第八个字:耻。"忘八"等于说，此人不知道羞耻，不要脸，这岂不是最深刻的责骂吗？

现在便好理解尧舜委派皋陶设立和实施的象刑了。头上戴一条带子，表示这是该在脑门上烙字的犯人；用红泥涂染衣服，表示这是该割鼻子的犯人；脚上抹满黑墨，表示这是该断足的犯人；脚上穿的是不相配的鞋，表示这是该阉割的犯人；若要是穿上没有衣领的短袄，那就是该杀头的犯人。这些犯错，或者犯罪的人，自然不是正常人，却还得和正常人生活在一起，别人以他们为耻，他们也自惭形秽，在内心深处自责，下定决心重新做人。这不就是最严重的惩处？

在上古的艳阳下，象刑起到的是两种作用：一是惩罚犯人，让他们时时反省，弃旧图新；二是告诫世人，千万不要误入犯罪的歧途，要以犯人为鉴。"古者帝尧之治天下也，盖杀一人，刑二人，而天下治"的道理，不言而喻。杀一是为了儆百，刑二也是为了儆百。换言之，杀是为了不杀，刑是为了不刑。这刑罚建立在道德教化的基础之上，因而，皋陶制定的那画地为牢般的象刑，才行之有效，才不会形同虚设。

尽管如此，"垂"还是低层面的，再上一个层面就是"拱"。"拱"是拱手胸前，这没错，可惜辞典上将之视为很轻而易举的动作来解释，没有涉及其文化内涵。其实，这拱手就是打拱揖礼，是深明礼仪的自觉行为。如果说垂衣仅仅是知道羞耻，是起码的道德水平，那么，拱手揖礼则高了一个层次，要求对人有礼貌，要谦和，要尊敬，行为更为符合社会规范。一个知耻明礼的人，会乐于助人，会善待他人，怎么会犯罪呢？既然如此，社会必然安宁，天下不用刑罚也可治理，何况还有刑法约束？

画地为牢那个牢，并非地上画出的圈子，而是垂拱而治这个无形的圈子。

有形的牢房可以一跃而出，无形的圈子却无人可以跨越。

第三节　慎徽五典定人伦

高度浓缩，信息丰赡。《尚书》中《尧典》《舜典》《大禹谟》《皋陶谟》等相关尧舜的内容区区不足一万言，竟然集纳了一个彪炳青史的辉煌时代。

辉煌时代的辉煌在于，当物质花朵绚丽绽放时，精神硕果累累高挂。物质花朵的绚丽绽放，饱享的仅是上古先民；精神硕果累累高挂，滋养的不仅有那时的先民，还有无穷无尽的尧舜传人。

两千年后，孟子仰望星空，思接尧舜，奋笔写下："人之有道也，饱食、暖衣、逸居而无教，则近于禽兽。圣人有忧之，使契为司徒，教以人伦：父子有亲，君臣有义，夫妇有别，长幼有序，朋友有信。"人若吃饱穿暖，不受教育，就和禽兽没有两样。帝尧为此而担忧，因而任命他的另一位异母兄弟、商人的先祖契，担任司徒，教人懂得人伦。人伦，就这样出现在了，出现在尧舜时期。人伦包含什么内容？父子有亲，君臣有义，夫妇有别，长幼有序，朋友有信，五个方面涵盖了中华道德，家国情怀。

这人伦，被称为五典，帝尧让虞舜"慎徽五典，五典克从"。

这人伦，被称为五教，虞舜让契"汝作司徒，敬敷五教"。

这人伦，被称为五常，简言之：父义、母慈、子孝、兄友、弟恭。这五常充满仁爱，犹如江河源头，从尧舜时期喷涌而出，由涓涓潺潺，到滔滔汩汩，滋润了一代又一代中华儿女的心田。

无数次远逝，无数次复现，无数次刷新的时光总带着"父义、母慈、子孝、兄友、弟恭"仁爱温馨，这温馨熏陶出在人类居住的这个星球上，唯一文明不断代的国家——中国。

只是，每当回味这种文明，国人多数总将根脉维系在孔子、孟子身上，再宽泛些，也不过与呼唤兼爱的墨子缕连起来。其实，走进上古文明的源头，无论谁也会发出无尧舜何谈孔孟的感叹！

是的，无尧舜何谈孔孟，难怪孔孟言必称尧舜。

书写至此，再阅读《尚书·尧典》的开头，那段总括评价帝尧的文章，顿时心领神会。想当初《尚书》的作者，没有动笔很可能已经心潮彭拜，他激动地写下："帝尧曰放勋，钦、明、文、思、安安，允恭克让，光被四表，格于上下。克明俊德，以亲九族。九族既睦，平章百姓。百姓昭明，协和万邦。黎民于变时雍。"作者为何激动？是因为帝尧"允恭克让，光被四表"，用他的思想光芒照亮了四方。为何他的思想能照亮四方？因为帝尧"以亲九族""平章百姓""协和万邦"。而且，他干一事成一事，"以亲九族"，九族和睦；"平章百姓"，百姓和顺；"协和万邦"，万邦和好。天下黎民都变得彬彬有礼，社会自然前所未有地和谐美好。

帝尧凭借何种法宝，达到的这种治世的高度？不是别个，就是五教、五典，或说，五常。这规范了个人行为，规范了家庭秩序，规范了社会秩序和部族、邦国秩序，形成了上古时期政治、经济、文化的拙朴管理制度，逐渐完善为千年传承的治世方略。

第四节　先行垂拱的领路人

纵观尧舜时期，帝尧是垂拱而治的带头人、领路人，虞舜也是垂拱而治的带头人、领路人。他们以身作则，推行五教，任用贤者，像精卫填海一样塑造良好的社会风尚。

古往今来，世人都将尧舜视为帝王的典范，尤其是先行者帝尧。他善于治理天下，是因为仁爱民众。有了仁爱之心，才能设身处地为大家办事，才能得到社会广众的拥戴。民间传说，帝尧对底层民众关心备至，若碰上一个人没有饭吃，他会内疚地说：是我没有领导好。若碰上一个人犯了错误，有了过失，他会自责地说：是我没有教化好。《新书·修政语》记有"帝尧曰：'吾存心于先古，加意于穷民，痛万姓之罹罪，忧众生之不遂也。'故一民或饥，曰'此我饥之也';一民或寒,曰'此我寒之也';一民有罪,曰'此我陷之也'"。像帝尧这样的帝王真是千载难逢,众人将之视为楷模也就顺理成章。

帝尧严于律己的事情屡有记载,从庄子笔下的尧舜对话,也可以看到帝尧不凡的思想境界。《庄子·天道》中记载:"昔者舜问于尧曰:天王之用心何如?尧曰:吾不敖无告,不废穷民,苦死者,嘉孺子而哀妇人,此吾之所以用心已。"从尧舜对话可以看出,帝尧从不傲慢,始终不渝地济困扶贫,哀悼死者,喜爱孩子,怜悯妇人。这就是他的一片苦心啊!他不仅树立了良好的道德形象,而且有良好的行为。他践行高尚,天下百姓万民紧随其后,亦步亦趋。

自己树起做人的标杆,人人敬服,再去要求他人就容易多了。效果如何?王充在《论衡》一书中写道:"尧舜为政,民无狂愚。"《论衡》评价,尧舜时期民众没有一个疯狂愚昧的,都有良好的道德行为。这固然因为当时确立了五典,还因为将五典作为五教,通过五教将五典化作人生经常的道德行为,即五常。那么,当时如何教化万民?《淮南子·修务训》中写道:"尧立孝慈仁爱,使民如子弟。西教沃民,东至黑齿,北抚幽都,南道交趾。"

帝尧确立道德规范后,非常注重道德教化。教育的范围西到沃民之地,东至黑齿之国,北面到了幽都,南面到了今日的越南那里。《新书》还嫌《淮南子》写得不够全面,又补充道:"尧教化及于雕题、蜀越。"蜀越为四川、南越之地,而雕题据说在蜀越西南。如此看来,帝尧的道德教化全面展开,已经普及神州各地了。

垂拱而治的成功,在当代最大的意义在于,目标一旦确定,任用贤才,不懈推行。观览历史,多数帝王都想治理好天下,可就是治理不好。原因之一就是识人有误,认人不准,将善于投机钻营的小人误认为是社会贤达,给予重用。这些小人一朝权在手,得志便猖狂,既败坏了社会,也败坏了领导的形象。因为,大多数时候,底层民众看不见帝王,就将帝王身边人的行为举止,视为帝王的人品。所以,当小人滥用权力时,便败坏了帝王的形象。帝尧治世的成功,不仅在于形成一整套以五典为主要内容的人伦道德规范,而且在于任用了一批可以作为道德表率的贤才。

在这些贤才中，首推虞舜，他家庭情况复杂，继母和弟弟数次谋害他，他不计前嫌，继续孝顺继母，善待弟弟，因而被帝尧选拔为接班人。大禹同样道德高尚，吃苦耐劳，治理洪水，身先士卒，才使大功告成。皋陶也是道德高尚的贤才。他和大禹有一段对话，可以反映出他的道德品格。《尚书·皋陶谟》记载，皋陶曰："宽而栗，柔而立，愿而恭，乱而敬，扰而毅，直而温，简而廉，刚而塞，强而义。"皋陶的大致意思是，宽宏大量却又谨慎小心，性格温和却又独立不移，老实忠厚却又严肃庄重，富有才干却又办事认真，柔和驯服却又刚毅果断，为人耿直却又待人和气，志向远大却又注重小节，刚直不阿却又实事求是，坚强不屈却又符合道义。此话说得何等好啊，总是兼顾两面，不偏不倚。

古人说，开口见人心，皋陶这种极高的道德见解，正是他人格的写照。帝尧将之推向重要领导岗位，他兢兢业业，为国操劳，为民办事，成为帝尧的得力助手。虞舜继承帝尧的帝位后，皋陶仍然鞠躬尽瘁，勤勉效力，成为虞舜的得力助手。甚而，大禹继位后，皋陶依然一如先前，呕心沥血，又成为得力助手。接续不断教化，连绵推广五典，初生的人伦道德，渐渐化作先民的行为规范。人人有修为，个个都是社会的正能量，国泰民安的大好局面，自然而然形成了。

人猿相揖别，只几个石头磨过。工具的出现和使用，使动物中的一群弱者日渐强大，进入旧石器、新石器时代，悄悄挣脱食物链。如果人类思维的提升止于此时，那只能是弱兽变为猛兽。

人类成其为人类，至关重要的颖变，是人伦道德的确立和普及，这就是尧舜垂拱而治闪耀的精神华彩。

这中华人伦道德华彩，辉耀往世，辉耀今世，还将辉耀万世。

第十章　中国最早的好姻缘

诗歌杜甫其三句，乐奏周南第一章。

这是民间结婚时的一副通用对联。上下联都不直白，各自含有一句古诗。"诗歌杜甫其三句"，说的是《四喜诗》当中的第三句，即"洞房花烛夜"。当然，对于《四喜诗》的著作权，历来都有争论，有人说是杜甫，有人说是汪洙。杜甫名气大，世人便归结于他。"乐奏周南第一章"，周南是《诗经·国风》里的第一首《关雎》："关关雎鸠，在河之洲。窈窕淑女，君子好逑。"这副新婚联包含着深远的中国婚恋情愫。这里先不探究"窈窕淑女，君子好逑"，只瞭望"洞房花烛夜"从何时发端。

一瞭望，看见了帝尧与鹿仙女携手入洞房的欢声笑语。那么，虞舜的婚姻如何，不妨走进上古一并观鉴。

第一节　洞房花烛夜的来历

洞房，古老的山洞，为无数上古先民遮风挡雨。随着时代的进步，人们走出山洞，住进瓦房。进入新时期，城市化的浪潮来袭，高楼林立，摩肩接踵，好不气派。偏偏无论住在高楼大厦，还是住在瓦屋平房的人，每逢新婚典礼总少不了一项：新郎新娘入洞房。这是为何？洞房里的美好姻缘，要从帝尧和鹿仙女相遇成亲说起。

相传那是个阳春三月，风和日丽。帝尧在宫中和大臣议完事情，侍臣见他劳累，就请他去平湖游览观景。帝尧没有去，他心中惦记着驯兽的大事，要去那里察看。

那时候，牛、羊、狗、猪、鸡都调养顺了，关在栅栏里、笼子里乖乖地听候人的旨意，干活的干活，长肉的长肉，生蛋的生蛋。唯有马还是野的，散生在山川里，一惊动就撒蹄狂奔，腾起满天黄尘。这黄尘吸引了人们，如果将马驯服了，干活不是比牛快多了吗？就这样，人们逮住了不少马，成天驯养，姑射山前就有个牧马川。帝尧惦记的正是这事。

帝尧来到牧马川时，日已当头。他走得风尘仆仆，浑身燥热。不过，看到棚中那高大的骏马，一路的困乏立即消散了，他很是兴奋，禁不住问长问短，恨不得立即将这些骏马送给平民，让它们为众人耕田驮柴。

正看得眼热，高昂的叫声传了过来，是栏外的野马在叫。这一叫可不得了，栏内的一匹红色骏马腾跃而起，踏破栏杆，蹦跳出去。这一跑，厩中的其他马匹也躁动不安，驯马汉吹起口哨，挥动长杆，才镇住了马群。不过，跑出去的那匹红马转眼间就蹿远了。

帝尧顺手牵过一匹白马，跳上马背，直朝那匹红马追去。红马跑得飞快，紧追慢追，到了姑射山前才能远远望见。白马也是匹好马，奔跑起来如风似电，可是毕竟背上骑着个人呀，只能紧追不舍，就是赶不上去。再往前是一片密林，若是红马钻进去，就不好找了。恰在此时，帝尧回头一看，见路边有一只悠闲自在的梅花鹿。身边是一片桃树林，桃花开得红灿灿的，把梅花鹿也映得满身红艳。帝尧真想停下来看看这美好风光，可是，正在追赶逃马，哪能闲下来呀！

不好，逃马再跑几步就钻进森林了，帝尧匆忙加鞭，白马跑得更快了，可要赶上去仍然来不及呀！说也奇怪，随着帝尧的一声鞭响，那梅花鹿飞跑起来，眨眼间腾空而起，朝红马飞去。帝尧再看时，哪里还有梅花鹿，一个美貌迷人的娇娘早已骑在红马背上。

原来，这只梅花鹿是天上下凡的降凶仙子。看见帝尧骑马飞奔，英姿过人，心生爱慕，就露出真身帮他捕马。不用说，那烈性的红马乖乖停了下来，静等帝尧到来。不多时，帝尧赶上山来，接过红马连连向鹿仙女致谢，心中暗想，这个女子身手不凡，要是能帮扶自己该多好呀！可是，偶然相遇，怎么好唐突表白呢？他牵着马转身要走，那女子相伴随行，说是送他一程。送了一程又一程，眼看就要到山口了，鹿仙女依然恋恋不舍。帝尧正要挥手告辞，只听那女子说：

"大王若不嫌弃，就把我留在身边帮把手吧！"

帝尧连忙说："好呀！我正需要你这样的好帮手。"

就这样，帝尧和鹿仙女在追逐烈马的途中一见钟情，倾心相爱。三天后是个吉日，帝尧和鹿仙女结缘成婚。他们的新房就在姑射山中，那里有个幽静的山洞，往常鹿仙女就居住在此处。那山洞就是庄子笔下写到的地方，"藐姑射之山，有神人居焉，肌肤若冰雪，绰约若处子，不食五谷，吸风饮露，乘云气，御飞龙，而游乎四海之外"。或许，庄子笔下的神人，就是与帝尧心心相印的鹿仙女。

据说，帝尧与鹿仙女成亲的那夜，月明如镜，山色朦胧。婚礼由姑射山神主持，二位新人拜过天地，拜过高堂，山神兴奋地宣布："新娘

姑射山第一洞房

新郎——入洞房。"

不说帝尧和鹿仙女相依相携进入洞房，从此恩恩爱爱，互相体贴，共为人间谋幸福。却说那夜前来观看婚礼的山民都记住了山神的话，之后凡有人成亲都说新郎新娘入洞房。

据说，那个迷人的夜晚，满山通亮，亮得山野洞房红彤彤的。原来，洞房对面的那座山峰，闪耀红光，经久不息，像是点燃了一支巨大的蜡烛。因而，后人每每谈起洞房的话题，都离不开那辉映的红烛。久而久之，新婚的美景被人们称为洞房花烛夜。直到今天，还有人念念不忘。

毫无疑问，这是个神话色彩浓厚的传说故事，不必信以为真。不过，诸多的民间传说总有一定的考辨价值，虽然从古至今口口相传，难免不鱼龙混杂，可是经过筛选总能发现帝尧时期的一些相关信息。

从这则传说故事可以感悟到，驯养已成规模，驯马成为向往。故事说，帝尧是去牧马川看驯马，说到那时牛、羊、猪、狗、鸡都被驯服了，家养了，马还是野生的。帝尧就将驯养的目光投向奔驰如飞的野马，并开始驯养。是否如此，我查阅了陶寺遗址的有关资料，还真凑巧，发掘现场没有发现马的遗骨。从家畜骨骸出土的情况看，有猪、狗、牛等，尤以猪为最多，若干座大型墓都有随葬肢解的整猪。也许这是一种巧合，但是，如果这传说果真起始于上古那个时代，那么，就将真实的社会信息口舌传递，穿越时空，带到了今日。所以，千万不要忽略传说故事，我总觉得有些传说故事就是文物，不过现在所指的文物是有形的，而这些传说文物却是无形的。按当下的时尚话讲，该是非物质文化遗产。

由此深思，那时婚姻已很普遍，文明成为向往。本书前面，在谈帝尧出生时，说是其母庆都与赤龙合婚而孕生；在谈后稷时，说其母姜嫄脚踩巨人足迹而怀孕。这些说法都在印证着早先的婚姻状态，可能还是以母系为主，所以，许多人都不知道自己的父亲。像帝尧和后稷这样有历史贡献的人，众人将他们神化了，神化到了神灵那里去了。到了帝尧时期，多种史料都谈及，基本过渡到父系社会了。但这种过渡绝不是和风细雨般的，而是疾风骤雨式的，这就是众所周知的抢婚。抢婚显然是一种野蛮方式，不用说，给女方及家人带来了不应有的痛苦。因而，人们就将帝尧成亲神而化之，想象出了洞房花烛夜的美好场景。其实，这何尝不是先民对抢婚习俗的厌恶，对文明成亲的向往？

由此也可以感受到，尧舜时期配偶初步固定，情爱成为向往。既然那个时代抢婚仍是主要手段，暴力就是婚姻的主要媒介。因此，男女双方基本上是捆绑夫妻。这对于已初步固定配偶的上古时期来说，先民当然不甘心这么暴力抢婚，尤其对于无法选择夫君的女子，心灵中难免会有创伤。随着尧舜时期五教的普遍推广与实行，人们对文明的渴求日益强烈，对婚姻也希望彼此能有情感，互相钟爱，因此，便编排出帝尧和鹿仙女相亲相爱、结缘成婚的故事。故事虽然讲的是帝尧，诉说的何尝不是平民的心愿！

传说故事讲完了，该说帝尧的真实婚姻了。《路史》中记载："帝尧陶唐氏，初娶富（散）宜氏女，曰女皇，生朱。"《世本》也载："尧娶散宜氏之子，谓之女皇。"

看来，帝尧的夫人就是女皇。女皇也就是丹朱的母亲。或许，丹朱不成大器，没能担当大任，也没能为母亲增添光彩。结果，女皇默默无闻，倒是传说中的鹿仙女不胫而走，随着庄子的点化而扬名四海。

第二节　虞舜的美好婚姻

与帝尧和鹿仙女成亲的浪漫故事相比，虞舜的婚姻没有那样浪漫，可是却非常幸运。他的妻子是帝尧的两个女儿，是帝尧访贤遇到他，为检验他能不能处理复杂家庭矛盾，将女儿下嫁给他的。试想，一个在家里颇受歧视的平民后生，突然就有两个如花似玉的美貌娇娘与他喜结良缘，那不是天上掉馅饼，却比天上掉馅饼要珍贵不知多少倍。

讲清虞舜成亲，本应从帝尧在历山访贤开始，此事放在后面再讲，这里先从帝尧访到虞舜开始。帝尧办事非常稳重，尤其在选拔接班人这件事上十分谨慎。即使在历山见到虞舜，见他既有仁爱之心，又聪明过人，唯恐这是表象，还想深度考查。《尚书·尧典》记载，帝尧的说法是"我其试哉"。如何"试哉"？"厘降二女于妫汭，嫔于虞"，也就是将两个女儿送到妫水湾里，嫁给虞舜，让她们和他一起生活，以观察他的道德行为。还有一种说法，《史记·五帝本纪》载，"尧乃以二女妻舜以观其内，使九男与处以观其外"。这不仅将两个女儿嫁给虞舜，观察他在家中的行为；而且将九个儿子也送到他那里，观察他在外面的处事。这样够认真了吧，但孟子还觉不够，再加些财物给舜，他在《万章》中写道："帝使其子九男二女，百官牛羊仓廪备，以事舜于畎亩之中。"

这一招更厉害，不是要看他贫贱之时的做派，而是察看他富贵以后的品行。尤其是还给他百官，供他驱使，看看他到底是否人富了，脸就阔了，行为就变横了。不过，历史学家对送之百官持有疑义，舜居僻地，百官没有用武之地啊！不仅百官，对送之九男也少见下文，而多见的是二女出嫁的情形。其实，从二女出嫁开始，一系列富有戏剧性的情节，就在民间传说里展开了。

娥皇女英

帝尧的大女儿叫娥皇，忠厚善良；二女儿叫女英，聪明伶俐。女英年小，姐姐事事都谦让着她。谦让惯了，女英事事都想掐尖拔头。听说父亲要将她姐妹俩嫁给虞舜，女英打开了个小算盘，那谁当正房，谁是偏房呢？她找到父亲争着当正房。帝尧听了沉下脸说："我考考你们，谁赢了谁当正房。"

帝尧出的第一道考题是煮豆子，每人给十粒豆，五斤柴，先煮熟者获胜。女英腿勤手快，马上抱来柴，往锅里加满水，放进豆子，点火一引，柴火着了。她不停地添柴吹火，火苗呼呼着了，过一会儿锅里的水有了响声。女英快手快脚地干着，很快水滚起来，开了，女英心想自己准胜。刚想到这里，就见父亲端着碗进来了，姐姐已煮熟了豆子。原来这娥皇常干家务活儿，很有经验，见豆子不多，往锅里加的水很少。因而，妹妹的锅刚开，她的豆子就煮熟了。

女英见了，一嘟嘴说，不算，另来。帝尧说，那我再出一道题。他给了每人一只鞋底、一条长绳、一根细针，长绳先纳完者为胜。

女英眼明手快，盘膝打坐，穿针引线，马上干开了。穿过针，拉着绳，拉紧了，又穿针，又拉绳，不一会儿就干得胳膊酸痛。然而，女英不敢停，这一回再也不能落后了。背疼了，女英咬着牙，还是一下比一下紧地猛拉绳子。可就在这时姐姐的鞋底纳完了。这是怎么回事呀？原来娥皇嫌绳子太长，拽拉费劲，将之剪为数段，用完一段，再用一段，这便大大地节省了拉绳的时间。娥皇又胜了，女英气呼呼地说，不算，不算，再来！

帝尧说，那就再来吧！他备了一辆马车、一头骡子，告诉她们一人坐车，一人骑骡子，谁先到历山，谁当正房。

女英马上来了主意，说："马车稳当有排场，姐姐理应坐呀！"说完，不等姐姐应声，骑上骡子，扬鞭一打，飞快地跑出了大门。赶到姐姐上车出院，女英早跑出好远了。她回头一望，嘻嘻一笑，又加一鞭，就把姐姐甩得看不见影子了。这一回，看来正房当定了。谁料刚这么一想，骡子停步不走了。她扬鞭要打，却发现这骡子开始生骡驹。女英气得连声骂："该死的骡子，误了我的大事，以后别再下驹了。"

骡子很听女英的话，以后再也不生驹了。可是，这一次生到一半的骡驹总得产出来吧！骡子不紧不慢地下驹，女英急得满头大汗。这时，姐姐的马车赶上来了，一看妹妹那焦躁不安的样子，连忙跳下车，将骡子安顿给附近村人，拉着妹妹上车，一同前往历山。女英感动得热泪直流，从此再也不和姐姐耍小聪明，二人和睦相处，同心辅佐丈夫。

我从不以为这是真事，却认为河东父老乡亲很会借事说理。若是用道理说明家务教养的重要性，那听的人准会昏昏欲睡。将道理寄寓于名人的身上，大有润物细无声的效果。道理不知不觉融化在心田里，还觉得有滋有味。

言归正传，娥皇、女英同乘一车，前往历山，即虞舜婚姻的美好开端。

第三节　斑竹一枝千滴泪

写下虞舜美好婚姻的开端，似乎有些武断。毕竟这次婚事也是中国政治联姻的开端。帝尧主婚下嫁女儿，虞舜没有选择余地，他乐意吗？他的婚姻不像帝尧与鹿仙女一见钟情，心心相印。是不是美好姻缘？产生这种异议不足为怪，回答却无须我来饶舌，从毛泽东一句诗词就可以跨越时空看到，这桩婚姻属于千古浓情。

"斑竹一枝千滴泪。"

这是毛泽东《七律·答友人》中的一句，"斑竹一枝千滴泪"的泪水，是娥皇、女英洒下的。虞舜南巡劳累过度，驾崩于苍梧，二位夫人闻知悲伤不已，跳进湘江殉情，用身躯书写了人间至情，人称湘夫人。不只毛泽东如此歌颂她俩，早在战国时期，屈原就在《九歌·湘夫人》中歌吟，"帝子降兮北渚，目眇眇兮愁予"，借助湘夫人寄托自己的情愫。

毫无疑问，虞舜与娥皇、女英是美好婚姻。他们婚后，虞舜携带二位夫人回家，还留下许多相帮相助、共渡难关的传说故事。这些留待后面叙述，这里要说的是，这桩开先河的政治联姻，是最为成功的政治联姻。

由此思之，中国的政治联姻就起始于虞舜时期。不过，虞舜这政治联姻和后来的政治联姻却有本质不同。帝尧将两个女儿嫁给虞舜，是下嫁，虞舜是平民，而不是所谓的达官贵族的子弟。尽管有种说法，认为虞舜的父亲瞽叟曾是乐官，也算是有身份的人家。不过，从《尚书·尧典》看，帝尧让"扬侧陋"，举荐不为人注目的人物，才被提名，即使是属于官宦后人身份也很寒微。无疑，帝尧是以牺牲女儿为代价，进一步查看他的品性好坏。所幸，虞舜道德不错，两个女儿没有受害。为何还要将两个女儿都嫁给虞舜？不就是要看他怎样处理家庭矛盾嘛！后来的政治联姻就变了味，有了某种图谋。历史上最有名的政治联姻是秦晋之好，完全是从国家利益出发，建立政治联盟。秦晋之好的开端是晋献公将女儿伯姬嫁给秦穆公为夫人，形成两个大国间的强强结盟。这个结盟确实有作用，晋献公死后，宫廷变乱，便是伯姬拨动秦穆公的算盘，把逃亡在国外的夷吾送回去，坐在国君的位置。当然，秦穆公的算盘也不会轻易被夫人拨转，在他看来夫人是小算盘，他才是大算盘。他的大算盘是通过扶持夷吾继位，控制晋国。遗憾的是，他的算盘打错了，夷吾忘恩负义，两国不得不混战一场。结果秦穆公获胜，晋惠公夷吾被俘。夷吾后来被放回国，是把他的儿子公子圉送到秦国做人质。于是，政治联姻继续演义，秦穆公为了笼络公子圉，把自己的女儿怀嬴嫁给了他。本想亲上加亲，扭转局面，岂料公子圉一听说父亲患病，不辞而别，跑回晋国。父亲刚刚病故，他就当上国君。

秦穆公很为恼火，如此行径，肯定是个无义之徒。因而，将眼睛瞅在逃亡的重耳身上，要扶助他归国主政。而且，政治联姻的戏不演则罢，一演秦穆公就要演出连续剧，要将公子圉撇下的那个女儿怀嬴嫁给重耳，这令重耳哭笑不得。不从，当不上国君；要从，等于舅舅娶了外甥女，等于叔叔夺了侄儿的媳妇。然而，权衡得失，政治战胜伦理，重耳从命娶妻，如愿归国，成为晋文公。看看，这政治联姻变成了何等模样，哪里还有尧舜那时的纯净意图。

水流离开源头，日渐浑浊，政治联姻也如此。不过，尧舜时期的联姻之源，却清澈无比，令人怀恋。

第十一章　围棋里的浪子回头

黑白演绎如世事，纹枰对弈悟人生。

这是国人评价围棋的经典话语。围棋是中华文化的瑰宝，也是中华民族逻辑思维和形象思维比翼双飞的智慧结晶。

张潮在《幽梦影》中感叹："若无翰墨棋酒，不必定作人身。"

清代尤侗的赞誉："试观一十九行，胜读二十一史。"

可见，围棋在古人的精神世界、意识形态中占有多么重要的位置。时至今日，围棋仍然魅力不减、生机盎然，不仅越来越多的中国人陶醉其间，而且正在加速向国外传播，世界不同肤色的人都在共同享受这道精神文化大餐。

行文至此，可能有人会问，围棋与帝尧有何关系？

回答是：关系极大，是帝尧创制了围棋，为中国丰富的文化宝库增添了一朵奇葩。

第一节　浪子从何而来

帝尧为何会创制围棋？

回答这个问题，要从帝尧的儿子丹朱说起。丹朱是帝尧的长子，先民叫他子朱。子朱改称丹朱，是他弃旧图新、重新做人后的事情，我们稍后再细说。这里先说，子朱聪明机灵，很招人喜欢。他从小在宫廷长大，父王为天下万民长年累月奔波，深受众生爱戴。爱戴帝尧，也喜欢他这个机灵的儿子。你爱他爱，爱多了，爱过了，就是溺爱。在溺爱中长大的子朱，没有顾忌，随性而为，机灵反而成了办坏事的鬼点子。空说枯燥，就走进民间听听他的那些不冒烟的故事吧！

不冒烟的事，子朱还总是想让它冒烟。那一年，东海岛国的头领，派人进贡来一些蚕茧。这不是普通的蚕茧，是冰蚕吐丝结成的茧，非常珍贵。帝尧放置后宫让女皇缫丝，缝制祭祀大典时穿戴的礼服。女皇缫好丝，日夜忙碌着纺线，还没纺完，却发现丢了不少。一打听，有人看见是子朱拿走了。拿走也罢，追回来不就好了？好不了，子朱竟然点火烧蚕茧，如此珍贵的物品被他糟蹋了不少。女皇十分生气，还没有来得及告诉夫君，帝尧已经从大臣嘴里听到了。说来真让帝尧头疼，这个儿子总给他招惹是非，让他防不胜防。

帝尧叫来子朱一问，他满口承认，问他为何要火烧宝物？

子朱说，我做试验哩！

回答时，子朱的眼中还闪耀着得意的神色。

帝尧既好气又好笑，耐着性子问他，试验的如何？

子朱随口即答，岛国使者说得没错，冰丝就是不着火，不沾水！

帝尧无奈地看着子朱说，试验是因为不知道结果才摸索，冰丝不着火、不沾水，谁都明白，你这不是多此一举，损坏了宝物吗？

子朱这才明白做错了事，低下了头。帝尧训教子朱，往后不能随意干事，要想着干，不要抢着干。贸然行事，就会犯错误。子朱点点头，像是记住了。

真记住了吗？不见得。事后不久，天下洪水泛滥，遍地灾祸，帝尧四处察看水情，带领子民转移住地，抢险救灾。看着不是一时半会儿能够平息洪水，赶紧选择治水头领，忙得焦头烂额，自然顾不上过问子朱。趁此机会，子朱溜出屋去到处游转。到了水边，呼叫几个玩伴，捞起几根漂流的树干，找些野藤捆绑在一起，就是一个木筏。他带着玩伴划来划去，在波浪中四处游转。

这就是人们所说的浪子。完整的话语是，浪子回头金不换。对于这个浪子，《尚书·益稷》的记载是："丹朱傲，惟慢游是好，傲虐是作。罔昼夜额额，罔水行舟。朋淫于家，用殄厥世。"大意是，丹朱太傲慢，懒惰贪玩，喜欢戏谑作乐，不论白天晚上都不停止。洪水已经平定，还坐在船上让人拉着游玩。真是这样吗？

河东民间传说，与《尚书·益稷》的记载无不相似。经过大禹治水，洪流入海，万民欢腾，又能安心耕种了。子朱却不高兴了，洪水滔天，水流到哪儿船能划到哪儿。船划到哪儿子朱就能游到哪儿。洪水一退，船只能在河里划，子朱也只能在河里游玩了，满地游玩的浪子怎甘心在窄窄的河道里游转？

子朱鬼点子很多，一眨眼睛有了办法：旱地行船。

旱地怎么行船？那要靠人拉呀！别看船在水中漂来荡去，如一片树叶，轻快便捷，可要是在地上行走那就惨了，许多人背着纤绳，弓腰弯身拉船，船却只能擦着地皮慢慢移动。子朱和他的一帮小玩友坐在船上嬉笑歌舞，还嫌船慢，不时催着快走。

这事儿让帝尧知道了，他更加生气，儿子这么不成器实在太伤他的心。静心思考，也怪自己忙于治水，忽略了对儿子的管教。思来想去，帝尧决心要让这个浪子回头。

第二节　尧造围棋教子朱

子朱这个浪子回头了吗？回头了，若不然就不会留下"浪子回头金不换"的民间格言。

帝尧是如何教育好子朱的呢？运城民间这样讲述，儿子不争气，帝尧感到锥刺心肺般的难受，决心想个良法改变儿子的性情。此后数天，他每日饭后进屋，闭门不出。

他时而仰望头顶，像在探寻天道变幻。

他时而伏体在地，像在触摸地理沧桑。

他一会儿踱步回环，天道地理在胸中山重水复，曲径通幽。

他一会儿操笔涂画，地理天道在手下规正圆方，化为棋局。

几日后，帝尧走出宫门时，关于围棋的方略已经熟烂于心，且勾画在帛绢上。

是日夜里，外边火灭光熄，万籁俱静，帝尧和子朱还在松明辉映下对弈。父子俩凝神端坐，全然不知繁星闪烁，夜已深沉。看着子朱入神思考的模样，帝尧心中暗暗欢喜，但愿这一招管用，能让儿子收心归意，静虑修养，改变暴烈的禀性。

子朱也真聪明。父亲教他围棋，画格摆子，说明规则，他一听就懂。试走几招，还真是出手不凡。连续下过五六个夜晚，帝尧想赢他都很难了。

从此，子朱喜欢上了围棋，经常找人对弈。不说他棋艺长进，成了国中强手。只说他从此性情大变，不再四处乱窜，干那些不冒烟的坏事。这不就是"浪子回头金不换"吗？

第三节　丰赡了世象的围棋

"尧造围棋，丹朱善之。"

战国时期史书《世本》，留下了这样的记载。原本帝尧创制围棋，只是为了教育不成器的儿子。哪会想到，随着不成器的子朱浪子回头，围棋流行开去，如今将近五千年过去，围棋非但没有消失在岁月的沧桑变易中，还生机勃勃。不仅风靡中国，风靡东南亚，甚至于风靡全球。人与机器人博弈，不下象棋，不下军棋，偏偏下的就是围棋。围棋自诞生以来，不断演进，不断完备，丰赡了历史，丰赡了我国的传统文化。

《世本》留下的是尧造围棋，丹朱善之。丹朱善之，是因为对此有兴趣。兴趣最具魔力，可以改变人生的轨迹。围棋的魔力便扭转了丹朱原先的劣习，他破茧而出，获得新生。到了东晋时期，撰写《博物志》时，张华却拓展了这种既定的认知，他留给后人的记载是："尧造围棋，以教子丹朱。或云：舜以子商均愚，故作围棋以教之。"一个"或云"，就把围棋与虞舜教子商均联系在一起。联系在一起，无可非议，既然围棋已经发明，虞舜教商均下棋顺理成章，只是用愚字定位商均不敢恭维。商均愚蠢吗？不见得。史书上少见对商均的评价，难道能因为他同丹朱一样，没能继承父王的帝位，就推论他不精明、很愚蠢？不可以，至少这样评价有失公允。河南省虞城县是商均的封地，曾以虞国相称。虞城民间流传的商均形象不是愚蠢，而是精明。只不过他没把聪明用在治国安民上，用在了唱歌跳舞上。公允地说，他同姑姑敤首一样，都是那个时代的文艺人才。姑姑是画家，他是歌唱家，或者表演家。

行文至此，如果按照另一种思维推敲，尧造围棋以教子朱也好，或者舜造围棋以教商均也好，都是史书记载和民间传说，未能见到考古实证。考古发现的围棋不是没有，却不是上古时期。1971年，考古专家在湖南湘阴县发现一座唐代古墓，墓内随葬品中有围棋盘一方，纵横各十五道。难道唐代就广为流行围棋？是这样，新疆吐鲁番阿斯塔那村的古墓中曾发现初唐时的豪族张氏的墓葬，保存了不少初唐文物。其中有一幅围棋仕女图，描绘了十一个

围棋

栩栩如生的妇女形象。其中心是两个对弈的贵族妇女，而她们用的棋盘则纵横各十七道。往后的朝代，还有没有围棋亮相人寰？有。1977年，在内蒙古自治区赤峰市敖汉旗丰收公社白塔子大队，发现了一座辽代古墓。墓内供桌下有一高十厘米、边长四十厘米的方桌，桌上有一纵横各十三道的围棋局。

这些关于围棋的考古发现，说明围棋历史悠久，传承不断。可是与尧舜时期距离遥远，该做如何评价？还是听听学者的论断，围棋研究专家马铮先生曾撰写《话说围棋》一书。他在该书中认为：举出这些出土文物的例子，只是想说明一个事实，即围棋棋盘由简单到复杂的发展过程是基本可信的。有人据此进行推理，想证明围棋有可能产生于尧舜禹时代。他们是这样推理的：一般认为我国汉末、三国时期已流行今日的十九道棋盘，从汉末发展至今，已经有两千年的历史不变。从十七道棋盘向十九道棋盘演进也需要相当长的时间，那么从十五至十七道、十三至十五道，以及从萌芽围棋至十三道围棋，都需要相当长的演进时间。照此推算，说围棋起源于原始社会末期，还是一个比较保守的估计呢！

这是就围棋演变进行推断，《文史知识》1984年第8期刊载的马铮先生的文章《围棋溯源》，他从社会发展的角度做如此判断：从围棋自身的特点看，它一开始就要考虑如何布局，接着就是在攻守过程中如何诱敌深入或出奇制胜；如何围攻或突破，如何舍弃或拼杀，它应是远古军事生活的反映。那时，某些较典型军事行动之前的部署，有可能抽象成为用不同颜色的天然石子随意布置的棋类游戏，这可能就是围棋产生的早期形式。围棋棋子仅分黑白不分等级，似乎带有原始社会的民主精神。围棋很有可能产生于原始社会末期（正值尧舜时代），那时生产力水平相对提高，一部分人已脱离了生产劳动，从事各种艺术活动，围棋游戏正是适应脑体分离时代社会需求的产物。用考古发现来印证，甘肃永昌鸳鸯遗址出土的原始社会末期的彩绘陶罐上绘有纵横各十至十三道的棋盘纹图案，这与尧造围棋的传说应当不会是偶然的巧合。

好！与尧造围棋的传说不谋而合，马铮先生直接将围棋对接在了尧舜时期。这让人想起明末艺术家冯元仲先生对围棋畅想。他写过一本《弈旦评》，书中追尊陶唐氏、有虞氏为弈帝，丹朱为抚军，商均为监国。哈哈，在艺术家眼里，围棋变成了王国。这虽是戏言调侃，却也可以看出其对围棋的初创者并无疑义，因而才追尊尧舜为帝王。

中国人这么认为，外国人也这么认为，尤其是围棋盛行的日本，对尧舜创制围棋也深信不疑。张安如的《中国围棋史》记载，早在1727年，即享保十二年正月二十九日，日本围棋四大门派的掌门人——本因坊道知、井上因硕、安井仙角、林门入签了一纸承诺书，共同认定：围棋创自尧舜，由吉备公传来。

1964年版的《大英百科全书》就采纳了这种说法，甚至将其确切年代定在公元前2356年。这很有意思，我们尚在考古论定，老外早就断然给出结论。在此我看重的不是结论，而是帝尧创制的围棋里包含的思维方式和人生哲理。

围棋的棋子只分为黑白两种颜色，远远不如赤、橙、黄、绿、青、蓝、紫那么绚丽多彩。可这朴素的黑白两色，却诠释着古老哲学中的"阴"和"阳"两极之说。双方棋子相同，没有任何差异，更不像象棋那样有尊卑高下之分，这充分体现了人人平等的观念。平常、简要、朴素的棋子，演绎出的棋局却是天地风云变幻、万物生生不息的奥秘。

老子曰："道可道，非常道。""道"这万物原意难以用语言说明，却能在围棋中演绎，围棋具有大道之妙啊！

围棋之道，深刻而不玄妙。小小棋盘展示世事百态、人生哲理。对弈时，双方从无到有，从弱到强，从个体到整体，随时在变化。弱者可以转强，强者可以转弱；败者可以转胜，胜者可以转败。强弱、胜败不是固有的，都是自我思维瞬间反应的结果。掌控棋局，犹如掌控自我命运。一盘输掉，能够再来，人生呢？发人深省的命题就在棋局里。

国人修身怡心的物事无外琴棋书画，内中的棋早期专指围棋。绘画有"计白当黑"，书法有"笔断意连"，雕塑有"静中寓动"，音乐有"以慢衬快，以低托高"，围棋呢？围棋可以说是泱泱大国，无所不包。在围棋的对弈过程中，局部与全局、优势与劣势、进攻与防守、实地与虚势、厚形与薄形、死棋与活棋、先手与后手、轻灵与滞重、取得与舍弃等，都体现着处事的哲理，都体现着做人的道理。

尧舜断然不会想到，一个小小的围棋，竟会有如此强劲的生命力、吸引力。时光湮没了多少朝代，岁月甩掉了多少帝王，围棋则如黄河流水，虽然起伏跌宕，却穿越时空，蛇形向前，走进了当代。我的青少年时代，曾与当年的诸多社员躬耕于田亩。每当生产队长下令休息，大家就会躲在树荫下乘凉。此时两人对坐，三人围圈，四人成团，不是干别的，都是在下围棋。难道下地还带着围棋？不会，贫困的乡村没有围棋，大家手下玩的是顺手捡来的土疙瘩，一人持大，一人拿小。手拿柴枝在地上画出几道几格，就是棋盘，就可以津津有味地消除肢体的困倦。只是乡亲们不说这是围棋，都说是玩"狼吃娃"。每当我想起狼吃娃，就将之对接于围棋。别看如今的围棋风靡世界，棋盘规整，棋子精致，却是从拙朴现身，一步一步脱身颖变，才有了当代的华贵面貌。

进入新时代，围棋似乎成为仁者见仁、智者见智的代表物。研究哲学的认为，里面包含了古代朴素的辩证法，阴阳、盛衰、盈亏、优劣、虚实、有无，无不融汇其中；喜欢文艺的认为，围棋犹如空间的艺术，思维的艺术；精通易经的认为，黑白二子象征阴阳，象征日月，象征昼夜，象征天地间的无穷变化……玄之又玄，众妙之门。这是老子《道德经》里的名句，如今稍加改动就可以形容围棋：玄之又玄，妙之又妙，围棋的微言大义尽在其中。

围棋发展到当代，最重要的是由之鉴别出来了一道分界线，即工业文明时代与智能文明时代的分水岭。2016年6月发生了一件二十一世纪最重要的事件：在围棋对弈中，人工智能"阿尔法狗"以四比一大胜韩国棋手李世石。李世石垂头丧气时，中国棋手柯洁则自信地说："即使阿尔法狗战胜了李世石，但它赢不了我。"次年5月，柯洁与阿尔法狗坐在了一张棋盘的对面，胸怀壮志的柯洁最后号啕大哭，他败给了阿尔法狗。败得极不甘心，又无可奈何。他已经发挥到了极致，但是不敌冷冰冰的智能机器人。

从修身养性，到智能鉴别，尧舜创制的围棋伴随人类从农耕文明时代，走到了智能文明的今天。

第十二章　拜师选才无遗贤

一部中华文明史，就是一部英杰引领民众前行的历史。离开英杰人才，历史就会平庸暗淡。打开英杰的成才史，可以看出这些人均有聪明过人之处。细细品味却发现，这聪明过人之处固然在于自身基因，更在于外在扩容。外在扩容，能把别人的才智变为自己的才智。尧舜就是这样的楷模，他们之所以能够成为万世敬仰的楷模，谦虚好学是重要原因。对此，《新序·杂事第五》有很精辟的论述："天生人而使其耳可以闻，不学其闻则不若聋；使其目可以见，不学其见则不若盲；使其口可以言，不学其言则不若喑；使其心可以智，不学其智则不若狂。故凡学非能益之也，违天性也，能全天之所生而勿败之，可谓善学者也。"

尧舜就是善学者，他们如何拜师访贤，让我们回首观瞻他们的行为。

第一节　虚心拜师求教

上面引用的是，《新序》中谈论古代圣人相关学习的一段话。圣人再多，也不会将尧舜排除在外。如果将这段话作为准尺度量，尧舜被尊为善于学习的圣人毫无愧色。查阅史书，帝尧拜访学习过的贤人还真不少。屈指一数，可考姓名的有：壤父、王倪、支父、善卷、齿缺、蒲伊、尹寿、许由。这些人，有的存留典籍之中，有的只见于神话传说，归纳起来可以分为两类：一类是帝尧拜师学习的，另一类是帝尧准备揖让帝位的。这里先看看帝尧如何拜师学习。

帝尧拜见学习过的老师有两位。一位是壤父，河东人习惯称之席老师。帝尧出巡时遇到他，他和众生一起做游戏，并唱出了《击壤歌》。此事以后详做叙述，这里只说帝尧认识席老师后拜他为师，经常前去请教治国之道。

另一位是尹寿。《新序》中写到了帝尧拜师尹寿的事情："子夏曰：黄帝学乎大真，颛顼学乎绿图，帝喾学乎赤松子，尧学乎尹寿，舜学乎务成昭……"

古典文献一笔带过，拜师请教，如何请教，没有下文，只留下供后人追溯的蛛丝马迹。要展示往日的天地，还是民间文学更宽广、更自由。杨迎祺先生搜集到的传说故事，比之生动得多：

帝尧在衢室听政，一位有识之士推荐了隐居在王屋山的尹寿先生。此人博学卓识、经历丰富、见解独到、道德高尚，各方贤士无不与他交往。帝尧得知满心欢喜，当即前往拜访。

平阳离王屋山有二百余里，腊月里寒气逼人，道路坎坷，帝尧翻山越岭，走得十分劳累，他却兴致勃勃，与随臣四岳谈笑风生。颠簸了三天，总算到了一座山间小院。树林边有两间小草屋，朝着暖暖的太阳，草屋前围了一圈柴枝扎成的篱笆，这就是尹寿先生的家。帝尧满心喜悦地叩开柴门走了进去，哪知，先生不在家。

退出屋来，帝尧留下话语，改日再来拜访。高兴而来，扫兴而去，四岳闷闷不乐，帝尧却毫不在意，谈笑仍如来时。过了几天，帝尧又叩开了柴扉。这一回，尹寿先生专门在家等待。将他们迎进屋中，尹寿先生连声道歉，说那天外出，冷落了帝尧，实不应该。帝尧却毫不在意，诚恳地告诉他，此番前来是专程拜师的，并向他讨教治国之道。先生一捋胡须，谦虚地说："鄙人是山村樵夫，哪敢强充帝王之师？"

他边说边请帝尧席地落座。帝尧也不客气，坐定即向先生请教，从制历到稼穑，从刑法到教化，一个个问题连珠提出。先生听了帝尧的问话，并不着急，一字一句，慢慢说起，听得帝尧和四岳连连点头。最后，尹寿先生说：

"治理天下，祸在人欲。天下人众，各自有欲。欲如登山，高而无穷，登上一峰，又望一峰。因而，若不节欲，则衣难覆体，食难爽口，永远不会有满意之感。如此纵欲，地会竭力，泽会竭鱼，人会搏杀，国会征伐，天下难安啊！"

帝尧听得心胸豁亮，如同点明一盏天灯。他兴奋地握住尹寿先生的手说："听先生一席话，胜过我十年感悟，受益匪浅，受益匪浅。"

不知不觉，帝尧和尹寿先生畅谈了一天一夜。若不是国事缠身，他真想继续听先生教诲。从此，隔不多时，帝尧就会前往王屋山向尹寿先生讨教。

虞舜拜师不只《新序》中有记载，《荀子》中也有记载，而且认知统一，都说务成昭是他的老师。务成昭，又称务成子，或者巫成。他精通天地阴阳变化的规律，更以顺时养生见长。马王堆医书《十问》中写道："巫成以四时为辅，天地为经。巫成与阴阳皆生，阴阳不死。"虞舜如何具体拜师，在典籍中仍然看不到，好在民间传说总能填补史料的缺陷。运城市虞舜文化研究会主编的《虞舜传说》一书中，有则《大舜求学》的故事，就写到虞舜拜师于务成子门下。不过，他不是像帝尧那样请教治理天下的大事，而是少年时讨教学问。故事写道，诸冯山姚墟村北坡，树木茂盛，绿草茵地。坡上有个平台，台上有三间茅屋。务成子先生住在此地，教授村里的几个孩子。那时，虞舜生母去世，父亲瞽叟续弦再婚，他有了继母。继母有了亲生儿子象后，一心要象独得家产，对虞舜百般虐待。虞舜哪能读书识字，只能甩着鞭子放牛。他渴望识字，每日把牛赶到山坡上吃草，就悄悄溜到茅屋外听先生讲课。有天务成子无意间往外一看，看到了专心听课的虞舜，便出来问他，才知道他喜欢听课。务成子马上答应他进屋听讲，虞舜却不敢，说这是欺骗父母。

务成子告诉他，你的见解是对的，不过要分清情况。天下事情有规矩，也有权衡。规矩是应该遵守的法则；权衡是要用心度量事情的利弊。不守规矩，不行；不懂权衡，也不行。权衡不是无视规矩，而是更好操守规矩。那你暂时不要告给父母，每天把牛安顿好就进屋听课。

从此，虞舜成为务成子的一名编外弟子。他在先生的课堂上，学到了女娲抟土造人、炼石补天，伏羲画八卦，燧人氏钻木取火，神农尝百草，黄帝统一天下，眼界大为开阔，不再计较鸡毛蒜皮般的小事。有一天上课，先生见虞舜身上有个血痂。一问，是父亲瞽叟暴打了他。先生问他为何不躲避？他说，我跑走父亲消不了火气，就是不孝敬。先生摇摇头告给他，不要死守规矩，还是要权衡利弊。如果父亲轻轻打你，你可以忍受。他若下手狠毒，你不跑，他打伤你，打坏你，父亲必然落下不慈不善的骂名。你能说这是孝顺吗？

虞舜听懂了先生的教诲，牢记心头。从此，父亲若是拿起棍棒打他，他一溜烟跑出家门，躲避在远处。他免受皮肉之苦，父亲也避免了坏名声。

虞舜能够列入中国传统的二十四孝第一孝《孝感天地》，并非他是先知先觉的孝子，而是拜师求教的结果。

第二节　不辞劳苦访贤才

尹寿和壤父是帝尧拜访过的两位老师，其余的是他访问过的贤人。帝尧时，天下并不太平，不是大旱就是洪水。每遇灾祸，他都自责，怀疑是自己仁德不够，上天降祸，危害众生。因而，他访问贤人一半是讨教，一半是想将天下让给更为仁爱的贤士治理。下面分别说说帝尧拜访过的贤人。

支父和善绻文献中有记载，却过于简略。关于支父，《新序·杂事》只写了一句："帝尧学子州支父。"学什么？怎样学？没有下文。《吕氏春秋·贵生》出现过支父，帝尧让位于他，他倒是很有信心治理天下，可就是身体不适，患有忧虑症，急需治疗，自然无法应命。《吕氏春秋·下贤》也写到了善绻，字数不多，寥寥数语："尧不以帝见善绻，北面而问焉。"是说帝尧不以天子的架子去访问善绻，写出他礼贤下士的谦虚态度，我们却也难以得知善绻的长相和学识，更难以知道帝尧从他那里获得了什么学识。

王倪、齿缺和蒲伊是传说中的人物，帝尧访问的情形就生动多了。

王倪是中条山人，帝尧得知便翻山越岭，登上主峰。峰高崖险，石怪岩凸，一色的巨石不见黄土，石头上长满了松柏。帝尧走来，见松下有一间茅棚，无墙无隔，内放一个草榻。榻上端坐一人，正在面山凝思。帝尧走到眼前，那人仍然视而不见。帝尧见他脸色红润，目光清澈，一身仙家风骨，便问："先生可是王倪学士？"

那人猛然清醒，慌忙下地，请帝尧落座。然后，用陶罐舀来门前的山溪水请帝尧喝。帝尧边喝水，边说明来意。王倪听了，连声道歉，说自己勤学好思，思虑的却不是国计民生，而是山石溪流、草木禽兽。他说："别看这些山石溪流、高树低草无血无肉，却同禽兽一般，都有生命。禽兽与山石相比虽然会动，却不比山石坚固；草木与山石相比虽然会长，却不比山石恒久。在这个世上，太灵性的如朝露，太荣盛的易枯萎。我这些陈腐之见，哪里能和治国搭界？"

帝尧听王倪这么一说，顿觉耳目一新，却也觉得确实与安邦治国有点距离。他向王倪打听贤士，王倪举荐了齿缺、蒲伊。

过了些时日，事情渐少，帝尧抽出身来前往姑射山中寻访齿缺、蒲伊。转过几个山头，远远看见崖畔有棵绿树，树下是块悬空的巨石。石上坐着两位老者，正在对弈。看神态，肯定是齿缺、蒲伊两位贤士。

帝尧怕惊动了他们的棋局，轻手轻脚地走过去。可他们早觉察到了，一位满头银发的老者说："来者可是尧王？"

帝尧施礼答"是"，银发老人说道："鄙人是齿缺，这位就是蒲伊。"

帝尧拜过蒲伊，说明讨教的来意，两位老人相视而笑。头顶光亮的蒲伊说："要论才智，首推你呀！你看，你创制的这棋，弄得我们这俩老朽食不甘味，夜来难眠。我们那点村野小技，哪里是治国方略？"

说着两位老者不再博弈，和帝尧谈天说地。风来云涌，电至雷响，老者谈得头头是道。帝尧本想请他们代为治国，可一见两位都风霜满鬓了，怎忍他们操劳，于是就请他们荐举贤人。他们也不推辞，几乎异口同声地说出了重华。帝尧谢过两位老者，返回平阳，不日便去历山访舜，此事我们专题再写。

在帝尧访问过的贤人中，见诸古籍而又在民间广为传颂的是许由。《高士传》中记载："尧让天下于许由，……不受而逃去，……遁耕于中岳颍水之阳，箕山之下。尧又召为九州长，由不欲闻也，洗耳于颍水滨。时其友巢父牵犊欲饮之，见由洗耳，问其故。对曰：'尧欲召我为九州长，恶闻其声，是故洗耳。'巢父曰：'子若处高岸深谷，人道不通，谁能见之？子故浮游，欲闻求其名誉，污吾犊口！'牵犊上流饮之。"

这是说，帝尧要让位给许由，许由不接受。帝尧又派人召他进宫担任九州长，清高的许由以为这污染了自己的耳朵，便跑到颍水边来洗耳朵。在河边正碰见朋友巢父牵着牛犊饮水，向他诉说苦衷。巢父听了，不屑一顾地说："假如你一直住在深山高岸，谁能看见你？你到处游荡，换取名声，现在却来洗耳朵。别故作清高了，我真怕你洗过耳朵的河水弄脏我那牛犊的嘴。"说着，巢父牵着牛犊去上游饮水了。

记载虽然简略，却也粗线条勾画出了帝尧访问许由的脉络。许由学识眼界如何，此处难以领略。若是读过《庄子》中帝尧和许由的那段对话，才会佩服许由的不凡见地。尧让天下于许由，曰："日月出矣，而爝火不息；其于光也，不亦难乎？时雨降矣，而犹浸灌；其于泽也，不亦劳乎？夫子立而天下治，而我犹尸之；吾自视缺然，请致天下。"许由曰："子治天下，天下既已治也；而我犹代子，吾将为名乎？名者，实之宾也，吾将为宾乎？鹪鹩巢于深林，不过一枝；偃鼠饮河，不过满腹。归休乎君，予无所用天下为！庖人虽不治庖，尸祝不越樽俎而代之矣！"

意思大致是，帝尧让天下给许由，对他说："太阳和月亮都已升起，可火炬还燃烧不熄灭；它要跟日月的光亮相比不是很难吗？及时雨降落了，可是还在用河水浇地，如此不是徒劳吗？先生若能当国君，天下定会大治，为什么我还要空居其位？我自知能力不够，请你出来治理天下吧！"

帝尧这话说得够诚恳了，可是却没能打动许由，他回答说："你治理天下，天下已经得到大治了，而我如果代替你，我是为了名吗？名是实派出的东西，我何必去追求？鹪鹩在森林中筑巢，不过占用一棵树枝；鼹鼠到大河边饮水，不过喝饱肚子。你还是打消念头回去吧，天下对我来说没有什么用处。厨师即使不下厨房，主持祭祀的人也不会越俎代庖。"

许由这话回答得也很精妙，完全是哲人的语言。其实，说穿了，应该是庄子的水平。庄子用自己的高超水平，写出了帝尧和许由的精神境界。这让我们看到，对于过往的历史，后人的能力往往就是先人的水平。

不必过多谈论历史的真伪，以上记载和传说明确提示后人，帝尧作为一个主宰天下的君王，确实谦虚谨慎，礼贤下士。他将别人的学识变作自己的学识，将别人的智慧变作自己的智慧，将别人的能量变作自己的能量，治理天下自然游刃有余。

第三节　虞舜任贤治天下

继承帝尧位置的虞舜，与帝尧的行为做派极其相似，在选贤任能上同样如此。

还记得帝尧曾经去拜访过善绻吧！有趣的是，《庄子·让王》中也出现了善绻的名字。这一次拜见善绻的不是帝尧，而是虞舜。虞舜继位后前往南方巡视，北归时沿着当初帝尧行走的路线返程。走到沅水流域，遇到了盘瓠的子弟，与之交谈，彬彬有礼，得知是善绻教化所致。令虞舜激动不已的是，善绻还健在。他立即去拜访，并要把帝位让给他。善绻曰："余立于宇宙之中，冬日衣皮毛，夏日衣葛绕。春耕种，形足以劳动；秋收敛，身足以休食。日出而作，日入而息，逍遥于天地之间而心意自得。君何以天下为哉！悲夫，子之不知余也！"遂不受，于是去而入深山。

善绻告诉虞舜："我处在宇宙之中，冬天披柔软的皮毛，夏天穿细细的葛布。春天耕地下种，身躯能够承受这样的劳作；秋天收割贮藏，完全能够自给自足。日出而作，日入而息，无拘无束地生活在天地之间，自得其乐。君为何要我治理天下呢！可悲呀，你不了解我！"善绻离开家而隐入深山，虞舜当然没能把帝位禅让出去。

其实，相对于帝尧访贤任能来说，虞舜理政要轻松得多。帝尧率领天下各个方国多年，身边会聚了多种人才。个别年迈体弱的不能再用，其余各位经验丰富的臣僚还能继续担当大任。《尚书·舜典》记载虞舜辅助尧帝二十八年后，尧帝逝世了。人们好像死了父母一样悲痛，三年间，全国上下停止了娱乐。次年正月初一，虞舜来到帝尧的太庙，与四方诸侯君长谋划政事，打开明堂四门宣布政教，使四方见得明白，听得通彻。

虞舜安排："啊，十二州的君长！生产民食，必须依时！安抚远方的臣民，爱护近处的臣民，亲厚有德的人，信任善良的人，而又拒绝邪佞的人。这样，边远的外族都会服从。"

继而，虞舜安排，弃继续主持农业，教人们播种各种谷物；契继续担任司徒，谨慎地施行五典教育，注意宽厚待人；皋陶继续担任狱官之长，抵御外侵，主管刑狱，实行五刑，要明察案情，处理公允。

虞舜安排夔，担任乐官，教导青少年。教化后人关系重大，虞舜特别叮咛，要使他们正直而温和，宽大而坚栗，刚毅而不粗暴，简约而不傲慢。诗是表达思想感情的，歌是唱出来的语言，五声是根据所唱而制定的，六律是和谐五声的。八类乐器的声音能够调和，不要使它们乱了次序，如此神和人都会和谐。

夔当即把自己的教化方式禀报虞舜："啊！我愿意敲击着石磬，让他们扮演各种野兽，随着音乐节奏起舞。"真让人感动，那时的教育不是空洞说教，而是用美育陶冶心灵。

看到夔胸有成竹，虞舜自然欣慰，接着安排龙担任纳言之官，特别告诫他："我厌恶谗毁言论和贪婪、残忍的行为，这会使民众震惊不安，思想混乱。你要及时上传下达，保证情况真实！"

熟悉的臣僚任用完毕，还有一些重要职位启用哪位为好？虞舜没有妄自尊大，独断专行，而是虚心听取大臣的意见。

虞舜恭敬地请教："啊，四方诸侯的君长！谁能奋发努力、发扬光大帝尧的事业，担任百揆之官辅佐政事呢？"

四方诸侯君长，一起推荐伯禹担任司空。虞舜欣然接受，当即说："好啊！禹，你曾经平定水土，还要努力做好百揆这件事啊！"禹跪拜叩头，要辞让给稷、契和皋陶。虞舜还是要大禹领命履职。

虞舜又请教："谁能当好掌管百工的官？"

众臣都说："垂啊！"

虞舜当即采纳，说："好啊！垂，你担任掌管百工的官吧！"

垂跪拜叩头，要让给殳斨和伯与。虞舜则告给他："好啦，去吧！你同他们一起去掌管百工吧！"

继而，虞舜接着请教："谁来掌管山丘草泽的草木鸟兽为好？"

众臣都说："益啊！"

虞舜当即采纳："好啊！益，你担任虞官吧！"

益跪拜叩头，要让给朱虎和熊罴。虞舜则告给他："好啦，去吧！你同他们一起管理此项大事吧！"

随之，虞舜又请教："有谁可以主持祭祀天神、地祇、人鬼的三礼呢？"

众臣都说："伯夷！"

虞舜当即采纳："好啊！伯夷，你来担任掌管祭祀的礼官！要早晚恭敬行事，又要正直、清明。"

伯夷跪拜叩头，要让给夔和龙。虞舜则告给他："好啦，你们一起干吧，只是要谨慎啊！"

——任命完毕，虞舜真诚地嘱咐各位，你们二十二人，要谨慎履职，领导大家办好天下大事啊！

什么叫集思广益，什么叫广荐贤才，虞舜用他的举止做出最为恰当的诠释。起用新人，不薄旧人，难得，实在难得，尤其是当后世封建专制时代，出现了一朝天子一朝臣的现象，这种行为做派更为可敬。

尧舜选才任能，野不遗贤，让优秀的英杰发挥所长，主理天下，才会出现中国最早的太平盛世啊！

第十三章　历山的精神高度

如果有人问我，世界上最高的山是哪一座？我的回答可能出乎任何人的预料：历山。

那为什么不回答巍峨于世界峰巅之首的喜马拉雅山？自然我说历山最高，不是数字刻度，而是人文刻度、精神高度。

全国历山知多少？二十多座，可能还多，多不胜数。在我的视野里，神州大地尧山就已经够多了，不过，尧山也多不过历山。尧山记录的是帝尧的踪迹，历山铭刻的却是尧舜两位伟人相逢相识，进而相知的记忆。

之前，帝尧筚路蓝缕，独领部族，奋力前行，开创形成了国家雏形。之后，帝尧、虞舜将相携同行，推进国家发育，创造出令炎黄儿女仰望千秋的伟业。

第一节　史料里的舜耕历山

在国人的精神世界里，舜耕历山是一尊耸立了数千年的丰碑。

这尊丰碑有着丰富的精神文化含量。历山虽然离虞舜的家乡不远，却应该还有一程路。为何虞舜不在家乡耕种，要上历山垦荒？说起来与虞舜辛酸的家境有关。舜出生没几年，亲娘病死了，没多久父亲瞽叟便续娶了。虞舜对待后娘像对亲娘一样听话、一样孝顺。可后娘心眼窄，把他当成肉中刺，整天指派重活给他干，一不如意，就会打他。尤其是有了亲生儿子象后，后娘对他更差了，受气挨骂成了家常便饭。父亲目盲，看不见真实情况，后娘经常唠叨虞舜这不对，那也不对。唠叨多了，父亲对虞舜有了偏见，经常打骂他。虞舜忍气吞声，仍像从前一样孝顺父母，善待弟弟。

据说，有一年后娘得了病。虞舜白天熬药做饭，夜里喂水侍候。好长时间，没有睡过囫囵觉。可是这并未感化了后娘，她的病好后，还是看虞舜不顺眼，仍旧不是骂，就是打。虞舜实在不知如何是好，就向父亲讨教。父亲不由分说，大骂他是家里的祸害，臭骂一顿，把他赶出家门。

虞舜流着泪，离开了家，来到了历山，搭了一个草棚，孤身一人在里面栖身，过上了垦荒耕种的日子。看看身边一家家热热乎乎耕种的地邻，想想自个有家不能回，虞舜常常放声大哭。《尚书·舜典》没有记载这事，却在《尚书·大禹谟》写下："帝初于历山，往于田，日号泣于旻天。"他每日悲恸大哭，却并不指责父母。这便是"于父母，负罪引慝"。

舜耕历山就这么开始了，历山首先铭记着他忍辱负重的品格。虞舜的美德不只是忍辱负重，随着栖身耕种，他的仁爱之心，聪慧之举，渐渐显露，也就不止一次走进古籍。自战国时期的《墨子》《孟子》《荀子》《韩非子》，到西汉时期的《史记》《淮南子》，都有过关于舜耕历山的记载，而且记载的内容层层递进。《墨子·尚贤》等篇中反复出现：昔者舜耕于历山，仅仅点明耕种。《韩非子·难一》将之往前演进了一步："历山之农者侵畔，舜往耕焉，期年，畎亩正。"虞舜不仅自己耕田，还带动改观了田间面貌。"畎亩正"，如何正？刘向在《新序·杂事》写得更为清楚："历山之耕者让畔。"

原来，虞舜不仅在历山耕种，还帮助平民调解土地纠纷，和谐了地邻之间的关系。到了《吕氏春秋·慎人》中，虞舜的德行又进了一层："舜耕于历山，陶于河滨，钓于雷泽，天下说之，秀士从之。"此处有了德化万民、天下归心的意思，以至典籍中才有煌煌功绩：《吕氏春秋》记载："舜一徙成邑，再徙成都，三徙成国。"《史记·五帝本纪》记载："一年成聚，二年成邑，三年成都。"

这业绩真够显赫，王仲孚先生解释道:所谓成"聚"、成"邑"、成"都"、成"国"，无非是因农业进步、粮食充足、人口增加，使得聚落逐渐成长扩大的表示。毫无疑问，虞舜由一名垦荒者成为历山耕种的带头人。他能教化众生，还能平息纠纷。尤其是那个"三徙成国"的"国"字，价值连城，完全可以和帝尧钦定历法催生出的国家并存。

虞舜耕种历山，历山逐渐兴旺，一个新兴的国家簇拥在唐国的附近。

第二节　帝尧历山访虞舜

历山因虞舜而兴旺，虞舜因历山而扬名。

虞舜的盛名可以从两个方面看出，一方面帝尧去姑射山拜访对弈的齿缺与蒲伊，二位就一致推荐他。不过，他们嘴里说的是重华。重华是虞舜的名字，他姓姚，名为姚重华。虞舜是他功成名就、后世子孙为他建庙祭祀、尊奉的庙号。另一方面，帝尧在宫中请臣僚推荐贤人，虞舜得到众臣的一致好评。《尚书·尧典》记载了帝尧和大臣的对话，帝尧曰:"明明扬侧陋。"

师锡帝曰:"有鳏在下，曰虞舜。"

帝曰:"俞，予闻，如何?"

岳曰:"瞽子，父顽，母嚚，象傲，克谐。以孝烝烝，乂不格奸。"

帝尧让推荐能够担当大任的贤才，大臣们推荐了贵族中的几位，没有一个满意的。帝尧请大家扩大范围举荐:"可以选择贵戚中的贤良，也可以推荐地位卑微的能者。"

众臣提议说:"下面有个穷困的子弟，名叫虞舜。"

帝尧说:"是的，我也曾经听说过，他怎么样?"

四岳回答说:"他是瞽叟的儿子，父亲心术不正，继母存心不诚，弟弟象傲慢骄横，而虞舜能与他们和谐相处。他以孝行美德感化他们，严于律己，不流于奸邪。"

由此可以感知，虞舜委曲求全，孝敬父母，甚至大而言之，他在历山耕种的事情流传开去，美名传播很广，以至帝尧身边的不少大臣都知道。而且帝尧"予闻"，等于也知道，只是耳听为虚，不敢断定，所以问"如何"。问过，帝尧更想亲眼见见这位贤才，于是慕名来到历山。

登上历山，满眼都是坡地。大片坡地却被一条条垄线分割成条条块块。帝尧有些诧异，这垄线有什么作用？他走近田边，问一位老农。老农告诉他，千万别小看这垄线，过去农家因为地多田少，经常发生口角。自从有了垄线，人们各耕其田，再也没有争端。帝尧听得异常欣喜，禁不住问，这是谁的主意呢？老者用手指指正在耕田的一位后生。

帝尧朝那位后生走去。到了田边一看，他耕过的田地比别人的平整多了。远远望去，后生的犁后挂着簸箕，他不时敲一敲，这是干什么？帝尧心存疑惑。待后生耕到这边田头，他上前打问，后生微微一笑，对他说："牛耕田很累，我不忍心打它们。"

帝尧欣喜地看着后生，说："你真是个善良的人啊！"

后生又说："再者，我一鞭下去打不到两头牛身上。打黑牛，黑牛走得快，黄牛仍然慢，一快一慢，犁头颠动，地就耕不平了。如果打黄牛也是一样呀！"

"哈哈，好呀！小伙子既仁爱，又有心眼。"帝尧高兴地笑着问，"请问你叫什么名字？"

后生答："重华。"

这是齧缺、蒲伊两位贤士推举的才俊，也是大臣推荐的贤人。帝尧更为高兴，待到日落天黑，便随虞舜回到他的茅棚，二人又谈了好些事理。帝尧越谈越觉得这后生是个好苗子，却不知道他能不能处理复杂矛盾。如何办？帝尧的做法是"我其试哉"，将对虞舜进行考验。

虞舜能不能经受住考验？

第三节　真金不怕烈火炼

真金不怕烈火炼，是民间对经受考验者的赞誉。虞舜堪称能够经受烈火炼狱的一块真金。

帝尧考验虞舜的办法，前面说到过，《孟子·万章》中写道："尧使其子九男二女，百官牛羊仓廪备，以事舜于畎亩之中。"这里不提"尧使其子九男"和"百官牛羊仓廪备"，仅就下嫁两个女儿就惹下想不到的灾祸。这灾祸凝定在两个成语里，一个是落井下石，一个是上屋抽梯。两个成语，凝结在两个故事上。故事要从虞舜带着娥皇、女英两个新娘，回家拜见父母说起。

虞舜带着两个新娘回到家里，后母真想把他们赶出去。没有翻脸赶走，是因为象见了两位金枝玉叶的嫂嫂，生了祸心。他与母亲合计害死哥哥，把嫂嫂据为己有。虞舜当然不知道，还感觉后母和弟弟对他的态度好转多了。

这天傍晚，父亲瞽叟将虞舜叫过去，说水井浅了，有了淤泥，要他下去淘井。虞舜没有推辞，准备第二天就干。回到屋里，他和娥皇、女英一说，她们都觉得应该多个心眼。待父母、弟弟都睡了，他们一起忙碌了大半夜。这大半夜没有白忙，第二天虞舜刚下井，就觉得井口一黑，像有什么东西掉了下来。他赶忙闪身，躲进了昨夜挖好的地道，悄悄钻回屋里。井口上的象可得意了，又是填土，又是倒石，把井埋了个严实，心想哥哥必死无疑了。他扔了工具，撒腿就往嫂嫂屋里跑。快近窗前，听见琴声悦耳，以为是嫂嫂弹琴呢！他喜不自禁，大步跨进屋去。一进门，吓得差点趴下，哎呀！见鬼了，弹琴的竟然是哥哥。象讨个没趣，说几句闲话，溜了出来。

象一计不成，又生一计。这天父亲又叫虞舜，说谷仓漏雨，要他上屋修整。他又爽快答应了，回屋说过，娥皇、女英都说还得提防。第二天上房顶时，虞舜背了两个斗笠。他正在翻盖茅草，就见谷仓着火了，浓烟滚滚向他卷来。他去找梯子，哪里还有，早被象抽掉了。虞舜从背上拿下斗笠，一手一个，高高举起，跳了下来，不偏不倚落在自己的屋前。他抖抖灰尘，回到屋里。大火一会儿就烧光了谷仓，象没找到哥哥，以为他早成了灰烬，便高兴地跑来和两位嫂嫂成亲。一进门却与哥哥碰了个照面，腿一软，跌在地上。虞舜拉起他说："小弟以后不要多礼，更不要跪拜。"他给了个台阶，让象退了出去。

虞舜连续被害，却不计前嫌，一如既往地孝敬父母，善待弟弟。后母和弟弟见害不死他，以为是天神相助，不敢再动邪念。一家人和睦相处，光景过得红红火火。帝尧闻知，就将虞舜迎进宫中代为摄政。

这两件谋害舜的故事，史书称之为掩井、焚廪。《孟子》中这样记载："万章曰：父母使舜完廪，捐阶，瞽瞍焚廪。使浚井，出，从而掩之。象曰：谟盖都君咸我绩，牛羊父母，仓廪父母，干戈朕，琴朕，弤朕。二嫂使治朕栖。象往入舜宫，舜在床琴。象曰：郁陶思君尔。忸怩。舜曰：惟兹臣庶，汝其于予治。"

这是借用万章的口气讲世事，与上面的故事差异不大。父母命舜去修粮仓，他爬上屋顶就抽掉了梯子，父亲放火烧掉了粮仓。又让舜淘井，舜逃出来了，还用土堵住井。最主要的是，一针见血戳穿了象的祸心。象以为哥哥被烧死，对父母说："谋害舜全是我的功绩，牛羊、仓廪归父母，干戈、琴以及弓归我。我还要二位嫂嫂照料我睡觉。"

孟子笔下的故事没有说清楚，虞舜是怎么化险为夷的。司马迁写《史记·五帝本纪》时当然不满意，他要自圆其说，将化险为夷的办法钩沉出来了："瞽瞍尚复欲杀之，使舜上涂廪，瞽瞍从下纵火焚廪。舜乃以两笠自扞而下，去，得不死。后瞽瞍又使舜穿井，舜穿井为匿空旁出。"看吧，虞舜逃生的办法活灵活现，他从廪上"以两笠自扞而下""穿井为匿空旁出"，与民间传说完全一致。

史圣司马迁就是史圣，笔下不仅增加了虞舜逃生的细节，增加了故事的可信度，最为关键的是增加了一句："舜复事瞽瞍爱弟弥谨。"

"舜复事瞽瞍爱弟弥谨。"

这可不是一句平常话，是在说虞舜不记仇恨，继续孝敬父母、善待弟弟，仍然如先前一般无微不至。这正是帝尧希望看到的高贵品质。虞舜能够代为摄政，乃至后来继承帝位，这是关键的一点。司马迁为先前的口述历史画上了点睛之笔。意外的暗算不仅没有伤害虞舜，还彰显了他的人格魅力。

至此可以说，帝尧嫁二女考查虞舜的目的完全达到了。

第四节　从上古走来的亲戚

我说亲戚一词发端于上古时期，这是不是有点武断？

笼统地说，确实令人大惑不解。若是你熟悉洪洞县羊獬村、历山村和万安村的走亲习俗，便会觉得这判断合情合理。甚至，还会准确定位亲戚一词发端于尧舜时期。

搞清这个问题，首先要搞清"姑娘"一词的来历。《现代汉语词典》对"姑娘"的解释有三种：一是姑母，丈夫的妹妹；二是未婚的女子，女儿；三是妓女。无可非议，词典的解释很全面，但是这三种意思，却都没有表达出姑娘最本真、最完整的意思。这不能怪词典的编撰者，知识再渊博，也不能企及世界的每一个角落。倘若不来观看接姑姑、迎娘娘的活动，任谁也无法洞明远去的世事。而一旦走进现场，置身于那熙熙攘攘的人群中，可能你会突然顿悟，哦，原来"姑娘"就是全面把握女人角色后的简明称谓。

接姑姑，接谁？接娥皇、女英。

迎娘娘，迎谁？迎娥皇、女英。

在这里，娥皇、女英既是姑姑，又是娘娘，每个人都是双重身份。

就是这双重身份牵连出遥远的往事。娥皇、女英是帝尧的两个女儿。据说，因为羊獬村出过能够分辨是非曲直的獬羊，协助皋陶断案，主持公道。先民都以为羊獬村是祥瑞福地，帝尧就把她俩曾寄养在那里。帝尧将她姐妹俩嫁给虞舜，出嫁的地方当然应在这里。可以设想，帝尧的女儿出嫁，关注的乡邻一定不少。关注的人群中肯定有大人，也有孩童。若论辈分，对于大人来说，可能是同辈姐妹，也可能是晚辈侄女。对于孩童来说，那二位金枝玉叶的女人，是他们的长辈，该叫姑姑。姑姑，就在他们的目光中渐行渐远，离开故地前往夫君耕种的历山。

到了历山，在众人眼里娥皇、女英不再是姑姑，而是娘娘。这是因为她们的夫君后来接受帝尧的禅让，登上了统领天下的最高位置。尽管那时候的头领称帝还有些早，后人尊奉出五帝的称号才有了帝王之说。但是，给地位尊贵的夫君打理家事，称个娘娘也不过分。何况，即使撇开对外的说法，仅就家庭位置来说，女人都要生儿育女。对儿女们来说，她们就是亲娘。娘，娘娘的称呼，不只是她俩，而是天下女人都要履行的一种角色。这角色的出现，改变了女人，完整了女人。因而，洪洞县以及河东大地的人们，都把女人出嫁说成是改嫁，或说改了。女人既是姑姑，又是娘娘，各取一字，岂不是姑娘？姑娘就是亲戚最早的代名词。姑娘不仅是不同身份的涵盖，还会由之衍生出后代，侄儿、外甥……一系列的亲戚相继亮相。

返回来再看，嫁出去的姑娘哪个不想娘家？想娘家，就要回娘家。娥皇、女英是帝尧的女儿，如同帝尧那样仁德慈爱众生，她们回娘家当然不能冷冷落落。于是，每年农历三月三，春暖花开，羊獬村的乡邻们纷纷前往历山去接姑姑。接上了，伴随着她们一路说说笑笑，亲亲热热回到村里。住上

接姑姑迎娘娘

一个多月，四月二十八就要农忙了，收获了，婆家的人便来到娘家，风风光光地把二位娘娘接回去。据说，选定四月二十八日来接，不仅仅因为农忙了，要收获，还有一个重要原因，是这一天为帝尧的生日。他们欢欢喜喜而来，也是给帝尧祝贺生日寿辰。

你接来，他迎回，羊獬人就这么来来回回接姑姑，历山人、万安人就这么来来回回迎娘娘。为何迎娘娘要历山与万安两地人前往？据说，虞舜曾在万安居住，他带领众生躬耕于历山，女英与之相随相伴，娥皇则在家里操劳内务。是焉，非焉，世事变为历史就笼罩在云深不知处，分辨真容乃不易事。不过，存在就是合理，任何一种民俗总带着岁月深处的信息。

接姑姑，接呀接，一接就是数千年；

迎娘娘，迎呀迎，一迎就是数千年。

岁月如潮，在奔腾咆哮中淘洗掉多少朝代世事，淘洗掉多少鲜活面孔。无数世事随着岁月的变迁沉淀为历史，只能去泛黄的故纸堆里钩沉，只能去残破的墓葬里发掘。然而，岁月的风尘却丝毫淘洗不掉这接姑姑、迎娘娘的习俗。

岁月常新，落下去的是夕阳，升起来的是朝日，每一天都是新鲜的。接姑姑、迎娘娘的人们紧紧跟着岁月走，没有一年落下。尽管活跃在那行列的面孔，换了一茬又一茬，但是，那人流非但没有减少，反而浩浩荡荡，日渐隆盛。到了二十一世纪的今天，隆盛的活动已经成为彪炳神州大地的奇特风景。

历山高昂的精神风貌，也紧随走亲活动远播五洲四海。

第十四章　烈风雷雨再锤炼

尧以不得舜为己忧。

这是孟子写下的文字。为何忧虑？难以寻访到能够担当大任的贤士，"以天下与人易，为天下得人难"呀！孟子的高明在于将自己还原到了那个时代，而不是站在当下妄议古代。现今人们迷恋尧天舜日，向往尧天舜日，却很难想象帝尧为确定虞舜接班，简直达到殚精竭虑的程度；更难想象虞舜经受了烈风雷雨，经受了多种锤炼。现在就让我们走进上古时期领略一番。

第一节　帝尧身边长才干

这不，帝尧将两个女儿嫁给虞舜，经过考验，他的确仁爱忠厚，智慧过人。那就赶紧让虞舜继承帝位，帝尧便可以坐享清闲了。没有，而且还有一段不近的距离。帝尧似乎还要考验他，如果说前面是家务事的考验，现在该进入管理层的考验了，以此观察和培养他处理天下大事的能力。从现象看是考验，其实帝尧是在不同的岗位上历练虞舜，使之更加成熟。打开《尚书·舜典》，可以看到虞舜经受了四种考验："慎徽五典，五典克从；纳于百揆，百揆时叙；宾于四门，四门穆穆；纳于大麓，烈风雷雨弗迷。"

帝尧委托虞舜主办的第一件事是推行五典，慎徽五典，五典克从。五典就是处理五伦关系的法典。这五种关系是父亲、母亲、哥哥、弟弟、子女之间的伦理关系。具体标准是父义、母慈、兄友、弟恭、子孝。这也被称为"五典之教"，简称"五教"。这件事虞舜做得怎么样？结果是"五典克从"，民众都能自觉遵守，显然教化效果非常突出。

接着，帝尧让虞舜纳于百揆，百揆时叙。司马迁在《史记·五帝本纪》写为"遍入百官，百官时序"。这是从务虚阶段进入务实阶段。前面推行五教是意识形态领域的事，是看不见的工作，现在要干的是实际工作。帝尧让虞舜和百官一起管理各种事务，应该有两个用意。首先，百官比他资历深、资格老，锤炼他与百官和谐相处、齐心办事的能力；其次，越是具体事务越复杂、越棘手，越能锻炼一个人的处事能力，锤炼他快刀斩乱麻的能力。虞舜恪守职责，经受锤炼，把各种复杂棘手的事务都处理得井井有条。

第二节　烈风雷雨未曾迷

百官管理好了，虞舜又接受了新任务，即"宾于四门，四门穆穆"。

四门，实际是指四方各地。宾于四门，就是让他迎接四方诸侯，或者说迎接、招待各部落、部落联盟的酋长。也可以说是，迎接、招待各方国的国君。这样的角色，不是分管外交的副总理，也算个外交部长。足见帝尧对虞舜前面干的工作都很满意，不然哪会将这么重要的事情交给他。因为，外交事务是关乎国家，或者说部落形象的大事，当然也是关乎帝尧形象的大事。实际也是关乎天下万国的头领能不能凝聚在帝尧周围的大事；是各个国家能不能和谐相处、共同发展的大事。这不仅要各美其美，还要美人之美，美美与共。虞舜担当此重任，表明帝尧对他更为信任。好在虞舜没有辜负帝尧的信任，他将外交工作处理得庄重、肃敬。一个"四门穆穆"就完全肯定了他的成绩。"穆穆"在《尔雅·释训》中是敬重的意思，这等于说，虞舜将外事接待工作办理得井然有序，完全合乎礼仪，很好地协和了万邦。

虞舜在帝尧身边管理政务，样样得心应手，事事让帝尧称心如意，锤炼该结束了吧？没想到还有更艰巨的锤炼在等待他，这就是"纳于大麓"。"麓"是管理山林的官吏，"纳于大麓"是选拔他为管理山林的官吏，让他去远离宫廷、远离都市、远离人群的偏远地方。那里风雨时至，气候异常，别说管理山林，弄不好就会迷失方向，连自己能否回来也是个大问题。然而，这也没有难住虞舜，他"烈风雷雨弗迷"，再恶劣的气候也不迷误。细细品味，这里不仅指虞舜在暴风骤雨中能辨识方向，还指他在各种复杂多变的矛盾中都能始终如一，保持冷静头脑，妥善破解一切难题。可以说，虞舜经受住了最为严峻的考验，经受了最为酷烈的锤炼。

第三节　完善制度开新局

"千锤万凿出深山，烈火焚烧若等闲。"

书写虞舜经受磨砺的往事，瞬间想到了于谦诗作《石灰吟》中的这句诗。一个人才脱颖而出需要经受多种锻炼，一个超凡脱俗的人才，要脱颖而出，必须经受超越寻常的艰难困苦。

这一点，《尧典》和《五帝本纪》的记载基本一致。虞舜刚进宫，帝尧没有让他摄政，而是培养他，锤炼他，让他熟悉国事，逐渐成熟。这个预热过程，可以用一度使用频率很高的词语来还原，即"扶上马，送一程"。送了一程，帝尧觉得虞舜可以独当一面了，于是便让他代行天子之事。

四次考验和锤炼完满结束，帝尧对虞舜说，你进入宫廷工作三年了，三年来办了很多事，想了很多好办法，取得了很大成绩，现在你就登上帝位吧！《尚书·舜典》记载："格！汝舜，询事考言，乃言底可绩，三载。汝陟帝位。"虞舜谦虚地推让再三，帝尧还是要他总领政务，虞舜成为那个时期代为摄政的头面人物。

那时万国林立，虞舜肩挑重担，立即进入角色，将帝尧开创的基业推向了一个新阶段。综合各种文献资料，他完善了四项制度，办理了四件大事。

虞舜确立的第一项制度是祭祀。祭祀是当时最为重要的大事，是人和上天沟通的重要方式。在古人心中，天和人的行为模式是相同的，因而，做了好事会天降祥瑞，做了坏事会天怒人怨。那时负责和天沟通的人物是巫和觋，这些神通广大的人物大多是部落酋长。人和天沟通的渠道有两种，即灵山和神木。神木，曾被称为"建木"。树木高大至极，人说高大参天。参天之树就成了人和天沟通的渠道，被称之为"天梯"。灵山也就是特别高大险峻之山，古时候多认为昆仑山是神山、灵山。当然，去昆仑山的机会很少，人们又列出四岳给予祭祀。帝尧统领天下也很重视祭祀，《伊耆氏蜡辞》就是那时的祭文："土反其宅，水归其壑，昆虫毋作，草木归其泽。"土壤不要流失，回到原来的位置；流水不要漫溢，回到原先的沟壑；昆虫不要过多繁衍，啃食禾苗；草木不要长在农田，返回沼泽湿地。看看，这祭文不就是古代版的生态文明宣言书嘛！

祭祀，沟通人与天地的关系，创造最佳生存环境，虞舜摄政后将之当作头等大事，首先主持祭祀。何止是主持祭祀，最为重要的是，他将祭祀规范化，确立了上古应该遵循的祭祀制度。《尚书·舜典》记载："肆类于上帝，禋于六宗，望于山川，遍于群神。"肆，讲遂；类，为祭祀名称。这是说虞舜向上帝报告，他正式代替帝尧摄政。禋，也是祭祀。六宗有两种说法：一说为日月星河海岱，另说为天地春夏秋冬。意思是说，虞舜确定要祭祀天地四时。不仅如此，还要祭祀山川和各类神灵。最为明确的记载是："至于岱宗，柴。"这是说，虞舜到达泰山，用柴燎祭祀。柴燎就是焚烧柴草，感恩苍天，即在筑起的土坛上堆积柴木，然后将牺牲、玉器放上去。牺牲是一头"骍犊"，也就是红色的牛。祭品、祭物准备停当，点燃大火，柴草熊熊燃烧，火光冲天，众人冲着火光向天行礼，这就是柴燎祭祀。柴燎祭祀，在上古形成，由虞舜固定，往后延续不断，再往后逐渐衰微。不过，衰微并非消失，至今在运城大地还有不少乡村过年时，除夕夜晚仍有点燃旺火的习俗。

旺火，就是当初柴燎祭祀的延伸和转身。

跨越时空，我们可以看到泰山脚下，柴草熊熊燃烧，烈焰冲天升起，火光照亮天空。在火光映照下，先是虞舜虔诚地跪拜揖礼，继而伴随的臣僚依次跪拜揖礼。这是虞舜前往泰山巡守时，举行的祭祀大典。窥视到这次祭祀，就可以说是形成祭祀制度吗？当然不是，如果此祭祀仅为一次，不足挂齿，接下去我们可以在《尚书·舜典》中读到："五月南巡守，至于南岳，如岱礼；八月西巡守，至于西岳，如初。十有一月朔巡守，至于北岳，如西礼。"语言虽简单，事实却很明白。到了南岳，"如岱礼"是和泰山一样举行柴燎祭祀；到了西岳，"如初"，还是行泰山柴燎之祭。到了北岳，"如西礼"，仍是固定的燎祀模式。

一次又一次，祭祀六宗的制度逐渐形成了。

虞舜摄政后，即前往东、南、西、北巡守了一大圈。这一大圈需要多少时间？一年，或许不到，半年却未必能够巡守完毕。那时的巡视绝不像后世帝王出巡，皇辇成行，旌帜蔽日，威风凛凛自不必说，到处都有地方官员盛情款待。虞舜出巡顶多带着几个随员，跋山涉水，攀山径，渡江河，困难重重。然而，虞舜不畏艰险，深入底层，体察民情，关心民瘼。他勤政爱民的作风，由此可见一斑。巡守期间，虞舜办了两件事，一是如前所述，祭祀四岳大山；二是会见各地诸侯，或说会见部落酋长，听取政情汇报，督办各地事宜。东西南北巡守完毕不久，虞舜公布了巡守制度："五载一巡守，群后四朝，敷奏以言，明试以功，车服以庸。"

这就明确指出，以后每五年出巡一次，其余四年，各位诸侯轮流到朝中汇报工作，然后考查政绩，根据工作成绩赏赐车马、衣物，作为酬劳。为什么此时宣布巡守制度，是经过实际践行，体察到了各地情况，巡守完毕后总结而出的。实践长真识，实践增才干，实践也能出切实可行的规章制度。如此，虞舜制定了一整套考查、述职、奖赏的管理制度，将国家雏形期的行政管理，推向了规范化的新阶段。

礼仪制度的出现与规范，也是虞舜摄政的一大贡献。礼制伴随着巡守、朝见、考绩等活动的全过程，无疑这是虞舜摄政后的一项突出政绩。这既密切了君臣关系，并将这种关系在礼尚往来中体现出来。礼制的出现，标志着国家形态的进一步明显。《尚书·舜典》中记载了此时礼制："修五礼、五玉、三帛、二生、一死贽。如五器，卒乃复。"

这句话看似简单，内容含量却相当丰富。先说五礼，即吉、凶、宾、军、嘉五种仪式。吉礼，用于祭祀上帝、诸神以及祖先；凶礼，也就是葬礼，用以哀悼死者；宾礼，表示友爱亲善，用于公众和个人之间往来的礼仪；军礼，就是用于战争出征和庆典中显示勇武的礼仪；嘉礼，就是用于婚嫁及欢乐庆贺的典礼。

再说五玉，五玉也称"五瑞"。《尚书·舜典》叙述虞舜刚摄政时"辑五瑞"，接见四岳和部落酋长时"班瑞于群后"。这里的瑞也是"五瑞"，都是玉石，却不是普通的玉，而是"圭"。古人认为玉为通灵宝物，祭祀必然少不了，因此玉就成为身份地位的象征物，礼仪的必备物。玉的形状象征身份，代表地位。

玉这象征物，分为圭、璋、环、璧、玦五种。长条形，上锐下方曰圭，半圭曰璋，环、璧、玦都是环形的，不同之处在于结构的差别。玉环的边称之为肉，环孔称之为好。肉与好相等是环，肉倍于好是璧，肉有缺口是玦。这里的五瑞是圭和璧。其实，按照级别划分应该是六瑞，或六玉，即从王到不同的诸侯，各执代表不同身份的玉圭。王执镇圭，一尺二寸长；公执桓圭，九寸长；侯执信圭，七寸长；伯执躬圭，五寸长；子执谷璧，豆芽状纹饰；男执蒲璧，类似蒲席编织格的花纹。《尚书·舜典》之所以写"辑五瑞"，是虞舜在初摄政时将这些玉器收回来；之所以写"班瑞"，是待他们朝见之后再颁发下去，实际等于进行新一届的人员任命。这任命当然不包括自己，所以，收与发均和自己所执的镇圭无关，因而成了五瑞。

可以说，虞舜摄政开启了上古时期的新局面。随着命令的颁布，各方国头领纷纷将玉圭上缴王庭。经过深入巡守，虞舜掌握了各地实情，对称职者继续任用，不称职者重选新人，给予任命。任命就是"班瑞"，颁发代表身份地位的玉圭。

接着说三帛。据说这是世子必备的礼物，指缥帛、玄帛、黄帛为三种颜色，故称三帛。以不同的颜色区分等级地位，第一等是浅紫色的，第二等是黑色的，第三等是带黄色的。这种敬献绢帛的礼仪，被一些历史学家联想为，藏族同胞敬献给客人的哈达。如是，这古老的民俗现在仍活跃在民间。

最后说二生、一死赘。据说这是诸侯官员朝拜尧舜时应带的礼物。一等官员每个人带一只活羔，二等官员每人带一只活雁，三等官员每人带一只死雉。这里的活羊羔和活雁为二生，意思是恋群，爱集体，行大义；死雉即携带赘礼，就是一只死野鸡，意思是宁可死也不背叛失节，损害本国或部落的利益。礼品并非要他们送贡物，而是以此象征行为规范，牢记不忘。

完备，虞舜是在完备礼仪制度，也在完备国家形态。

曾经有人质疑，这种礼制实在是太完备了。到底是虞舜确定的，还是后世逐渐完备的，不得而知。很可能是后来成书的人，发挥自己的想象力，将当时的礼制推演到虞舜时去了。然而，若是走进陶寺遗址，我们会发现这种记载并非凭空想象，有一定的依据。从出土的玉器看，有圭，也有璧，还有钺和琮，这些器物都是象征等级身份和权力的标志物——礼器。陶寺玉器所蕴含的宗教意义已相对淡薄，而主要在于权力和财富等礼制观念的体现。按《周礼·春官宗伯·大宗伯》关于六瑞、六器的记载，陶寺玉器以瑞玉为主。由此可知，虞舜完备了初生的国家礼制，完善了国家机制。

第四项制度是法制。这一点在《尚书·舜典》中记载得很清楚，即："象以典刑，流宥五刑，鞭作官刑，扑作教刑，金作赎刑。眚灾肆赦，怙终贼刑。钦哉，钦哉，惟刑之恤哉！"这在"皋陶作刑"一节中已经做了说明，不再详叙，在此需要说明的是法律的完善，或者说象刑的设立，虞舜功不可没，永载史册。

虞舜摄政，一个新的时代开始了。

第四节　统领万国办大事

万国，是尧舜时期群星灿烂的方国，即各个地方性的国家。

万国林立，是国家初创时期的稚拙景象。虞舜代替帝尧摄政，便成为统率万国的总头领。回顾苍茫历史，除了极少数为非作歹的帝王，其余可以分为两类：默默无闻与大有作为。虞舜当然属于大有作为的总头领，而且他的作为夯实了帝尧开创的国家基业。之所以给予虞舜如此高度评价，是缘于他办过四件大事，前两件有关国家格局，后两件事有关社会安定发展。下面我们分别叙述。

虞舜推行的头等大事是划分州治。《尚书·舜典》记载："肇十有二州，封十有二山，浚川。"虞舜划定十二州，在各州的名山上封土为坛进行祭祀，同时疏通河道。为什么这么划分区域？《中国的传统》一书中联系当时洪水泛滥的情况，这么解释："由于大水已经直接地使许多地方之间的交通受到破坏，划分帝国为九个区域的老行政体制已经变得不现实了。那么，从现在起直到洪水得到控制为止，为了方便管理起见，决定把帝国划为十二个行政区域。"

这算是一种对那段历史的解读，在该书作者看来，先划定九州，才有大洪水。洪水过后剩有十二块陆地，以此划分行政区域顺理成章。十二州是对原来九州的扩展，即在冀、兖、青、徐、扬、荆、梁、豫、雍州的基础上，增加了幽、并、营三州。

《中国的传统》一书对尧舜时期的遐想，放飞了我的遐想，我的遐想歇息在白云上俯瞰，得出了近似于他的结论，却与他的结论有所差别。近似在于十二州的划分，确实是在九州基础上的拓展；差别在于书中所说的九州形成于大禹治水之前，而我则认为是在治水之中。本来我想写是在治水之后，那是指四处泛滥成灾的洪水蛟龙已被驯服，留下了九个能够安居乐业的区域，这就是九州。写为治水之中，是缚住泛滥成灾的洪水蛟龙，还有较小的河流有待治理。疏川导水工程全部告竣，水归其壑，又有土地浮出水面，这便扩大了先民居住的范围。此时，九州已无法覆盖中华大地，于是，虞舜顺势而为，扩大州置，增加了幽、并、营三州，九州变为十二州。新的区划，更便于全面统辖管理。

虞舜在划定州治的同时，还确定了各州的祭祀之山，疏通了区域内的河道。确定祭祀之山，沟通了与上天的联系，有了精神依托；疏通河道，排除了洪水的威胁，先民有了安居乐业的基本条件。

苟日新，日日新，又日新。区划更新，需要新的管理人员，官员也随之变化。所以，设立了十二个州长，称"十有二牧"。同时，中央机构也相应变化，让禹担任司空，平治水土；让弃担任后稷，指导耕种；让契担任司徒，敬敷五教……有些官员是新任的，有些则是重任的。《中国的传统》一书的观点是：虞舜除了四岳之外，又另外设立十六个官职。其中一半参与土地的使用与管理，另一半参与人民的教化与组织。这样，就把全局工作统领了起来。国家机制在虞舜的主导下，一天天升华，一天天完善。

任用何人担任要职？虞舜当然任用贤才。在前面写到选才任能时，已经展示了虞舜任命的不少人才，这里不再重复，仅仅将没有涉及的钩沉出来。《史记·五帝本纪》记载："昔高阳氏有才子八人，世得其利，谓之'八恺'。高辛氏有才子八人，世谓之'八元'。此十六族者，世济其美，不陨其名。至于尧，尧未能举。舜举八恺，使主后土，以揆百事，莫不时序。举八元，使布五教于四方，父义、母慈、兄友、弟恭、子孝，内平外成。"

任用"八恺""八元"这事，不只司马迁笔下有，左丘明著写的《左传》中早有记载，可见影响是足够大的。从前高阳氏有八个才干出众的儿子，人们称他们为"八恺"。高辛氏也有八个出类拔萃的儿子，人们称他们为"八元"。这十六个家庭世代都能光大美德，没有人损害祖上声誉，有很高的声望，可惜帝尧没有任用他们。虞舜摄政后立即起用他们，推举"八恺"管理土地事务，管理得井然有序；推举"八元"布施五教，教化得很好，国内太平，外族归附。这是虞舜慧眼识珠、知人善任的一大政绩。帝尧本想野不遗贤，却还是有贤人未能任用。虞舜则慧眼识珠，把他们放在重要岗位，施展才干。

靠人才，帝尧初创了国家。

靠人才，虞舜兴旺了国家。

第五节　惩处顽凶稳定天下

稳定天下，治理国家，必须赏罚分明，惩罚罪犯，警示世人是必不可少的举措。虞舜自然不会含糊，这也是他紧抓的第四件大事。需要虞舜亲自惩处的罪犯当然不是一般庶民，是有些来头的人物，类似于当今的扫黑除恶。从《史记·五帝本纪》看，虞舜主要是惩处"四罪""四凶"。对"四罪"如此惩处："于是舜归言于帝，请流共工于幽陵，以变北狄；放驩兜于崇山，以变南蛮；迁三苗于三危，以变西戎；殛鲧于羽山，以变东夷。四罪而天下咸服。""四罪"是：共工、驩兜、三苗、鲧。惩处这"四罪"关系重大，因而，虞舜向帝尧请示报告。而且，惩处他们要起到惩一儆百的效果，所以"以变北狄""以变南蛮"等，果然达到了天下万众归心的效果。

接着，虞舜又惩处了"四凶"，《史记·五帝本纪》载："昔帝鸿氏有不才子，掩义隐贼，好行凶慝，天下谓之浑沌。少皞氏有不才子，毁信恶忠，崇饰恶言，天下谓之穷奇。颛顼氏有不才子，不可教训，不知话言，天下谓之梼杌。此三族世忧之。至于尧，尧未能去。缙云氏有不才子，贪于饮食，冒于货贿，天下谓之饕餮。天下恶之，比之三凶。舜宾于四门，乃流四凶族，迁于四裔，以御魑魅。于是四门辟，言毋凶人也。""四凶"是：浑沌、穷奇、梼杌、饕餮，他们都是名门望族的后人，所以敢为所欲为，有恃无恐。碍于先辈的情面，帝尧一再迁就他们。虞舜却不能容忍他们再为非作歹，伤害平民。他果断流放了"四凶"。那时候，流放是最为严厉的处罚。试想，到了人烟稀少的地带，面对荒山僻岭，生活确实有许多难以想象的困难。把这些害群之马驱逐出去，无疑是件大快人心的事情。更重要的是，惩处了罪大恶极的"四凶"，其他坏人哪个还敢张牙舞爪！起到了打击顽凶，震慑天下的作用，自然社会稳定了，众生平安了。

时光飞流直下，世事沧桑剧变，永恒不变的是尧舜的高大形象。几千年后白居易作诗，仍按捺不住心中的激情，挥笔称颂：

"愿同尧舜意，所乐在人和。"

第十五章　帝力于我何有哉

帝力于我何有哉！

这话出自《击壤歌》。先民丰衣足食，载歌载舞，唱出了自己的心声：我们耕田而食，凿井而饮，靠自己的劳动吃饭穿衣，帝尧对我们有什么作用？

帝尧真的没有什么作用吗？当然不是，数千年来的历史经验告诉我们，凡是最好的帝王总是让世人感受不到他们的存在价值。其中的辩证道理，我们以后再探讨，这里我们盘点一下，尧舜除了干过钦定历法、开凿水井、设立华表，这些敢教日月换新天的大事，还有哪些被忽略的事体。

第一节　米廪脱颖出的学校

注目尧舜时期的社会发展，令人无比欣慰。大旱过去，洪水消退，整个社会犹如熬过寒冬，跨入春光温煦的时节，遍地繁花纷纭开，万紫千红映眼明。古老而拙朴的教育，也迎朝阳，沐春光，脱颖而出。

教育是人类区别于其他动物，并加速进化的一个重要原因。自原始人类生成以来，教育就伴随着先祖的脚步前行。当然也可以说，人类的文明进化总是伴随着教育成长。因而，观赏尧舜时期的教育，不能说是创立，只能是一个突飞猛进的成长期。这自然是因为帝尧具有远见卓识，在治理社会时把教育放在了一个显要的位置。所以，后人认为他是教化万民的典范，对之崇敬有加。

纵观人类进化成长的过程，就教育而言，可以划分为自然教育和自觉教育两个阶段。如果将专门学校的设立看作自觉教育的起始，之前则是自然教育阶段。那么，自觉教育的源头何在？似乎应该追溯到黄帝那里。《周礼·春官宗伯》记载："成均，五帝之学。"由此可知，黄帝那时就有了叫作成均的学校。不过，也许这只是萌芽状态，未能像帝尧时那样大力推广，因而并没得到史学界的普遍认可。相比之下，尧舜时期的教育就大为亮眼，受到诸多学者的关注。施克灿先生在《中国教育思想史》中明确记载："相对而言，有关尧舜时代的传说，表现了人们认识中教育观念的自觉和教育内涵的丰富。尧舜都是以仁德教化天下的氏族部落联盟首领。"

飞越，一次飞越。

"教育观念的自觉和教育内涵的丰富"，无疑是教育进化史上的一次大飞跃。一个自觉，就是由自然教育向自觉教育跨越的分水岭；一个丰富，就充溢了自觉教育的诸多内容。对此，柳诒徵先生在《中国文化史》中讲述得更为具体："唐、虞帝国之官，司教育者有二职，盖一司普通教育，一司专门教育也。普通教育专重理论……其施教之法不可考。专门教育则有学校，其学校曰庠，亦曰米廪。"

关注帝尧时期的教育，并倾注墨色的不只是施克灿和柳诒徵这二位先生，还有很多。但是，仅此两例也可以得知，那时的教育形态逐渐完备，教育形式逐渐多样。这是社会发展到一定程度的必然结果。也说明，尧舜时期是教育的飞跃时期，与先前比较真该以发达相称。史料多多，繁花似锦。

尧舜时期的教育是面向全社会的。对上，重视领导层的教育；对下，注重社会民众的教育。对于领导层的教育，我们在"垂拱而治"那一节中得知，帝尧不断提高自身素质，诚如《尚书·尧典》所记载，他"钦明文，思安安，允恭克让"。郑玄解释说：敬事节用谓之钦，推贤尚善曰让。思即思考、考虑。文，经天纬地。明，照临四方。安安，温和、宽容。允，的确。恭，谦虚、谨慎。克，能够。这些字眼无不透露出帝尧的自身修养，他是战战兢兢，如履薄冰，唯恐自己有所失误，殃及天下。因而，谨慎地明察四方，思虑大事，礼让贤人，宽容温和地处理国事。他不仅注重自我教育，而且用他的言行感化教育身边的大臣们，后来继承帝位的虞舜、大禹，都能深省自身，端正品行，将全部心血和精力用在为广众谋福利上。为此，《尚书·舜典》将虞舜誉为"濬哲文明，温恭允塞，玄德升闻，乃命以位"。濬，深邃。哲，智慧。塞，充满。玄，潜行修养。德，道德品格。升，上面、朝堂。闻，听。这就是说，他潜心加强修养，智慧深邃，文明谦和，名声传到朝堂，帝尧给予他应有的职位。

大禹呢？他之所以能成为万世敬仰的治水英雄，一个重要的原因就是受到了尧舜良好的言传身教，正如《尚书·大禹谟》所说："文命敷于四海，祗承于帝。"意思是，文命，文明道德。敷，分节。祗承，恭敬地秉承。帝，尧和舜。大禹能将文明道德教化传播到四海，完全在于恭敬地秉承尧舜的教诲。无须再多赘述，尧舜禹的可贵行为足以说明其时领导者已重视自我教育，自身修养。至于如何对民众进行教育，在下面的陈述中将一步步彰显出来，就让我们走进那个时代的教育天地。

施克灿先生认为尧舜时期的教育内涵丰富了，何为丰富？我看至少从道德教育、技术教育和礼仪教育三个方面体现出来。道德教育，由垂拱而治以彰显出来，尧舜十分重视道德品格的教化。《尚书》中说，帝尧命令虞舜推行德教，"慎徽五典，五典克从"。这"五典"如前所述，即父义、母慈、兄友、弟恭、子孝，后人也有称为"五礼""五品"。还任命契"作司徒，敬敷五教"，使"五教"成为"五常"，形成了最早的家庭行为规范。帝尧确定了道德标准，虞舜广为教化传播，先民的自身素养迅速提高。

倘要是那时我们紧随在尧舜身边，肯定不会听到从他嘴里说出技术教育的概念。不过，远隔数千年探究，他那时已经在实施技术教育。当时农耕条件极为落后，要种好粟禾，多收籽实，让大家吃饱肚子，必须改进种植方法，传播生产技术。钦定历法之后的敬授民时，是向大家传播天文气候知识，以便顺天应时，该种则种，该耕则耕，该收则收。而且，敬授民时，推广新的历法还不是一蹴而就的事情，那就只好派人四处传播，"羿射九日"就是最为典型的事例。这样传播推广，使广众很快认识到新历法的重要，按照节气指导农事，保证了粟禾的正常生长。当然，后稷教民稼穑，最为典型的是向大家传播生产技术。选择好的种子，打制好的农具，告别粗放的刀耕火种，耖田除草。在后稷的指导下，耕作技术逐日提高。在先民眼中，这一切不过就是为了多收粟谷，吃饱肚子。可是，就在这无意而为之中，技术教育悄然而生，勃然而兴。

礼仪教育也是尧舜时期不能忽略的大事，只是相对于技术教育而言，其中传承得多，创新得少。礼仪，在上古那个蒙昧时代主要寄寓于祭祀之中。那时先民对许多自然现象都搞不明白，风霜雨雪、雷鸣电闪，无一不归结为上天的力量。为祈求神灵保佑，风调雨顺，祭祀成为头等大事。在先民眼中只有祭祀才能感动天地，五谷丰登。那时的祭祀已形成了礼仪形式，所以，传播、流行、施用已成为普遍现象。每个先民在参与祭祀的过程中，都特别虔诚敬畏，不敢为所欲为，教化也就像春雨那样润物细无声。当然，尧舜时期对礼仪教育也不是没有创新，垂拱而治的拱字体现出的就是新意。其新意在于，将以往对天地神灵的礼敬，扩大到对他人的尊重。拱手行礼，友善相处，和谐社会，顺势生成。

若是细细探究，虞舜时期并存着自然教育和自觉教育两种形式。自然教育就是在生产实践中无意识的传承教育。这在二十世纪六十年代还普遍适用，那时有一部轰动城乡的戏剧电影《朝阳沟》，知识青年银环跟着恋人拴宝去山村扎根，向未来的公公讨教种庄稼的经验。准公公的说法是：庄稼活儿不用学，人家干啥咱干啥。这便是经典的农业技术教育方式，不用系统学习，跟着大家干，干中学，学中干，也就"在游泳中学会游泳了"。五十年前的农业教育是这个样子，四千年前的教育就更是这个样子。在当时的农业技术推广和祭祀礼仪的学习中，多数人的多数内容都是这么学会的。这不是尧舜时期的特色，而是从原始先祖那里一代一代传承过来的。

尧舜时期最显著的特色，是专门教育凸显。皋陶推行法律，虞舜施行五典，契敬敷五教，都有专门教育的成分。更为鲜明的专门教育是学校，或说成均、庠、米廪。那时的教育已经具备了学校的雏形，虽然与后来的学校相比还很简陋，差距很大，但是迈出这一步也很不容易。这一点，只要看一看米廪和庠的意思就会有所理解。米廪，是古代的粮仓。《礼记·明堂位》说："米廪，有虞氏之庠也。"这很有道理，有虞氏将粮仓作为养老的地方，首先保证了老者不愁食物。庠，《孟子·滕文公》载："庠，养也。"是说，庠是养老的地方。从字形可以看出，庠最初是羊栏，将老人供养在这里，有肉可吃。《礼记·王制》又说："有虞氏养国老于上庠，养庶老于下庠。"那时老人有朝臣、有平民，将朝臣的老者养在上庠，将平民的老者养在下庠，这不就是最为古老的敬老院嘛！那为何昔日的敬老院能成为学校？试想，这些老者都是历尽世事、颇有经验的人，被赡养着白白吃饭岂不可惜？于是，便主动提出将孩童召集于此，由老者传授经验。这等好事，尧舜怎能不答应？如此一来，米廪也好，米庠也罢，就兼而有了两种用项，养老的作用未变，又增加了传授技术的功能。古代的专门学校就这么诞生了，而且诞生得合情合理，无懈可击。这也可以回答，为什么古老的学校叫作庠，叫作米廪。

了解到帝尧时期教育的基本概况，就不难分析其教育方法了。以我看，其无外两种，最广泛的是师父带徒弟，边干边学，从中模仿接受经验，这可称为"传带法"。另一种就是"教授法"了，这多指米廪和庠学中的教学方法。说到此，就想起《尚书·舜典》中虞舜和夔的对话。帝曰："夔！命汝典乐，教胄子，直而温，宽而栗，刚而无虐，简而无傲。诗言志，歌永言，声依永，律和声。八音克谐，无相夺伦，神人以和。"夔曰："於！予击石拊石，百兽率舞。"

虞舜命令夔担任乐正，教导青少年，使他们正直而温和，宽厚而谨慎，刚毅不粗暴，简约不傲慢。诗是思想志向的表达，歌是个人情感的语言，宫、商、角、徵、羽，这五声依照思想情感咏唱，韵律要与声音和谐。如果八类乐器演奏的声音都很一致，不互相搞乱秩序，那么，神和人都会与之相谐而歌。夔听了虞舜的指示，立即表示，我敲击石磬，使各种野兽都随着节奏舞蹈。

这段对话蕴含的内容很多，我之所以想起，是因为其与教育息息相关。夔是乐正，也负责教育后代，并且他的教学方法就是直接教授。他击打石头，百兽就随着节奏起舞，难道那时的驯兽水平如此之高？显然不会，那时的驯兽还发展不到这种程度。他所说的兽，是孩童们化装的。孩童们按夔的教导，随他击打乐器的节奏起舞而歌，这可以说是那时的音乐课程。当然，开设这种音乐课不是为了演艺，而是为了陶冶青少年的性情，为了使他们"直而温，宽而栗，刚而无虐，简而无傲"，提高他们的道德情操。

尧舜时期的资料虽然有限，但是，窥一斑而知全豹，从这些有限的资料中也可以看出，那是教育长足发展的时期，专门的学校成为教育的亮点，技能传播加快了，文明进程加快了。对此，施克灿先生的《中国教育思想史》这样评价："它表明，教育已开始成为一种专门的人类社会实践活动，显示了华夏民族早期教育实践水平的飞跃。教育实践水平的提高也意味着教育认识水平的提高。尧舜时代的传说反映了人们更自觉地认识到教育的作用，而主动地去加以实施。"

第二节　图腾由凤变作龙

北陶寺，有大墓。

出龙盘，出鼍鼓。

这是中国《文物三字经》里的原话，呈现在这里是要走进陶寺遗址观赏龙盘。

在陶寺遗址出土的众多文物中，龙盘是一个令人兴奋的器物。龙盘，是一个彩绘蟠龙纹陶盘。磨光的陶盘内壁和盘心，描绘着盘曲形状的朱红色龙纹。龙纹为蛇躯麟身，方首圆目，巨口长舌，无角无爪。似蛇非蛇，似鳄非鳄，

陶寺出土的龙盘

应是蛇和鳄两种或两种以上动物的组合体，显然是多种图腾崇拜的文化融合。而且这彩绘蟠龙，身体饱满，微有外张，沉稳而强健，威严而神秘，专家认为是罕见的文物珍品，也是罕见的艺术珍品。

陶寺遗址中那些曾经活跃于世的先祖，制作一个彩绘龙盘有何用处？高炜、高天麟、张岱海等专家在《关于陶寺墓地的几个问题》一文中这么解释："陶盘本是盛器或可作水器，但从出土物来看，火候很低、且烧成后涂饰的彩绘极易剥落，故大约只是一种祭器而非实用器。彩绘其他纹样的壶、瓶、罐、盆等类祭器，某些中型墓也可使用，唯龙盘仅发现在几座部落显贵的大型墓中，每墓且只一件。这就证明龙盘的规格很高，蟠龙图像非同一般纹饰，似乎有其特殊的含义。它很可能是氏族、部落的标志，如同后来商周铜器上的族徽一样。"

一扇瞭望帝尧时期的亮窗，在专家们的分析中渐渐打开。是呀，在陶寺早期墓地中，龙盘只见于五座大型墓中，且每座墓仅有一件。稍大的中型墓虽有描绘朱彩的陶盘，但其上绝无蟠龙图像。可见持有龙盘的墓主人是当时社会特殊的贵族阶层，是早期国家形态中社会最高阶层"王"室的器物。

龙盘，只能由王者，或头领使用。

龙，已成为王者身份地位的象征。

族徽，图腾，至此跃然而出。

陶寺遗址与帝尧时期的关系密切，此龙盘很可能是帝尧的部族的族徽，或图腾。那么，到底是族徽，还是图腾？诸多典籍史料告诉世人，是图腾，而非族徽。说清区别，要从"凤凰来仪"说起。

"凤凰来仪"，是描写尧舜那个时代的词语，由于流传广、使用多，便转化为成语。在魏文帝《秋胡行》写有这样的诗句："尧任舜禹，尚复何为？百兽率舞，凤凰来仪。"无独有偶，柳宗元《晋问》中也有这样的文字："平阳，尧之所里也……有百兽率舞，凤凰来仪，於变时雍之美，故其人至于今和而不怒。"往前追溯，在《尚书·益稷》里就出现过："《箫韶》九成，凤凰来仪。"

从各种辞典查阅，凤凰来仪的"仪"都作仪态、仪表讲，因而，其词也就是凤凰来舞，仪表非凡，当然是吉祥之兆。此处的"仪"还可以作仪式、礼节讲，这样"凤凰来仪"就是凤凰也来朝贺，或者朝拜了。似乎这样理解更合乎其语言氛围和描述环境。

无论怎样说，凤凰来仪都是祥瑞吉兆。然而，谁见过凤凰？凤凰同龙一样，都是虚拟的，是人们想象出来的。古人认为凤凰是"鸡头、蛇颈、燕颔、龟背、鱼尾，五彩色，高六尺许"。郭璞在《尔雅》中将凤凰人格化、道德化了："首文曰德，翼文曰顺，背文曰义，腹文曰信，膺文曰仁。"这就等于说，凤凰代表了五种高尚的道德品格。

对于凤凰，张德宝、庞先健在《中国吉祥图案解说》中解释得更为生动。据说，黄帝听说过凤凰，可就是没有见过。到底凤凰是什么模样？黄帝问大臣，没有一人说得出，黄帝就去请教见多识广的天老，天老对他说："凤凰的长相，前身似鸿，后身似麟，蛇颈鱼尾，龟体龙纹，下巴如燕，口喙像鸡。全身的羽毛皆成文字，首文戴德，颈文揭义，背文负仁，腹文入信，翼文循礼。当它扬起脖颈，振开双翅时，色彩斑斓，五光备举。而且饮食有仪注，交游有选择。鸣叫时声若金鼓，飞翔时百鸟相随。普天下的禽类中，唯有凤凰能究万物，通天地，览九州，观八极，因此被尊为百鸟之王。"

看来凤凰这百鸟之王，真是完美的化身。这么尊贵的鸟，当然不会随便出现，若是出现那必然是太平盛世。炎帝与之无缘，黄帝与之无缘，偏偏是尧舜时代凤凰来仪了。不过，仔细品读《尚书》原文，就会觉得原来这来仪的凤凰不是真的，而是化装表演的。可见，凤凰还是众人梦想中的神鸟。

对这神鸟进行研究的人很多，有人认为凤凰的原型是孔雀。有人对此很快做了否定，孔雀是印度产物，其形状描述与凤凰也相差很多。仔细琢磨，倒是大公鸡与凤凰不无相似。况且，尧舜时期还真有人进贡过毛羽鲜艳的大公鸡。晋人王嘉写过《拾遗记》，内中有这样的记载：

尧帝在位时，政通人和，风俗淳厚。但常有恶虎下山，妖魅出林，肆虐为害，百姓视为莫大祸患。后来，祇支国献来一种重明鸟，别称双睛。形状和普通的公鸡一样，但啼叫声如凤鸣，并以琼膏为食。最奇特处在于它疾恶如仇，能奋翮翻飞，激喙扬爪，专门搏逐猛兽妖魅，使它们不敢造孽。于是，国人莫不洒扫门户，期望重明鸟飞到自己家里镇邪降恶。

然而，重明鸟并不经常出现，或者是一年中光临数次，或者是几年不至。

有人说这种鸟就是公鸡之王，便仿其形状，刻制木鸡，置于门户或屋顶上，居然也能起到吓退魑魅丑类的作用。于是，众人纷起效仿。

王嘉追溯大公鸡的起源，却为世人透露出大公鸡在尧舜时期非凡的经历。这经历让人想起凤凰，莫不是这大公鸡能降服妖魔，便被人视为吉祥如意的凤凰？这样推测不无道理。况且，大公鸡又不是本地所产，而是祗支国进贡来的，这大公鸡又长得姿容娇艳、体态雄劲，岂不就是凤凰来仪？凤凰来仪是否包含着这样的寓意？

若是去感悟"凤凰来仪"的寓意，我以为可从祥瑞吉兆的意思展开联想。来仪的凤凰是吉祥之兆，那还有没有别的吉祥之兆来仪？回答当然是肯定的。由于尧舜教民稼穑，敬授民时，平阳的五谷禾苗自然就倍加丰饶。这里的人们衣食无虑，皆大欢喜，消息不胫而走，传播开去，附近的部落和部落联盟岂有不效仿的道理？效仿了，学习了，五谷丰收了，衣食无虑了，演进为方国了，岂有不感谢之理？正是由于各个方国的朝贺拥戴，才使平阳成为众人向往的中心都城"中国"。人们向往这里的繁荣，也向往这里的太平，来仪者不仅有各方国的头领，还有自认为得到实惠的子民。所以，凤凰来仪这吉祥之兆应该是周边的方国和平民纷纷朝拜、礼敬的侧面写照。

说到礼敬，《列仙传》中有这样的记载："偓佺者，槐山采药父也，好食松实，形体生毛，长数寸，两目更方，能飞行逐走马。以松子遗尧，尧不暇服也，松者，简松也。时人受服者，曾至二三百岁焉。"

这里讲了一个与帝尧有关的神话故事。故事说槐山上有一个采药的老汉，名叫偓佺，因为常吃仙药，身上遍长白毛，两只眼睛都吃成了方形。年纪虽老，却身轻体健，都能逮住那飞跑的马。他看见帝尧一天到晚操劳国事，愁眉紧锁，看起来好像是个"八"字，并且身体也很羸瘦，很心疼他，便把在山上采来的松子，带下山去送给他，并告诉他服食的方法。帝尧承领了采药老汉的好意，可是因为国事忙碌，实在没有工夫吃松子，就谢绝了。据说当时吃了松子的人，活到了两三百岁。而帝尧呢，才活了一百多岁。

像这样受到礼敬的事，比比皆是；像这样帝尧拒礼的事，也比比皆是。

尧文化研究的专家杨迎祺先生搜集了不少帝尧拒礼的故事，不妨摘录一节：

　　一天，帝尧早朝刚毕，大臣四岳带位老者觐见。一进门，他便急不可待地说，在东方巡视时，那里的臣民为报答国君之恩，托他带回当地一宝——人参娃娃。并且说："服用人参可以滋阴壮阳，强壮筋骨，重病服之，还可起死回生。"

　　老者也抢着说："小人带来点礼物，略表对国君的诚敬。"

　　帝尧连连摆手，说："我早定下规矩，不能收礼。我要是收了，大臣岂不都敢受贿了？"转身责备四岳："身为朝臣，管辖四方，焉能如此轻率收受他国的东西！"

　　四岳颇为尴尬。老者一旁说道："国君为民尽心竭力，子民献点礼物，理所应当。"

　　帝尧说道："国君为民，是理所应当的。你们的礼贡我实在收受不起。"

　　老者慌忙解释："请国君先别拒绝，小人带的是冰蚕，此地没有，看后再作论定。"

　　帝尧随老者出殿来，看到雪白的冰蚕，果然是稀世珍宝，用之缫丝织锦，做成礼服，祭祀先祖时穿着正好。他略一沉思说：

　　"冰蚕留下，如老者乐意就留在平阳指导养蚕织锦，最好能让更多人穿上此衣。"又吩咐四岳："至于人参娃娃，送往米庠，供老人享用，剩余的送往上党山里种植。"

据说上党人参后来很有名气，人称"党参"。

杨迎祺先生活画了帝尧拒礼的场景。帝尧拒礼，是因为有人送礼。送礼的有各国使臣，有天下子民，这岂不是吉祥如意的景象？将这景象诗化地表现出来，不就是凤凰来仪吗？我以为，百兽率舞、凤凰来仪中蕴含着这样的象征意义。

就凤凰这个话题，还有可以探讨的空间。尧庙有座大殿称"五凤楼"，此楼是纪念帝尧和四位大臣议事的场所。民间说，帝尧有四位得力助手，经常在一起商谈国家大事。他们去世后，众人说是一凤升天，四凤和鸣，因此称"五凤"，为纪念他们特建此楼。这让人沉思，历来的帝王都以龙相称，为何帝尧不称"龙"，却以"凤凰"名之？

无独有偶，令人沉思的还有，尧陵的门额上的镂花木雕，竟然是凤头龙身的图案。这又是为什么？难道帝尧和凤凰真有难解之缘？没想到我在余心言的图书《中国龙凤文化——凤》中，找到了这个问题的答案。书中写畲族是"从凤凰山走出来的民族"，他们祠堂的正柱上刻写着一副对联：

安邦定国功建前朝帝喾高辛亲敕赐
驸马金卿名垂后裔皇子王孙免差徭

隐含在此联中的信息是：帝喾是畲族的祖先，畲族曾在凤凰山居住，帝喾是帝尧的父亲，若是搞清楚畲族和凤凰的关系，帝尧与凤凰的疑点不就迎刃而解了吗？查考《左传》，内中引用剡子的话说："我高祖少昊之立也，凤鸟适至，故纪于鸟，为鸟师而鸟名。"

尧陵

172

这等于明确告诉世人，少昊部落是以凤鸟为族徽的。帝喾是少昊的孙子，当然应继续承接祖先的族徽。帝尧是帝喾的儿子，岂有不以凤凰为族徽之理？由此可以看出，帝尧和凤凰还真是有关系的。难怪后世子孙要在尧庙建五凤楼，要在尧陵雕刻凤头龙身的图案。

至此，可以更深刻地理解凤凰来仪了。那百兽率舞、凤凰来仪的场景，不仅表达了万邦和谐、吉祥如意的盛景，而且表达了帝尧部族对祖先族徽的朝拜礼敬。

至此，一个问题浮现出来了，那为何凤凰族徽能变作龙图腾？是啊，龙，是中华民族的神物，数千年来始终占据着崇高的地位，至今我们仍自称为龙的传人。那引人注目的陶寺龙盘，与凤凰来仪是什么关系？

搞清这种关系，恰好说明在国家雏形出现之后，帝尧没有将自己部落的族徽作为图腾，而是综合了各部族的族徽特征，融汇出了图腾——龙。龙，并非世间实有的动物，是想象和虚拟的产物。民间有个说法："牛头马面蛇身子，鸡爪鱼鳞虾尾巴。"这就是龙，这就是组合而成的龙。很可能，组合龙的各个部件，都取自不同的部族。不是唯我独尊，而是组合大化，这恰是帝尧的品德风格。

龙，这个流传千古的图腾上，体现着帝尧的博大胸怀，凝聚着古老的和合精神。

第三节　小康社会的源头

进入新时代，中国最响亮的声音就是小康社会，由建设小康社会，到全面建成小康社会。十余年间，小康社会的声音如雷贯耳，暖人心肺。倘要追问，小康社会起自何时？那我们必然要和帝尧再次照面。

瞧，帝尧已经来到了康庄。

康庄，如今是临汾城东北角的一个村庄。村庄不大，却有一块大得能承载

《击壤歌》碑

千年沧桑的石碑。这块碑上刻着一首闻名遐迩的《击壤歌》:"日出而作,日入而息。凿井而饮,耕田而食。帝力于我何有哉。"

这诗歌朴实得几乎像是大白话,可就是这大白话一般的诗歌向我们展示了帝尧那时的村落情景。帝尧前来巡访时并不知道这儿是康庄,也就是巡访一个和千千万万普通村落一样的地方。或许那是个午后,天空挂着不热不冷的太阳。村里到处整洁,静悄悄的不见一个人影。刚刚收过秋庄稼,人都干什么去了?

帝尧正在纳闷,忽然村头响起一阵笑声。顺着声音走去,来到一个大场。哈呀,人挤得满满的,怪不得村中无人,全跑到这儿来了。这么多人在干啥呢?

他紧走几步,挨近外围朝里头一看,是在游戏。只见地上竖着一块木板,有人手中拿着一块木板,突然一甩手臂将木板投掷出去,正好打中地上那块,人群中发出欢心的笑声。哈呀,这是在做击壤游戏! 笑声未落,跳出一个人来,上前拿了木板就要投掷。大伙狐疑地看着他,好像在说:"你能行吗?"

这是位老者,头发白了,胡子白了,连眉毛也白了。白头老翁却微微一笑,拿着木板唱出声来。他唱的就是这首歌。因为这是在做击壤游戏,所以这歌也就被称为《击壤歌》。帝尧看到此情也舒心地笑了,笑着问:"这是什么村庄?"

有人告诉他:"康庄。"

帝尧高兴地说:"真是小康人家!"

就这样,小康人家的美称生成了。不仅如此,人们还把帝尧他们走过的那条大道称为康庄大道。如同鱼儿离不开水,小康人家当然要生成在小康社会。因而,后世的文人学士,回望那个时期总是冠之以原始古朴而又美好的小康社会。

小康社会的源泉就在康庄，涓涓清流，滔滔汩汩，一直流到了今天，流到了我们的面前。

起初，我以为《击壤歌》和小康社会的来历只是个传说，没想到在古籍里还能找到记载。晋代皇甫谧《帝王世纪》中写道："帝尧之世，天下大和，百姓无事，壤父年八十余，而击壤于道中。"

何为击壤？《太平御览》中引用《风土记》的文字做了解释："壤者，以木作，前广后锐，长尺三四寸，其形如履节，僮少以为也。"壤，说清楚了，怎么游戏？也就该说击了："先侧一壤于地，遥于三四十步，以手中壤击之，中者为上。"

从这些古籍文字可以看出，民间传说的击壤游戏不是无源之水，无本之木。那么，小康社会从何谈起？其实，《帝王世纪》中"帝尧之世，天下大和，百姓无事，壤父年八十余，而击壤于道中"的记载，就传递了小康社会的信息。可知当时确实是太平盛世，人们丰衣足食，无忧无虑，才会集聚一起，游戏逗趣，就连八旬开外的壤父也欢心地加入游戏中来了。这不就是小康社会的美好图景吗？

当然，那图景在现今看来太一般了，仅仅就是"日出而作，日入而息。凿井而饮，耕田而食"。可就是这么简单的生活，也是"帝尧之世"的创举。创举在于钦定历法，敬授民时，推进农耕，让先民丰衣足食；抵御大旱，开凿水井，迁徙高地，让先民安居乐业；治理洪水，划定九州，任土作贡，确保了国泰民安；何况尧舜还设立诽谤木、敢谏鼓，广泛征求先民建言，创造出畅所欲言的良好环境。

再让我们回味一下《击壤歌》，先民吟唱的最后一句是："帝力于我何有哉。"何有哉岂不是说帝尧没有什么作为，这是为何？我们一起往下看，《击壤歌》在《高士传》中还有一个版本："帝尧之世，天下大和，百姓无事，壤父年八十余，而击壤于道中，观者曰："大哉，帝之德也！"壤父曰："吾日出而作，日入而息，凿井而饮，耕田而食，帝何德于我哉？"

如果说这个版本中的帝和尧之间，还有一定的缝隙没有写透，那么王充在《论衡·艺增》中却点明了："日出而作，日入而息，凿井而饮，耕田而食，尧何等力！"

这两个版本将何德、何力的帝王统一在了帝尧身上，因为前置的内容未变，稍有变化的就是后面两句。而后面这否定帝力、帝德的句子，在前一个版本上看，还是壤父对他人见解的反驳。看来，他是绝不承认帝尧治世和他有关系的，他自食其力，自饮其水，和帝尧相离甚远，一点也没感觉到啊！

无疑，这是在否定帝尧的功绩。典籍中虽没有往下记叙，但传说中却延展出下面的情节。随同帝尧巡访的大臣放齐听了壤父的说法，顿时生怒，对帝尧说："这老头简直不识好歹，你为子民这么操劳，他怎么就不懂得感恩呢？"

说着，就要前去和壤父论理。帝尧慌忙拦住了他，说："这正好说明我们将这世道治理好了，大家都感觉不到我们的作用了。如果社会混乱，子民离开我们就要受害。我们不断出来主持公道，可能大家会众口一词地说好，但那只能说明我们没有将天下治理好。"

放齐听得茅塞顿开，转怒为喜，心平气和地观看众人游乐。不论这传说是实是虚，《击壤歌》这最后一句确实是对头领作用的淡化。这淡化起码让人感到，一个英明的治世者，一个成功的治世者，应该无为而治。这无为不是无所作为，而是大有作为，是为天下所有的人创造一个都能自食其力的环境，让他们天高任鸟飞，海阔凭鱼跃。

退一步说，即使我们不以为这是无为而治的开端，仅就"帝力于我何有哉"也很发人深思了。谁也清楚，这是对帝尧的轻慢，帝尧听了非但没有动怒，还阻止冲动的放齐，这样虚怀若谷也值得我们效仿吧！有这样的领导，才会民主，才会和谐，才会出现原始古朴的小康社会。

传说还在继续生动上面的故事，据说帝尧听了壤父的歌吟很感动，待游戏结束上前揖礼，和他谈起世事。壤父说得头头是道，条条在理。于是，帝尧拱手揖礼，拜之为师。这就是在访贤那节提到的那位壤父。也有人说，壤父姓席，帝尧称他席老师。席老师是当今襄汾县邓庄人，在康庄击壤是去探望亲戚。至今席村还保存着清代碑石，上有"先贤席老师故里"几个大字。帝尧与之相遇后，每隔不长时间就要拜见一次席老师，听他谈论国事，指点迷津。

帝力于我何有哉？帝力如空气无处不在，而又不让人感觉到其存在，这就是后世向往的尧舜时代。

第十六章　尧舜禅让开启公天下

人类社会的发轫是群聚，群聚的实质是族聚，族聚的实质是家族式治理，说穿了就是家天下。

与家天下对应的是公天下，公天下起始于何时？

回答是，尧舜时期。

帝尧继承的帝位是兄长帝挚的，帝挚继承的帝位是父王帝喾的，帝喾继承的帝位是父王颛顼的……由此上溯，帝位也罢，王位也罢，都是在血亲中传续。自帝尧开始，将帝位禅让给了非血亲的虞舜，虞舜又把帝位禅让给了非血亲的大禹。

家天下打破了，公天下开启了！

第一节　阅读典籍看禅让

顺理成章，顺理成章。帝尧禅让帝位给虞舜应该顺理成章了。

是呀，帝尧将两个女儿嫁给虞舜，考验他；将宫廷要事托付给虞舜，培养他；将天下诸事交给虞舜，锤炼他，这是帝尧识别和任用虞舜的方法步骤。虞舜经受了考验，得到了培养，一天天成长起来。尤其是制定的四项制度，实施的四项大措施，肯定令帝尧大为欣喜。他可以放心地将帝位禅让给虞舜了。正是这样，《尚书·尧典》和《史记·五帝本纪》都是这么记载的，而且，禅让的说法得到了诸子百家的认同。

儒家认为，尧曰："咨！尔舜！天之历数在尔躬，允执其中。"这是《论语》中的记载，意思是帝尧赞赏地说，虞舜呀！按照上天的意思帝位该传给你了。而且，嘱咐他，你要诚挚中肯，坚持正确的信念。

道家认为，尧治天下，伯成子高立为诸侯，尧授舜，舜授禹。这是《庄子》中的记载，是说帝尧当天子时，将子高立为诸侯。后来尧将帝位禅让给虞舜，虞舜禅让给大禹。

墨家认为，古者舜耕历山，陶河滨，渔雷泽，尧得之服泽之阳，举以为天子。这是《墨子》中的记载，是说先前虞舜在历山耕种，在河滨制陶，在雷泽捕鱼，帝尧在雷泽北边得到他，将他举荐为天子。

纵横家认为，夫尧传舜，舜传禹。这是《战国策》中的记载，是说帝尧将帝位传给了虞舜，虞舜将帝位传给了大禹。

尧舜禅让，是千秋美谈，是历史定论，是尧舜的光荣，也是中华民族的光荣。

第二节　力排众议让帝位

看似平常却非常。

如今谈论尧舜禅让，可以在闲庭信步，可以在月下茶话，轻轻松松，没有任何压力，没有任何风险地谈论。不过，当初帝尧禅位绝不是如此闲逸轻松，遇到了不少阻力。《尚书·尧典》中有这样一个议事场景：

尧曰："畴咨若时登庸？"
放齐曰："胤子丹朱启明。"

尧曰："吁！嚚讼可乎？"

意思是，尧问："谁可顺应天理，被提拔任用？"放齐说："你的儿子丹朱开明可用。"尧说："哎呀，丹朱说话随意，又好争辩，难道可用吗？"

丹朱的缺点是明显的，那为何放齐要推荐他？还是传统观念在作祟，在他看来，丹朱是帝尧的长子，提拔重用合乎情理。值得注意的是，这次议事不是决定继位人，只是推荐贤人，担当重任。看是放齐一人推荐丹朱，却未必不是大臣们的意见。是呀，荐才举贤众臣都在向帝尧示好，子承父业顺理成章，何必要另选他人。

这次议事，不是选定继位人的终极会议，却能看出帝尧对丹朱并不满意。丹朱"嚚讼"，至于丹朱嚚讼，这里过于简练，倒是《尚书·益稷》详写了几笔："无若丹朱傲，惟慢游是好，傲虐是作，罔昼夜额额，罔水引舟，朋淫于家，用殄厥世。"

如前所述，丹朱不但傲慢，还喜欢游乐，经常不分昼夜，聚朋作乐，这样游手好闲当然令帝尧大为不满。不过，这种不满正好对接到尧造围棋时，这正是帝尧为何要教化丹朱的动力。围棋初创，帝尧与丹朱对弈，逐渐改变了儿子的性情。于是，浪子回头了，那该金不换呀，为何帝尧还没有将帝位让给丹朱？变好了，不做坏事了，成为一个好人，不等于就能担当治理天下的大任。因而，帝尧没有将位置留给自己的儿子。帝尧要禅让帝位与虞舜，那该如何安顿丹朱？古人有四种说法。

一说丹朱被杀。《韩非子·说疑》这么认为，而且不止丹朱一人，还有舜的儿子商均，启的儿子五观等都因祸国被杀，这是大义灭亲之说。

二说丹朱被流放。《韩诗外传》载："父贤不过尧，而丹朱放。"父亲贤明莫过于帝尧，丹朱却遭到了流放。《史记·淮南衡山传》中写到文帝听见流言时叹曰："尧舜放逐骨肉。"读下去可以知道，不仅帝尧流放了丹朱，虞舜还流放了商均，他们都把亲骨肉流逐到了很远的地方。

三说丹朱被降格。《邓析子·无厚》中这么写："尧舜位为天子，而丹朱、商均为布衣，此于子无厚也。"尧舜贵为天子，他们的儿子成为布衣，显然是被降为庶民了。

四说丹朱被封。《史记·五帝本纪》记载："尧子丹朱，舜子商均，皆有疆土，以奉先祀。"

对以上四种说法，我倾向于司马迁的这种论断。之所以倾向，不是个人情感偏爱，而是有事实为证。现今山西省长治市长子县，原名"丹渊"。据说，早先丹朱叫子朱，就是被封到丹渊后以地望为姓，才称为"丹朱"。而丹渊则由于成为帝尧长子的封地，改称"长子"，至今此名仍然在叫，而且长子县还有不少与丹朱相关的地名。前往长子县一看，这里土地肥沃，田地广阔，是适宜农耕的好地方。因而，丹朱被封的可能性最大。况且，这种说法与"尧造围棋，丹朱善之"的记载相吻合，更具有可靠性。是呀，丹朱变好了，浪子回头金不换，封给他一个地方，让他重新做人，为民造福，符合帝尧的一贯做派。

以上无论哪种说法，总算将丹朱进行了妥善安排，这便可以禅让了吧？不妥，还有反对的杂音，《韩非子·外储说右上》中载："尧欲传天下于舜，鲧谏曰：'不祥哉，孰以天下而传之于匹夫乎？'尧不听，举兵而诛杀鲧于羽山之郊。共工又谏曰：'孰以天下而传之于匹夫乎？'尧又举兵而诛共工于幽州之都，是天下莫敢言无传天下于舜。"

看来帝尧传位给舜阻力确实不小。从鲧的说法中，我们听到了世俗的声音，不光是他反对，恐怕反对传天下给匹夫的大有人在。共工也是鲧的追随者，不然为什么帝尧会举兵讨伐他？不然为什么诛杀了他，天下再也没有人说不同的话？不过，也不尽然。《山海经·海外南经》还有一种说法："尧以天下让舜，三苗之君非之，帝杀之。"

总之，鲧代表的是世俗社会，持这种观点的人至少还有共工和三苗。联系到虞舜摄政后"流共工""迁三苗""殛鲧"的做法，恐怕这是一场权力斗争。无论如何，帝尧清除了各种障碍，为禅位于虞舜铺平了道路。

至此，各种影响禅让的因素都排除了，那就了解一下尧舜禅让的程序吧！按说，在缺乏史料记载的年代弄清此事并不容易，好在已故的尧文化研究专家石青柏先生从《竹书纪年》中钩沉出了这段世事，兹摘录于此：

帝尧乃修坛场于河洛，择良辰吉日率虞舜等升首山，在山上遇到五位老人，都说，河图将来，告知"重瞳黄姚"，当授天命。虞舜即重瞳，生于姚墟。二月辛丑日，天未明时即备礼到大河之河渚祭河神。直等到下午，白云起，荣光出，龙马衔甲而上，吐甲图而去。一看是个龟背，玉检赤文，说虞舜当授天命，帝尧乃写其言藏于东亭。后二年二月仲辛，帝尧率群臣沉璧于洛水，礼毕，等到下午，玄龟负书而出，背甲示文成字，止坛，书言当禅虞舜。

在今天看，这实际上是一种迷信活动。但是那时的一切都要遵从上天的旨意，所以这个程序是必不可少的。经过一系列祭天受命活动，虞舜已成了不可动摇的继位人选。于是，诚如《尚书·尧典》所说："正月上日，受终于文祖。"即在一元复始的吉日良辰，虞舜在帝尧的祖庙继承位置。帝尧与虞舜完成了权力交接，这就是最早的禅让。

第三节　虞舜禅位给大禹

本来虞舜这么继承帝位已经够复杂、够艰难了，可是在世人的眼中还觉得让凡人这么继位有点不可思议。有人进行过计算，说虞舜被考验了三年才当上摄政帝，一摄政就是二十年。二十年后帝尧才正式禅让，八年后帝尧去世。按说帝尧去世后虞舜名正言顺继续干就行了，可是，《史记·五帝本纪》又讲述了一件事：尧崩，三年之丧毕，舜让辟丹朱于南河之南。诸侯朝觐者不之丹朱而之舜，狱讼者不之丹朱而之舜，讴歌者不讴歌丹朱而讴歌舜。舜曰："天也夫！"而后之中国践天子位焉，是为帝舜。

史圣司马迁笔下清楚地记载了此事，帝尧去世后，虞舜服丧三年。三年后没有登上天子位，而是为了还位于丹朱，避位住到了南河之南。可是，朝觐的、诉讼的、讴歌的都不去丹朱那里，而是来朝拜虞舜。虞舜以为天意如此，这才正式登上帝位。虞舜这样一避位，似乎更加人情化，也更突现了他的人格魅力。

尧舜禅让，这跨越时空的千秋美谈，不只是赞扬帝尧让位给虞舜，还是在赞扬虞舜慕先贤而行，将帝位禅让给大禹。尧舜没有将天下，或者说国家视为己有，没有"普天之下，莫非王土；率土之滨，莫非王臣"的狭隘见识，一心奉公，堪称是天下为公的典范。上面讲过了帝尧让位，那么虞舜如何让位，我们去典籍中领略一番。

虞舜让位没有帝尧那样复杂，不需要四处奔走，寻访贤才。他摄政前后遇到前所未有的大洪水，治水过程涌现出最为杰出的人才，这就是文命，后来彪炳史册的大禹。虞舜决计将帝位禅让给大禹，《尚书·大禹谟》记载，帝曰："格，汝禹！朕宅帝位三十有三载，耄期倦于勤。汝惟不怠，总朕师。"虞舜对大禹说，你来吧，我居帝位三十三年了，年岁老迈，物事劳累，力不从心。你当努力不怠，总揽统领天下众民。

大禹非常谦虚，《尚书·大禹谟》记载，禹曰："朕德罔克，民不依。皋陶迈种德，德乃降，黎民怀之。帝念哉！念兹在兹，释兹在兹，名言兹在兹，允出兹在兹，惟帝念功。"

大禹恭敬地辞让，说他的德能难以胜任，人民不会依顺。他推荐皋陶，赞扬他勤勉德政，能够施惠于下民，众民爱戴他。舜帝应当任用他。念德的在于皋陶，悦德的在于皋陶，宣德的在于皋陶，诚心推行道德也在于皋陶。舜帝要深念皋陶的功绩呀！

其实，虞舜怎么会忘记皋陶的功绩呢？他对皋陶说，你担任士官，能明五刑，并辅助五常之教，合于治世大道。施刑是为了不施刑，是为了众人合于中道，不违法乱纪。众人遵行道德，非常好，这都是你的功劳啊！

皋陶将成绩归功于虞舜，他认为，帝舜道德高尚，做出了榜样。这样才便于简约治民，宽缓御众。刑罚不必要施于子孙，奖赏则可以惠及后代；不论失误和罪过多大，不是故意犯罪都可以宽宥；不论罪大罪小，只要是故意犯罪就要处罚。罪行轻重、功劳大小若有不确定之处，罚宜从轻，赏功宜从重。与其错杀无罪的人，宁肯失去不守正法的人。舜帝关爱生命，合乎民心，因此民众安居乐业，哪还会冒犯头领。

虞舜认为这是皋陶恪守美德、传播美德的结果，当即表达了这番美意。不过，他还是认为大禹继位更合适。于是对大禹说，洪水来袭，你按照总体部署，疏水导流，只有你最贤；勤劳于国，节俭于家，不自满自大，只有你最贤；不自以为是，天下没有人与你争能；不居功自傲，天下没有人与你争功。我赞美你的德行，嘉许你的大功。上天将大任降落在你的身上了，你应当升位治世。人心险恶，道心精微，你要精研，要专一，要诚实，要继续保持中道。不经验证的话，不要轻信，更不要独断专行。民众爱戴的不是君王吗？君王畏惧的不是民众吗？众人没有君王还拥护什么？君主没有众人，就无人守卫国家。要恭敬啊！慎重对待你的大位，敬行人民希望干的事。如果四海人民困穷，你的大位就会终结。至于嘴能褒扬人们和谐相处，也能激发人们纷争，我就不多说了。

话说到此，大禹完全领会了虞舜的意思，还是谦虚地说，那就请再逐个听听功臣们的看法，然后占卜，若是吉利再做决定。

虞舜则坚定不移地告诉大禹，占卜也是先定志向，再告于大龟。我的志向已定了，询问功臣意见相同，鬼神依顺，龟筮协合，占卜也是吉兆。尽管如此，大禹还是跪拜叩首，再作辞让。

虞舜说，不要再推辞了吧，只有你继承大位最适合。

虞舜要禅让帝位与大禹，君臣上下意见一致，占卜也很吉利。于是，正月初一清晨，大禹在宗庙像当初帝尧让位于虞舜那样行礼继位，统领了天下万民。

第四节　千古美誉说禅让

俱往矣，数千年历史过去，尧舜禅让已是十分久远的往事，但是人们却丝毫没有淡忘，而且成为千古美谈，成为大公无私的写照。当然，这只是主流，也有微不足道的支流，并不认可这主流，甚至还面对主流评头论足，指指画画。《竹书纪年》中认为尧舜间的帝位传承不是禅让，而是篡位，"禹囚舜"。如果仅仅涉及虞舜和大禹这还真值得注意，不可忽略。可是，就连帝尧与虞舜间的传承帝位，也成了篡位："舜囚尧，复偃塞丹朱，使不与父相见也。"这就不得不打个问号，接连的雷同与相似，往往是一种思维模式演绎出来的历史。那为何会产生这种说法？

熟悉历史的人们都清楚，《竹书纪年》据说是春秋时期晋国史官和战国时期魏国史官所作的一部编年体通史。从尧舜时期到此时，已有两千年过去，史官撰写往昔的历史，往往带着自身的眼光。春秋战国时期，是孔子极力倡导"克己复礼"的年头。他缘何不遗余力地为"复礼"鼓与呼？是因为这个年代礼崩乐坏。礼崩乐坏的标志，就是君不君，臣不臣，贵族大夫僭越规矩屡见不鲜。抢夺君位的事件也时有发生。克己复礼，复何时之礼？复周礼。复周代初建立时，周公立下的诸多规矩。当然，若是再往前追溯，这规矩应该就是虞舜时期确立的大五典："父子有亲，君臣有义，夫妇有别，长幼有序，朋友有信。"前面所说的五典"父义、母慈、兄友、弟恭、子孝"，是就家庭而言，可以看作小五典。若是如此遵循大五典，怎么会出现礼崩乐坏的社会状况？

读过晋国历史的人都知道，晋国的兴旺经历了两位杰出的国君，一位是晋文侯，他辅佐周平王东迁，稳定了东周初年的局势。周平王为何东迁？礼崩乐坏，宫廷内乱。周幽王废嫡立庶，引起王后申后和太子姬宜臼的不满。申后的父亲申侯大为愤怒，联合缯国、西夷犬戎打进国都，杀死周幽王。为远离犬戎，新继位的周平王只好东迁，东周列国由此开始。另一位是晋文公，他继位不久周王室发生篡位变乱，周襄王的异母兄弟叔带跳出来争夺天子位，将周襄王赶到了郑国。晋文公当机立断，派出两支大军声援天子，一路围攻叔带，将其击败，俘杀，平息了内乱；一路前往郑国，护送周襄王归都。经过一个多月的征战，安定了周朝王室。周襄王大为感动，赏封了他不少土地，晋国的势力从此扩展到了太行山以东的地区。

这些乱象如烟雾弥漫，身居其中难免受影响。用当时争权夺位的思维度量尧舜禅让，禅让就变了味，沦为舜囚尧、禹囚舜，禅让沦为篡位。好在能够辨识真伪的人还是多数，尧舜禅让没有被颠覆、被污染，仍然是千古美谈。

尧舜禹浮雕

为什么时光远去，多少惊天大事早被世人忘却，对于尧舜禅让大家却念念不忘？归根结底，因为禅让的确不是一件易事。回味帝尧访找虞舜，进而考查、培养的过程，谁也会有这样的感受。正由于如此，帝尧的形象才会崔巍高大，禅让的大举才会代代传颂。按说，有此榜样，之后历朝历代的帝王应该效仿了吧，可惜，查考历史，每次禅让都是篡位的代名词。

战国时代燕王哙执政，子之担任相国。子之想当国君，就请苏秦替他说好话。苏秦的弟弟和子之有亲戚关系，他便为子之美言。说燕国当今不能称霸诸侯，是因为不够信任大臣，提议燕王重用子之。燕王于是便十分器重子之。子之又让鹿毛寿向燕王进谏："人谓尧贤者，以其能让天下也。今王以国让子之，是王与尧同名也。"可怜的燕王为了博取帝尧那样的好名声，竟然真的将王位让给了子之。"子系中山狼，得志便猖狂"，子之继位后，玩弄权术，任用奸臣，弄得燕国大乱，百姓无不惶恐。后来，齐国出兵攻破燕都，将这个万民痛恨的子之剁成肉酱，才让这场闹剧没有再演下去。

无独有偶，东汉末年，从曹操那里继承爵位的魏王曹丕成为魏文帝，采用的就是"禅让"的办法。汉献帝被夺去大权，还被迫降诏禅位，《三国志·魏书》记载："夫大道之行，天下为公，选贤与能。故唐尧不私于厥子，而名播于无穷。朕羡而慕焉，今其追踵尧典，禅位于魏王。"

汉献帝在退位后肯定会暗暗垂泪，一个禅让的幌子，就在他手里失去了刘汉天下。不过世道也很公正，曹魏代汉没多久，大权旁落到司马家族手中。既然曹丕可以用"禅让"夺取刘家的天下，司马家族为何不能以此手段夺取曹家的天下？于是，"禅让"的幌子一招摇，坐在龙椅上的成了司马炎，暗暗垂泪的自然是曾经让刘家人流泪的曹家人了。

不必再一一列举，可以说自帝尧让位于虞舜，虞舜让位于大禹，禅让也就终结了，公天下也随之结束了。一个"普天之下，莫非王土；率土之滨，莫非王臣"的时代到来了。君王成为支配天下财富、指使天下民众的集权者，奢望取而代之的野心家层出不穷，宫廷屡屡变乱，成为嗜血的博弈。以后所有的禅让，皆无异于夺权篡位的代名词。正因为如此，才越加彰显出禅让的珍贵，尧舜禅让也才会流传千古，誉满神州。

第十七章　击壤南风歌盛世

中华民族，诗风浩荡。激越的元曲，在城市乡村传唱；优美的宋词，在市井庭堂响亮；高雅的唐诗，在九州大地颂扬。继续上溯，《诗经》里喷薄着风雅颂的气象！继续上溯，《大章》《韶乐》无不是尧舜时期美好的合唱！

不过，这还不是诗歌的源头。若是追溯诗歌源头，打开《古诗源》与我们照面的是《击壤歌》与《南风歌》。也有学者说，中国的诗歌开篇有个二言诗过程，代表作是《弹歌》。可能《弹歌》因为最早记载在《吴越春秋》中的缘故，《古诗源》没有认可。

如此看来，《击壤歌》与《南风歌》，唱响了中国的最早诗歌！

第一节　康庄传唱《击壤歌》

《击壤歌》的来历，如前所述，从康庄那个大场上唱响，一直到今天还为民众广为传唱：

日出而作，
日入而息。

凿井而饮，

耕田而食。

帝力于我何有哉。

很长一段时间，我都把《诗经》视为中国诗歌的源头。不是我一人这样认为，无数国人从教科书和讲堂上接受的就是这般定论。动摇这定论的是，我年岁增长，知识渐多，耳边经常回响从河东大地唱响的《击壤歌》。《诗经》很早，早到了周代，可是这部诗歌总集，未能收录《击壤歌》，因为《击壤歌》比之要早得多，早到了上古时期。经过尧舜，经过夏商，才能抵达的周代，自然无法收录这首初创的诗。从那时起，我把《击壤歌》看作中国最早的诗歌。不过，我没有敢为此高声喧哗。因为，据说中国的诗歌从二言诗发端，《击壤歌》显然不符合这个标准。后来我理直气壮张扬这个观点，是因为《古诗源》一书为我壮了胆。《古诗源》是清代沈德潜主编的，他把《击壤歌》放在第一首，并且在例言里指出：《击壤》《康衢》，肇开诗声。

击壤图

肇开诗声，振聋发聩！

这决断是不是有些偏激？不，完全准确。沈德潜认为："帝尧以前，迫于荒渺。虽有《皇娥》《白帝》二歌，系王嘉伪撰，其事近诬。故以《击壤歌》为诗。"

《击壤歌》是我国的第一首诗歌，而且无愧于我国的第一首诗歌。由此诗可以看出，中国诗歌一开源就独抒性灵，不以庙堂为题旨去奉迎作歌。这与《尚书·舜典》中"诗言志，歌永言"的记载相符合。"诗言志"，不是言庙堂之言；"歌永言"，不是咏庙堂之言，而是言自己的心声，咏自己的性情。可以说，我国的诗歌一开篇就和封建庙堂剥离开来。当庙堂高唱赞歌之时，诗歌可以"帝力于我何有哉"！

当然，在尧舜创造的太平年代，颂扬他们丰功伟绩的歌声不会没有。《古诗源》还收录了这样一首歌：

> 立我烝民，
>
> 莫匪尔极。
>
> 不识不知，
>
> 顺帝之则。

这是《康衢谣》。据说，这是帝尧治理天下五十年后，微服私访，在街巷里听见儿童吟唱的歌谣。立，为粒，粮食的意思；烝民，众民，很多人的意思；尔极，帝尧的功德高到了极点；帝之则，帝尧确立的规则。这显然是说，让天下民众都有饭吃，莫不是尧舜的功德。什么不知道也可以，只要按尧舜确定的规则办事就成。在当时以此歌颂尧舜无可非议，他们钦定历法，敬授民时，开凿水井，设立华表，确实创造了先民最佳的生活环境。可是，延伸这种模式，到了后世就会面对毫无作为的帝王唱赞歌。这便降低了文学的意蕴，完全成了遵旨和谢恩的另一种模式。这种模式如果渗透进文学领域，必然会影响"诗言志"，必然会干扰"歌永言"，会成为千篇一律的"吾皇圣明"。所幸，尧舜时期是畅所欲言的时期，是广开言路的时期，既可以"不识不知，顺帝之则"，也可以"帝力于我何有哉"。而且，帝尧闻听"帝力于我何有哉"，不仅不发怒，还非常欣慰，甘于拜吟唱的壤父老人为师。

最为值得仰慕的是，帝尧在一片颂扬声中没有被冲昏头脑，以救世主自居，依然恭敬谨慎，小心翼翼为民操劳。恰如他在《尧戒》中所讲："战战栗栗，日谨一日。人莫踬于山，而踬于垤。"先民越是"不识不知，顺帝之则"，他越是战战栗栗，如履薄冰，一天比一天谨慎。他深知人不会在山上跌倒，却会摔倒在小土堆上。正由于如此，才会成为受万代敬仰的帝王。

遗憾的是，随着封建专制的逐渐形成，庙堂之上已不可言志，不可咏言，只能看皇帝的脸色行事，把皇帝的一切行为都看得至高无上。皇帝降旨，要遵旨；皇帝办事，要谢恩；皇帝朝会，还要吾皇万岁、万岁、万万岁！这势必窒息民间百姓的心声。当后世封建专制遮蔽大地时，《击壤歌》更见光芒，在遮蔽的夹缝里映照出蔚为大观的中华文化，汉赋、唐诗、宋词就是在其中蓬勃发展起来的。所幸《击壤歌》如甘霖、如雨露，滋养着无数中华儿女的心田，让他们的灵魂明净如碧蓝的天空，闪亮如璀璨的群星。因而，中国才会出李白，出杜甫，才会成为泱泱诗歌大国。足见，文化和谐也是相当重要的。

第二节 《南风歌》声唱民生

在《击壤歌》的古老音韵里，尧舜共同开启的小康社会，悠然传颂，不绝于耳，直至成为当今时代的黄钟大吕。为何要说尧舜共同开启小康社会？是因为虞舜继承了帝尧的位置，也弘扬了帝尧的治世美德和方略。这美德就是爱民，这方略就是勤政。帝尧有巡访民情的习惯，虞舜不贪图宫中安逸日子，也在遍地巡视，解决民间疾苦。运城市虞舜文化研究会主编的《虞舜传说》一书，收录了不少当地关于虞舜勤政爱民的故事，这里选录几则共同分享。

第一则点火驱兽。上古时期猛兽很多，弱小动物都是这厮们的美食。人也不例外，时常就会被豺狼虎豹吃掉。这一天，虞舜巡视到中条山上，正行间听见一阵撕肝裂肺的哭号。他加快步子赶前去一看，一位妇人伏在残缺的肢体上痛哭不止。她出去捡柴回来，门前卧着一只恶狼。她大喊一声，恶狼跑走了。可是，幼小的儿子已被恶狼咬死，啃食得肢体残缺。妇人痛哭，虞舜也跟着流涕。流涕无济于事，人死不能复生，防治恶狼伤害才是紧要事情。一连数日，虞舜闷闷不乐，每到一地都向人们讨教，如何才能防范猛兽。可是，别看人们都恨透了豺狼虎豹，却没有好办法。唯一的办法，就是不要一人行走，最好结伴出行。

真的没有办法吗？不见得。这一日，虞舜遇到一位独自行走的男子，上前问他不怕猛兽伤害？男子扬起手中的艾草绳说，不怕。话音刚落，抡起草绳，旋舞开来，刚转两圈，那草绳便着火了。那男子将草绳叫作火鞭，说百兽怕火，看见火苗就会吓跑。百兽怕火，这真是好经验，虞舜好不欣喜。那么，为啥手里还要那根细细的木棍？男子笑着说，这是要打草惊蛇，吓跑它。避免行走时，踩在蛇身上被咬一口。虞舜更为欣喜，从此每到一地便告诉大家火鞭驱兽、打草惊蛇的防卫办法。

第二则故事是虞舜巡视盐池。中条山之北，鸣条岗以南，有一个碧波粼粼的湖泊。只是，没有人称之为湖，这就是闻名远近的盐池。盐池年代久远，据说当年黄帝与蚩尤大战便是争夺这个盐池。虞舜继位后非常看重盐池，时常巡视查看。下雨多时，盐池涨水，汪洋恣肆，自然无法采盐。采盐要等冬春时节，雨水减少，南风劲吹，水位下降，环湖周边白茫茫一圈都是盐。附近的平民就靠采盐谋生，一来自己不愁吃穿，二来别处的人们在食物中加盐，吃着味道香，吃了长精神。

可是，一过冬春时节，气候转热，下雨增多，就无法采盐。附近的盐民没有收入，别的地方的人们无盐可吃，嘴里寡淡无味，浑身软弱乏力。如何才能多采些盐呢？虞舜为这个问题食不甘味，寝难安眠，常常皱眉。俗话说，眉头一皱，计上心来。虞舜没有白皱眉头，他想，当初在历山垦荒，利用田垄划畦种地，解除了各家因为土地多少的纠纷，如今何不利用田垄，拦截湖水，划畦晒盐？有了办法，便带领盐民干了起来。一干，还真干成了，盐民常年有了收入，广众四季都不愁盐吃，远远近近的平民没有一个不高兴的。虞舜再来盐池巡视，采盐的、卖盐的、运盐的，络绎不绝，个个面带笑颜，还有人边走边歌。看看这人欢马叫的场景，虞舜禁不住放声唱出一曲：

南风之薰兮，

可以解吾民之愠兮。

南风之时兮，

可以阜吾民之财兮。

多美的歌声呀，清凉温和的南风轻轻吹吧，解除民众炎热的忧愁；适时可心的南风轻轻吹吧，给民众带来更多的财富。这就是流传千秋的《南风歌》。司马迁在《史记·乐书》评价道："舜歌《南风》而天下治，《南风》者，生长之音也。舜乐好之，乐与天地同，意得万国之欢心，故天下治也。"《礼记·乐记》记载："昔者舜作五弦之琴，以歌《南风》。"《古今乐录》也有同样的说法："舜弹五弦之琴，歌《南风》之诗。"看看，这记载多么生动，虞舜不仅与民众同声歌唱，还取出五弦琴，边弹拨，边歌唱，畅想其时该是多么迷人的场景啊！

运城市盐池

第三节　韶乐卿云永传唱

虞舜在盐池边有没有弹拨五弦琴，不必较真。有一处他肯定弹奏了，这就要进入第三则故事。故事的发生地与盐池、河东距离遥远，他巡访到很远很远的南方去了。不去则罢，这一去华夏大地便有了一个名声显赫的地名——韶山。我本来打算原原本本讲述虞舜南巡韶山的故事，转念一想，作为河东人如此讲述是不是有王婆卖瓜之嫌。随即在百度一点，韶山条目即出现了以下文字，不妨粘贴于此：

"韶"乃虞舜时乐名。《尚书·益稷》曰："箫韶九成，凤凰来仪。"史载：韶山，相传舜南巡时，奏韶乐于此，因名。《辞海》诠释韶山："相传古代虞舜南巡时，奏韶乐于此，故名。"虞舜是继帝尧之后中华民族世代推崇的又一明君圣主。他继位之后，为造福人民，开拓疆土，辞别爱侣，甘冒苦辛，渡黄河，涉长江，深入荆楚蛮荒之地，探测山川利弊，规划拓垦宏图。南下途中经过此山，虞舜弹拨五弦琴，演奏《韶乐》，侍从们与虞舜载歌载舞。《韶乐》是虞舜专门为歌颂帝尧谱写的歌曲，其音韵美妙无比。有多美？几千年后孔子闻韶乐"三月不知肉味"，试想美到了何等程度。随着虞舜优美的音乐舞蹈，山崖翕然，山鸣谷应，声震林木，凤凰闻乐展翅起舞，嘤嘤和鸣。山间胜境，人间盛会，亘古传诵。日久，先民便把欣赏过虞舜音乐的山岭叫韶山。

由此便派生出非常有趣的世事。韶山下面有个地方韶山冲，韶山冲出了个伟人毛泽东。毛泽东历来不歌颂古代帝王将相，风华正茂的年代，站在橘子洲头，看万山红遍，到中流击水，要粪土当年万户侯。万里长征抵达陕北，渡过黄河东征，恰遇春雪，写下北国风光，千里冰封，万里雪飘。美景如画，引无数英雄竞折腰。可那些英明盖世的秦皇汉武，略输文采；唐宗宋祖，稍逊风骚。最可怜的是成吉思汗，只识弯弓射大雕。在毛泽东眼中，这些帝王将相算什么风流人物呀！不过，他却对尧舜敬慕有加，欣闻余江县消灭了血吸虫，浮想联翩，挥笔写下：春风杨柳万千条，六亿神州尽舜尧。尧舜的美好从上古时期一直美好到当代。

此是后话，还是回到当初，虞舜巡视南国，不仅留下了韶山，还留下了韶关。相传，虞舜离开韶山南行并不顺利，特别是到了尚待开化的岭南，走得倍为艰难。那日正走得困倦，突然响起了大呼小叫，叫声中拥上来一群人。披头散发，龇牙咧嘴，伸手要抢他们的东西，还要挥动棍棒打人。很显然，虞舜一行面临了生死危机。只是我们不必为古人担忧，后来的结局十分圆满，是《韶乐》救了他们。《韶乐》响起，美好的音韵感化了众生，他们倾倒了，驯顺了，不仅不再刁难、伤害虞舜，而且纷纷帮助他们。他们相携前去，一路南行，一路演奏。在悦耳的韶乐声中，岭南归顺了，仁化了。虞舜弹奏《韶乐》化险为夷的这个关口，就被叫作韶关。

虞舜不辞辛劳，巡视万里，仁化万民。他光大了帝尧开创的伟业，光大了帝尧确立的道义，光大了帝尧建立的体制，才使天下和洽，万民欢歌，出现了最早的太平盛世。于是，虞舜在晚年才能心安理得地交班禅让，并且欣慰地与众臣合唱：

卿云烂兮，糺缦缦兮。
日月光华，旦复旦兮。
明明上天，烂然星陈。
日月光华，弘于一人。
日月有常，星辰有行。
四时从经，万姓允诚。
于予论乐，配天之灵。
迁于贤圣，莫不咸听。
鼚乎鼓之，轩乎舞之。
精华已竭，褰裳去之。

这首歌流传同样很广，后人称之《卿云歌》。有人将之翻译为：

卿云灿烂如霞，瑞气缭绕呈祥。
日月光华照耀，辉煌而又辉煌。

194

上天至明至尊，灿烂遍布星辰。

日月光华照耀，嘉祥降于圣人。

日月依序交替，星辰循轨运行。

四季变化有常，万民恭敬诚信。

鼓乐铿锵和谐，祝祷上苍神灵。

帝位禅于贤圣，普天莫不欢欣。

鼓声襄襄动听，舞姿翩翩轻盈。

精力才华已竭，便当撩衣退隐。

卿云灿烂如霞，瑞气缭绕呈祥。日月光华照耀，辉煌而又辉煌。一派太平盛世的美好景象，此时新老交替，禅让帝位。精力才华已竭，便当撩衣退隐，虞舜依然保持着谦虚低调的品格。

据说，这是最为古老的国歌。是不是，有待进一步考证，不必考证的是"日月光华，旦复旦兮"，这句歌词为复旦大学提供了最好的校名。

古老的歌声，铭记着尧舜创立的古代勋绩。

古老的歌声，铭记着尧舜勤政爱民的初心。

第十八章　光照人寰的生命

仰望民族信仰的星空，有两颗闪闪发亮的明星。这明星不是别个，就是帝尧和虞舜。

千百年来，帝尧和虞舜高悬于中华儿女的精神苍穹，照亮了中华儿女的锦绣前程。

记得 1999 年，曾刮起了跨世纪旋风，国内外无数媒体，热闹纷纷。愚钝的我不明白跨世纪有何值得喧嚷，在我看来，跨时空才值得骄傲和自豪。不是我有先见之明，而是因为生长在尧舜故地，他们的精神营养给了我定力。尧舜用他们的不懈努力，带领先民实现了由狩猎取食，到农耕文明的跨越；带领先民摆脱人猿揖别初期的野蛮举止，走向垂拱礼让的文明时期。一个新的纪元开始了，一个太平盛世形成了。这个新的纪元，这个太平盛世，凝定为一个词语：尧天舜日。

尧天舜日，光照了一代又一代，写照了尧舜跨越时空的生命。

第一节　一抔黄土胜丰碑

无论怎样高度评价和赞誉，尧舜终归要走向生命终点。那么，这一天来到时帝尧该是多少岁？

说到年龄就想到一个词语：尧年。"尧年"一词的来历是说帝尧高寿，民间说他活了一百一十八岁，这自然是高寿。不过，考古学家从陶寺墓址中发现，那个时代的人寿命都不高，一百一十八岁是先民对帝尧的另一种尊崇。

即使高寿一百一十八岁，辞世也是无法逃遁的。帝尧离去了，对于他的亡故，典籍里留下多种说法。

墨子说，尧去北面教导北狄时，死在中途。《通鉴外纪》注释说，尧巡游时死在成阳。《吕氏春秋》说，尧葬于谷林。帝尧死后不会远道载至谷林安葬，因此，应是死于谷林。

……

凡此种种，说法多样，很难定论，我们就不必为之挖空心思了。

无论帝尧死于何处，安葬是必须的。《尚书·舜典》载："帝乃殂落，百姓如丧考妣，三载，四海遏密八音。"帝尧逝世后，人们好像死了父母一样悲痛，三年间，全国上下一片寂静，没有人弹琴唱歌。足见广众对帝尧尊崇至极。民间还有一种说法，帝尧下葬那天，礼送的人太多了，简直是人山人海。每个人都拿个小口袋，口袋里装一抔黄土。待棺木落卧放好，人们轮流上前，施礼拜祭后便将黄土覆盖在灵柩上。你一抔，他一抔，众人倾覆的黄土居然堆起了一座小小的山头。一座高大的陵墓成形了！

这高大的陵墓令后世帝王垂涎三尺，纷纷效仿。中国大地上相继出现了一座比一座高大宏伟的陵墓，从秦陵到茂陵，从乾陵到明十三陵，帝王们在进行着造陵比赛。似乎陵墓的高低决定着自己声望的大小。岂不知，此举恰是一种道德迷失，帝尧的陵墓是民众自发堆成的，后世哪家帝王不是抓丁捆夫去修筑的？相形之下，孰优孰劣一目了然。

那么，尧陵在何处？

按照墨子的说法，尧葬于蛩山，当在今河南范县东南的旧濮县；按照司马迁尧崩于阳城的说法，当在今河南偃师；按照《山海经·海外南经》中所写帝尧、文王皆葬狄山的说法，当在今陕西长安县；按照《山海经·大荒南经》中所写帝尧、帝喾、帝舜葬于岳山的说法，当在河东大地。古人认为岳山即为今太岳山，此山与汾河平行，纵贯晋南东部。循着这个方位探行，果然可以走到临汾市的尧陵。

尧陵在临汾城东三十公里处，南为涝河，北为陵冢。冢高五十米，周长三百余米，是三皇五帝墓冢中体量最为雄伟的一座。陵区有山门，山门和戏台成为一体。入山门，进陵园，园中有一座牌坊，牌坊上题刻的大字均出自《尚书·尧典》，正面为"平章百姓"，背面为"协和万邦"。再往后有献殿，从献殿背后登十三个台阶向上是一座碑亭。亭内尚存五尊碑石，其中有明万历年间竖立的一尊，上面镌刻着"古帝尧陵"几个大字。碑亭背后即高大雄伟的陵冢。

尧陵初建的具体年代已不可知，据金章宗泰和二年，即1202年碑载，唐初李世民率兵作战，曾屯兵于此，祭祀帝尧。唐高宗显庆三年，即658年进行过修复。明宪宗成化十三年，即1477年再度重修，还建了丹朱祠、唐太宗祠。将近五十年后，重修时认为置唐太宗像"不协不义"，于是撤去，将帝尧的大臣敬祀于此。总之，历朝历代对尧陵均很重视，不断修葺，年年祭祀。

清代当地人徐昆当了内阁中书舍人，他的家乡距尧陵仅为一箭之地。他著有《柳崖外编》一书，其中《银山》一文写到了尧陵："余家平阳东山之麓，去帝尧陵六七里，钱籛石先生奉使祭古帝王陵寝至其间，见涝水南北，岭势嵚崎，问居民曰：'此何山？'一乡约随之而行，素有口才，随口即指南岭曰：'银山。'又问，随指北岭曰：'金山。'设籛石先生作纪行之笔，未有不以其言为信者。其实即漫岭之支派，素无金银名称也。"此文中乡约的机敏善言自不必多说，关键是由此可以考知，清代皇家派员祭祀尧陵是不争的事实。

有陵墓，就需要管理，在管理尧陵上古代也有一套办法。明嘉靖十八年，即1539年，这里有守陵道士五人，守冢农家十户，负责陵园一切事宜。所需费用也有着落，办法是尧陵周围八村农户不交差徭税役，而将其钱用于陵园的管护。这办法一直延续到民国年间。《临汾县志·田赋》记载，郭行、北郊"二里之人，环陵以居。春秋二祀相沿不废，以祭代差，优免徭役"。

尧陵规模最大的活动是逢会，清明时节县府主祭，每三年朝廷派员祭祀。从祭祀当日起开始逢会。这时节下雨少，涝河水小滩大，遍河滩里多是商贾店摊，人来人往，游人如织。不仅周边浮山、洪洞、翼城等县的人们前来祭祀逛会，就连河北、河南、山东等省的民众也络绎不绝。而且为了表示对帝尧的诚敬，官家规定：逢会期间，除了发生重大命案，衙役不得拘捕人犯。有了这种宽松的政策，逢会的规模便更大了。可惜，日寇侵犯搅扰，中断了尧陵的祭祀和逢会。1999年，我担任文物旅游外事局长时，一手抓尧庙的修复，一手抓尧陵的祭祀，清明这日重新启动中断了近七十年的祭祀活动。二十年来尧陵逐渐得以重光，恢复了明代规制，新建了国祖殿。在国祖殿中陈展了尧舜贤明治世、开创新纪元的光辉业绩，成为海内外华人寻根祭祖的圣地。

尧陵赤龙壁

尧陵虽然有多处，但是以河东大地的规模最大、祭祀最多，这自然是因为此处是尧都的原因。尧陵置身于伊祁故里、古帝尧庙、仙洞、康庄、九州堡等一系列与帝尧相关的名胜遗址中，显得自然而贴切。因此，如若判定尧陵的真实性，河东当为首选。

一抔黄土造就了人间最为高巍的陵冢。其实，即使没有陵冢，帝尧本身就是中华儿女心中的一座丰碑。

第二节　鸣条岗上舜帝陵

舜帝陵何在？鸣条耸牧宫。

星躔分野阔，地势入图雄。

夹道松楸古，荒坛俎豆空。

塔悬秋草外，碑卧夕阳中。

稽典承尧禅，传误起禹功。

重华符化日，解愠奏熏风。

蒲坂封圻旧，苍梧证辩通。

遥瞻千载后，盛德溯无穷。

这是清朝人许煌留下的《舜陵》诗。开宗明义，"舜帝陵何在？鸣条耸
牧宫"。一问一答，明确将虞舜陵寝定位于鸣条岗。鸣条岗在现今运城市盐
湖区，这里坐卧着虞舜的巍伟陵庙。而且，在中国古代陵寝中独树一帜，前
面是陵丘，后面是庙殿。庙殿也称离乐城。离乐城顾名思义，是虞舜禅位与
大禹后，居住休憩的宫城。他在这里安居十多年，去世后安葬于此，符合
情理。

不过，远去的世事一旦化为历史，往往不再清晰可观，岁月的云烟使
之云遮雾罩，朦朦胧胧。《史记·五帝本纪》载："舜年二十以孝闻，年三十
尧举之，年五十摄行天子事，年五十八尧崩，年六十一代尧践帝位。践帝位
三十九年，南巡狩，崩于苍梧之野。葬于江南九疑，是为零陵。"司马迁的
观点并非无源之水，《礼记》卷二《檀弓上》就这样写道："舜葬于苍梧之野。"
《礼记》虽然由西汉戴圣汇编，但是主要内容取之于孔门弟子。显然，他是
受了这观点的影响。受这种观点影响的人，并非少数，虞舜南巡暴病身亡就

盐湖区舜帝陵离乐城

是对这种观点的延续。

　　不妨打开零陵网页看看怎样诠释往事。网页再现的是，舜帝南巡死于九嶷山。九疑山，今写作九嶷山。娥皇和女英千里迢迢从中原赶来，想要找到夫君的陵墓。她们一路寻找，一路伤心落泪，直到泪尽泣血。泪血洒到竹子上，留下泪斑，使竹子成为泪竹，又称为斑竹。毛泽东的诗句"斑竹一枝千滴泪"，用的就是这一典故。但是，娥皇、女英最终没有找到舜帝的陵墓，在返回途中，投水自尽于洞庭湖。为了纪念娥皇、女英的多情，人们将舜陵改称为零陵。零陵的"零"字，是"涕零"，即落泪、掉眼泪的意思。也有人认为，零陵的"零"字，是表示没有，或表示无穷大的意思，认为零陵表明舜帝死后没有坟墓，或是一座空墓。

　　阅读这段介绍，没有零陵的"零"字，表示是"空墓"的意思，我还真没有这么去想，这增加了我的疑虑。唐突傻想，既然二位夫人没有找到夫君的陵墓，如何泪洒陵墓？既然泪水洒不到陵墓，涕零也与陵墓没有关系，零陵何来？无须再往下推论，真情自明。其实，不必如此较真，虞舜有多处陵墓，恰好说明他声望高，当地能借助他而扬名。

还是让我们的目光收回河东大地。虞舜继承帝尧的位置是在平阳，那他为何要将都城迁往蒲坂？我不止一次听到有人这样发问，产生这个疑问是不熟悉河东的地理状貌。有人懂些上古历史，回答说蒲坂一带是虞舜的家乡，思乡之情人皆有之，迁徙都城顺理成章。或许，虞舜迁都不乏这种因素，但在我眼里这不是根本因素。根本因素要从平阳和蒲坂的地理环境决断。毫无疑问，尧舜时期是农业发展的关键时段，虞舜继位后更是这样。平阳虽然地势平坦，可面积太小，而蒲坂周边则不然，往东，往北，往南，都是一马平川，播种收获有着最为便利的条件。虞舜迁都于此更便于敬授民时，教民稼穑。如今蒲坂古城的遗址曾有舜帝庙，城外有二妃坛。舜帝庙自然是祭祀虞舜的，二妃坛则是祭祀娥皇、女英二位夫人的。

从地理位置看，蒲坂城与鸣条岗还有一段不近的距离，那为何要将虞舜安葬于鸣条岗？解开这个历史的锈锁，要使用舜帝陵后面的离乐城这把金钥匙。从名称看显而易见，离乐城就是虞舜禅让帝位后的栖息地，起初和安葬虞舜于此毫无关系。关系在于为何要把离乐城建在此处？建在此处的原因登上鸣条岗一目了然，纵目环视四处都是沃野农田，比蒲坂都城更便于教民稼穑。如此看来，指导农业生产，蒲坂胜于平阳，鸣条岗胜于蒲坂。可以这样判断，即使虞舜没有将鸣条岗作为陪都，这里也是一个非常重要的农事指导推广中心。回想当初，虞舜耕历山，陶河滨，"一年而所居成聚，二年成邑，三年成都"，久而久之，鸣条岗也成为一个规模不小的聚落，至少应该称"邑"。虞舜禅位给大禹，大禹都城何在？不在蒲坂，而在安邑。安邑不是大禹另建的新都，是把指挥中心放在了离乐城。放在此处，是为了及时请教卸任的虞舜。虞舜卸任，安享晚年于新成规模的城邑——鸣条岗，岂不是安邑？

打开这把历史的锈锁，虞舜驾崩于何处的难题就好解答了。虞舜确实南巡过，而且通过南巡，扩大疆域，教化先民，推进了文明进程。但是，南巡不在晚年，试想，虞舜驾崩时年龄多大？司马迁写道：舜"年六十一代尧践帝位。践帝位三十九年，南巡狩，崩于苍梧之野"。此时虞舜已是百岁老人，已到风烛残年，绝没有再去巡视的可能。可见，巡视驾崩说，是南方先民受虞舜教化，改变生产方式，改善生活方式，感恩他，怀念他，而演绎出来的故事。

盐湖区舜帝陵舜帝塑像

鸣条岗上的舜帝陵，前陵后庙，这在全国独一无二。为何？张培莲、叶雨青编著的《舜帝陵庙》一书写道：商均得到父王驾崩的噩耗，匆匆赶往鸣条岗，大恸痛哭，感染得众弟妹、大禹和众臣都号啕大哭，一时哀声震天。

待大家劝商均止住哭声，大禹对商均说："现有一事还需要与帝子商议，按理说帝陵应建在离宫后面，可后面是一沟壑，不便修陵。众臣的意见是，将陵墓建在离宫前面。妥否，请帝子决定。"

商均赶紧绕到离宫后面察看地形，果然沟壑很深，建造陵墓不知要耗费多少民力。于是，同意众臣意见，将父王安葬于离宫之前。如今走进舜帝陵，进大门，过神道，入仪门，拜谒陵冢，才能抵达陵庙。陵庙，也就是早先的离乐城。

盐湖区舜帝陵

二十世纪以来，运城市盐湖区重光舜帝陵，不仅修缮了庙宇献殿等古建筑，还拓展陵前广场，开辟舜庙公园，依托这全国重点文物保护单位，建成了占地一千七百七十八亩的著名 AAAA 级景区。以古柏广场为界，前面为风景观赏区，后面是陵庙祭祀区。风景观赏区绿树苍翠，百花争艳，湖光潋滟，风光秀丽，置身其中如入仙境。陵庙祭祀区古柏森然，陵冢巍然，皇城肃然，虞舜圣像庄严而又慈善，令人心生敬慕之感。尤其是大门两侧的大字，更是启人心扉：德圣、孝祖。这是对虞舜人格的高度褒奖，他是道德的圣人、孝道的先祖。当然，若是更为全面地概括虞舜生平，还应该加上本书开头所讲的：贤臣明君。贤臣，是他竭力辅助帝尧，无愧为好助手；明君，是他继位统领天下，无愧贤明君王。

舜帝陵，真是寻根祭祀的祖脉圣地，真是赏心悦目的旅游景区。

第三节　映照历史的光芒

人和人的最大差别是什么？不是金钱，不是地位，是生命的长度，而这长度不能以年龄计算。有的人闭目落气，生命就永远结束了；有的人心脏停止跳动，生命还在延续，思想的光芒仍然映照着人们的行迹。这样的人，不是伟人，就是圣人。尧舜就是这样的人，而且是伟人、圣人集于一身。

伟人和圣人是有区分的。黄帝、炎帝堪称伟人，他们用自己的行为改变了时人的生活方式，但是他们不是圣人，没有可以照亮他人心灵的思想。老子、孟子堪称圣人，他们用自己的思想照亮了他人的心灵，然而他们不是伟人，没有用自己的行为改变时人的生活方式。尧舜则二者兼备，既用自己的行为改变了时人的生活方式，又用自己的思想照亮了他人的心灵。他们将伟人和圣人兼具一身，不仅影响着当时，而且辉映着后代。

对一个时代影响最大的人是皇帝，他可以用权势将自己的思想化为政令，颁布天下实行。权势是改变社会的直接催化剂，皇帝权倾朝野，最具号召力，先看看尧舜对后世皇帝的影响。

在泱泱中华史上，汉武帝刘彻怎么也算是个人物，他拓展疆土，开辟商贸流通的丝绸之路，功不可没。他曾在《元光元年策贤良制》中写道："盖闻善言天者，必有征于人；善言古者，必有验于今。故朕垂问乎天人之应，上嘉唐虞，下悼桀纣。浸微浸灭浸明浸昌之道，虚心以改。"可以看出他以尧舜为榜样，有错虚心改正。改得如何？起码还下过罪己诏。不像有些帝王，即使做错，也说一贯英明正确。

陈武帝陈霸先废年幼的梁敬帝萧方智开启陈国，功绩不算太大，却也以尧舜为榜样，倡导道德教化。他在《删改科令诏书》中写道："朕闻唐虞道盛，设画象而不犯；夏商德衰，虽孥戮其未备。"无论其行动如何，认识是到位的，起码懂得缺失道德的社会是最危险的。继陈武帝之后，还可以看到陈宣帝陈顼对尧舜的推崇，他曾下过一道《尚俭诏》，诏书写道："昔尧舜在上，茅茨土阶。"节俭似乎是个司空见惯的老话题，可是要恪守并不容易，尤其是现代观念一冲击，拉动经济靠消费，扩大消费靠内需，一着急就会错把浪费当消费。经济发展如果建立在浪费基础上，暴殄天物，就会快速破坏自然资源，生态环境就会急剧恶化。当今重视生态文明建设，无疑是兴利除弊的正道大举。

将大唐推向盛世的唐太宗李世民对尧舜尊崇有加，他在《金镜》中指出："尧舜禹汤，躬行仁义，治致隆平，此禀其性善也。"唐朝非常尊崇尧舜之风，唐德宗李适在《宸扆台衡二铭》中写道："朕每览上古之书，及唐虞之际，君臣相得，圣贤同时，日夕孜孜，讲论治道。或陈其鉴诫，讽以歌咏，焕乎典谟，百代是式。"唐宪宗李纯在《复授武元衡门下侍郎平章事制》写道："致君思尧舜之盛。"唐文宗李昂在《却上尊号诏》中写道："慕唐尧虞舜之为君，继贞观开元之致理。"

宋朝是中国文化的鼎盛时期，历任皇帝对尧舜无不敬慕。开国皇帝宋太祖赵匡胤，即使惩罚他人，也要搬出帝尧做榜样，他在《李煜封违命侯诏》中写道："昔者唐尧光宅，非无丹浦之师；夏禹泣辜，不赦防风之罪。"宋神宗赵顼对尧舜顶礼膜拜，他在《曾公亮表英宗实录答诏》中赞颂："帝王之兴，尧舜为盛。"

由平民和尚而登上帝位的明太祖朱元璋对尧舜十分仰慕，他在《问圣学》中写道，"但见今人之学，皆祖尧舜"。之后的继位者也对尧舜毕恭毕敬，每谈道德必追溯到上古。明成祖朱棣在《谕胡广等》中写道："由唐虞至宋，其间圣贤明训具著经传。"明孝宗朱祐樘在《谕礼部》中写道："朕惟自古帝王公德之实，皆有纪述以垂示后世。尧舜汤武之绩见于书，汉唐宋历代之事备储史。"

不仅汉族皇帝对尧舜如此礼敬，马背上入主中原的满族皇帝也不敢怠慢。康熙皇帝在《庭训格言》中写道："在大贤希圣之心，言必称尧舜。"雍正皇帝在《圣谕广训》中写道："'九族既睦'是帝尧首以睦族示教也。圣人之德，在于人伦；尧舜之道，不外孝悌。"

煌煌尧舜如日月朗照乾坤，帝王敬慕，百姓仰赖，留下了大量赞颂诗文。魏文帝曹丕作《秋胡行》赞曰：

> 尧任舜禹，当复何为。
>
> 百兽率舞，凤凰来仪。
>
> 得人则安，失之则危。
>
> 唯贤知贤，人不易知。
>
> 歌以咏言，诚不易移。
>
> 鸣条之役，万举必全。
>
> 明德通灵，降福自天。

　　曹丕以尧舜为榜样，将任用贤才的作用展示于世，从正面讲"得人则安"，从反面讲"失之则危"。只有像尧舜那样唯贤是任，才会"百兽率舞，凤凰来仪"，才会"鸣条之役，万举必全"，才会"明德通灵，降福自天"。因之后人也紧步后尘，明宣帝朱瞻基《读典谟诗示廷臣》曰：

> 大哉尧舜君，道高德巍巍。
>
> 睦亲敦九族，族惠渐群黎。
>
> 命官察玑衡，勤民谨天时。
>
> 文章赫辉映，贤俊罔或遗。
>
> ……

　　"大哉尧舜君，道高德巍巍"，由这首诗可以看出朱瞻基曾俯首拜读过《尚书》，因而才能对帝尧如此礼敬。他在《思贤诗》里还有"尧舜大圣"的诗句，足见他深谙尧舜之道。至于能够做到多少，则需另当别论。

　　帝王之外，赞颂帝尧的诗词更多，《晋书·乐志》载有《唐尧》诗一首，对帝尧的功绩写得详细具体：

> 唐尧谙务成，谦谦德其兴。

积渐终光大，履霜致坚冰。

神明道自成，河海犹可凝。

舜禹统百揆，元凯以次升。

禅让应天历，睿圣世相承。

我皇陟帝位，平衡正准绳。

德化飞四表，祥云见其微。

……

这首《唐尧》诗"德化飞四表"，对帝尧的评价非常确切，我想查找到作者，但因资料有限没能如愿。大名鼎鼎的范仲淹，在《谒尧帝庙》中写道：

千古如天日，巍巍与善功。

禹终平泽水，舜亦致薰风。

江海生灵外，乾坤揖让中。

乡人不知此，箫鼓谢年丰。

果真是名家，落笔就有开门见山、工于发端的气势。"千古如天日，巍巍与善功"，即把尧舜伟大功业和精神高度活画出来了。而且，尧舜遗风代代相传，即使到了后来乡村人不再知道此良好风气起于何时，也明晓礼仪，歌之舞之祭祀神灵，酬谢丰年。

千古如天日，巍巍与善功，尧舜光辉烁古耀今，仍然激励着当代中华儿女奋发作为！

第四节　生生不息的精神能源

俯瞰人寰，世界上有四大文明古国，古巴比伦、古印度、古埃及，唯独中国不叫"古中国"，而叫中国。因为，他们都中断了历史，唯独中国没有中断，在一脉相承的延续。究其原因，我们的根脉深深植于悠久的历史，而且根底非凡，有着丰富的精神能量滋养后世延续。我所说的丰富精神能量，不是别个，就是先祖尧舜在上古时期所创制的业绩，尤其是那业绩所放射出的灿烂文化。

尧舜文化至今辉映着世人，具有永不褪色的风采。

这么说，似乎是在夸大尧舜文化的作用。有人会问，尧舜文化再先进也是农耕文明的产物，如今正在迈进智能时代，瞬间万变的世事正在以光速重构世界，尧舜文化还有什么作用？这就有必要贴近尧舜业绩，解读尧舜文化，进入其核心，了解其内在实质。

前面已初步搞清了尧舜的诸多历史功业，这里不再一一历数，仅举出四点加深认识。尧舜带领先民钦定历法，理顺了时序；凿井饮水，抵御了旱灾，有效推进了农耕。尽管那时还没有科学这个名词，倘要是用当今的眼光审视，这可以视为最古老的科学。尧舜设立诽谤木、敢谏鼓，让平民畅所欲言，议论朝政，即使说错也赦免无罪。帝尧将帝位传给虞舜，虞舜将帝位传给大禹，开启了最早的禅让。而此之前，帝位更迭一直是在血亲中传续的，若是非血亲继位断然少不了腥风血雨。因此，尧舜禅让早被视为千古美谈，表现出的是天下为公的精神，是无私的民主作风。由此可以看出，尧舜文化的两个重要方面，一方面是求实的科学精神，一方面是无私的民主作风。

这太有意思了，二十世纪初，科学和民主曾经是五四运动高举的两面旗帜。据说，这是从国外进口来的德先生和赛先生，岂不知在我们古老的祖先尧舜那里就已经萌生了。当今世界的发展，进入了一个新时期，要调整和改善生产关系，必须依靠民主；要推进社会经济发展，必须依靠科学。古老的尧舜文化中竟潜在这种特质，自然具有不可低估的当代价值。

我们将目光投向当今世界。目前的世界可以概括为两个发展，两个危机。所谓两个发展，是发展中国家快速发展，发达国家持续发展。所谓两个危机，是环境危机和精神危机。两个危机是在两个发展中出现的新问题，只有解决了两个危机，才能进一步推进人类发展。环境危机是世界发展的难题，人类利用越来越高的手段向自然索取财富，导致资源枯竭，环境污染，环境质量的下降威胁到了人类的生存；而精神危机更是世界进步的难题，腐败问题，吸毒问题，艾滋病问题，新冠疫情连年蔓延，发达国家尤其严重。因此，世界在谋求新的发展出路。

也就在这时，越来越多的国内外有识之士，把目光移向东方，关注和合文化。和，是指异质事物的共存；合，是指异质事物的共生。和合文化也就是和谐人与自然、人与社会、人与人的多种关系，使世界在平和自主的状态中发展，使发展成为更持久、更持续的进步。我们知道和合文化是中国传统文化的核心，和合文化是以尧舜文化为源头而生长起来的。程思远先生曾在《人民日报》撰文谈和合文化，其中就引用了《尚书·尧典》上帝尧"百姓昭明，协和万邦"的名言。如果细细思考一下，就会体会到尧舜钦定历法，正是认识自然，顺应自然，而不是改造自然，征服自然。这当然和谐了天地人的关系，这可以说是最早的天人合一实践，是最早的生态文明实践。尧舜设立诽谤木，协和万邦，正是调整人和社会的关系，人和人的关系，也就是以精神文明来推进物质文明。那时世界大多数地区还处于蒙昧野蛮状态，甚而不少地方还处在茹毛饮血的时代，自然这是了不起的奇迹。更为有价值的是，尧舜文化提醒当代人注意，既要向自然索取，也要保护自然；既要注重物质利益，更要注重精神文明。否则，人类必然在倾斜的发展中走向困境。由此可见，尧舜文化是人类可持续发展的和合文化之根。弘扬尧舜文化，不仅具有深远的历史意义，而且更具有重要的当代意义。尤其是对于当今建设人类命运共同体，实现世界大同，更是具有不可估量的影响力。影响力何在？在于钦定历法，在于敬授民时。钦定历法，唐部族先行一步，可谓"各美其美"；敬授民时，传播给远近部族，可谓"美人之美"。光大这种精神，人类便可以"美美与共，天下大同"。

如若是回到中华民族伟大复兴的话题，那尧舜文化具有的价值更是不可低估。钦定历法、开凿水井的拙朴科学，设立华表、实行禅让的古朴民主，只不过是尧舜文化的外部形态，而其内在核心是创新。试想，钦定历法、开凿水井、设立华表、实行禅让，哪一项是步前人的后尘？没有，都是尧舜带领先祖创新的产物。创新，是中华民族生生不息的灵魂，是伟大祖国兴旺发达的不竭动力。尧舜文化中的创新精神，维系了中国数千年从不间断的历史进程，还将催化中华民族由站起来、富起来，朝强起来阔步奋进！

激活尧舜文化，焕发中华民族的创新精神，增添新的发展能量。

用活尧舜文化，让中国早日由制造大国迈向创造大国，早日实现伟大复兴！

2021 年 7 月 21 日初成，2022 年 3 月 25 日修订

跋

修改完《尧天舜日》书稿意犹未尽，还想写几句。

毋庸置疑，该书是我研究尧舜文化最为全面的一本新著。自 1988 年迄今，我主动学习、研究尧舜文化已有三十余载。这些年来多次写作与之相关的图书，有文化随笔《帝尧史话》《帝尧传》，有长篇小说《苍黄尧天》。书中虽然离不开关于虞舜的内容，毕竟都以帝尧为主，虞舜只起到传承作用。这一次将尧舜文化并行展卷，便全面呈现了上古时期那段古朴而辉煌的历史。

这是我想说的话，却不是最想说的话。最想说的话是，这样一本在我看来比较全面展示尧舜文化的图书，由运城市委、市政府组织完成了。而且，该书还只是典藏古河东丛书中的一本，运城市重视文化研究推广由此可见一斑。缘此，我对运城市充满敬意，这敬意是发自内心的，而且早在数年前就已萌发。

记得七八年前，运城市在首都京西宾馆举办过一次尧舜文化高层论坛。当时我作为特邀嘉宾出席会议，并就尧舜文化的当代价值做了发言。从钦定历法和开凿水井谈到没有科学名词的科学，从设立华表和尧舜禅让谈到没有民主名词的民主，进而谈到这四件大事的核心是创新。而创新是中华民族进步的灵魂，是国家兴旺发达的不竭动力。会后聚餐，主持论坛的运城领导特别对我表示谢意。说到谢意，往往多是逢场作戏的客套话。听话听音，听锣鼓听声。这天的客套话不是司空见惯的常用语，而是有实际内容的。领导说，其他专家都是从史料上陈述尧舜功绩，只有你讲到了研究尧舜文化的当代意义。你的发言提升了这次论坛的品位，为咱们增添了光彩。我明白，这是他当时的真实感受，不是在逢场作戏。

远去的论坛与这次组织山西省作家、学者聚焦运城历史文化，写作出版丛书，触动了我的联想。想到以往我出版相关尧舜文化的图书，没有一本是参加当地文化合唱，或者受命写作，都是自发为之，都出自一己对本土历史文化的厚爱。即使2003年出版五卷本《根在尧都》丛书，也是自我驱动，当然，为保证图书印数和发行，少不了筹措资金，费了不少周折。我不是借此机会倾诉昔日的苦衷，只是想说，自发写作和领导主导效果截然不同。最大的不同在于，领导重视可以加大宣传推广力度，图书所产生的效应肯定要大得多。出书不是目的，让图书发挥作用，成为文化自信的基因，成为经济社会发展的能源，这才是目的。《尧天舜日》能在这样的文化氛围里出版，这才是我欣慰敲击成《跋》的动意。

在组织团队、安排采访和落实出版事宜上，山西省作家协会、运城市相关领导，以及市文联的同仁，付出了很多辛劳；往后编排校对，出版社编辑同仁仍然需要付出辛劳，在此一并致谢！该书出版后，诚请读者不吝赐教，以便修正谬误，再作提高，在此提前表示感谢！

2022年3月25日下午春雨过后成稿于尘泥村

参考文献

1. 〔西汉〕司马迁:《史记》,岳麓书社 1988 年。

2. 江灏、钱宗武译注:《今古文尚书全译》,贵州人民出版社 1993 年。

3. 苏秉琦:《华人·龙的传人·中国人》,辽宁大学出版社 1994 年。

4. 王中孚:《中国上古史专题研究》,五南图书出版公司 1985 年。

5. 柳诒徵:《中国文化史》,东方出版中心 1988 年。

6. 竺可桢:《天道与人文》,北京出版社 2011 年。

7. 〔意〕安东尼奥·阿马萨里著,刘儒庭、王天清、齐明译:《中国古代文明:从商朝甲骨刻辞看中国上古史》,社会科学文献出版社 1997 年。

8. 吴国桢著,陈博译:《中国的传统》,东方出版社 2006 年。

9. 《宋书·符瑞志》,中华书局 2003 年。

10. 何驽:《怎探古人何所思:精神文化考古理论与实践探索》,科学出版社 2015 年。

11. 袁珂:《中国古代神话》,华夏出版社 2013 年。

12. 袁华忠、方家常译注:《论衡全译》,贵州人民出版社 1993 年。

13. 〔法〕拉法格著,王子野译:《思想起源论》,生活·读书·新知三联书店 1963 年。

14. 何新:《诸神的起源》,光明日报出版社 1997 年。

15. 李学勤主编:《中国古代文明与国家形成研究》,云南人民出版社

1997 年。

16. 李衡眉：《先秦史论集》，齐鲁出版社 1999 年。

17. 吕思勉：《中国史》，中国华侨出版社 2010 年。

18. 李唐：《上古史》，香港宏业书局 1964 年。

19. 钟毓龙：《上古史神话演义》，浙江文艺出版社 1985 年。

20. 江灏、钱宗武译注：《今古文尚书全译》，贵州人民出版社 1993 年。

21. 王大有：《中华龙种文化》，中国社会出版社 2000 年。

22. 刘俊田、林松、于克坤译著：《四书全译》，贵州人民出版社 1993 年。

23. 王海燕译：《山海经》，中央编译局 2009 年。

24. 黄寿祺、梅桐生译注：《楚辞全译》，贵州人民出版社 1984 年。

25. 张觉等：《韩非子译注》，上海古籍出版社 2007 年。

26. 〔法〕拉法格著，王子野译：《思想起源论》，生活·读书·新知三联
书店 1978 年。

27. 林宏星：《〈荀子〉精读》，复旦大学出版社 2011 年。

28. 〔战国〕庄周著，张耿光译注：《庄子全译》，贵州人民出版社 1991 年。

29. 施克灿：《中国教育思想史》，北京高等教育出版社 2008 年。

30. 王守谦、金秀珍、王凤春译注：《左传全译》，贵州人民出版社 1990 年。

31. 〔清〕张潮著，陈书良点评：《幽梦影》，中国青年出版社 2008 年。

32. 张安如：《中国围棋史》，团结出版社 1998 年。

33. 马诤：《话说围棋》，农村读物出版社 1999 年。

34. 〔清〕吴乘权著，施意周点校：《纲鉴易知录》，中华书局 2016 年。

35. 杨向东：《中国古代体育文化史》，天津人民出版社 2000 年。

36. 〔战国〕吕不韦：《吕氏春秋》，中国文史出版社 2003 年。

37. 皇甫谧：《帝王世纪》，辽宁教育出版社 1997 年。

38. 〔北宋〕李昉、李穆、徐铉等编：《太平御览》，中华书局 1960 年。

39. 〔晋〕郭璞注，〔宋〕刑昺疏：《尔雅注疏》，上海古籍出版社 2010 年。

40. 张德宝、庞先健：《中国吉祥图案解说》，上海书店出版社 1978 年。

41. 余心言：《中国龙凤文化——凤》，四川少年儿童出版社 1999 年。

42. 王振湖编选:《尧都传说》,中国文联出版公司 1989 年。

43.《战国策》,上海古籍出版社 1978 年。

44.《竹书纪年》,时代文艺出版社 2009 年。

45.〔西晋〕陈寿:《三国志》,岳麓书社 2002 年。

46. 中国文物报主编:《文物三字经》,辽宁教育出版社 1999 年。

47. 苏秉琦:《中国文明起源新探》,辽宁人民出版社 2011 年。

48.〔清〕徐昆著,张国宁,李晋林等点注:《柳崖外编》,北岳文艺出版社 1993 年。

49.《临汾市志》编纂委员会编:《临汾市志》,中华书局 2013 年。

50. 马书田:《中国民间诸神》,团结出版社 1997 年。

51. 易夫:《道界诸神》,大众文艺出版社 2009 年。

52. 高国宪主编:《三圣宝典》,山西人民出版社 2002 年。

53. 江灏、钱宗武译注:《今古文尚书全译》,贵州人民出版社 1992 年。

图书在版编目（CIP）数据

巍巍帝尧 / 乔忠延著 . -- 北京：作家出版社，2022. 9
（2023.4重印）
　　（典藏古河东丛书）
　　ISBN 978-7-5212-1956-2

　　Ⅰ . ①巍… Ⅱ . ①乔… Ⅲ . ①散文集—中国—当代
Ⅳ . ① I267

中国版本图书馆 CIP 数据核字（2022）第 122137 号

巍巍帝尧

作　　者：乔忠延
责任编辑：丁文梅　朱莲莲
装帧设计：鲁麟锋
出版发行：作家出版社有限公司
社　　址：北京农展馆南里 10 号　　　邮　　编：100125
电话传真：86-10-65067186（发行中心及邮购部）
　　　　　86-10-65004079（总编室）
E-mail:zuojia @ zuojia.net.cn
http://www.zuojiachubanshe.com
印　　刷：唐山嘉德印刷有限公司
成品尺寸：170×240
字　　数：227 千
印　　张：15.75
版　　次：2022 年 9 月第 1 版
印　　次：2023 年 4 月第 2 次印刷
ISBN 978-7-5212-1956-2
定　　价：52.00 元